ハヤカワ文庫 SF
〈SF2331〉

火星へ
〔上〕

メアリ・ロビネット・コワル
酒井昭伸訳

JN009928

早川書房
8685

日本語版翻訳権独占
早　川　書　房

©2021 Hayakawa Publishing, Inc.

THE FATED SKY

by

Mary Robinette Kowal

Copyright © 2018 by

Mary Robinette Kowal

All rights reserved.

Translated by

Akinobu Sakai

First published 2021 in Japan by

HAYAKAWA PUBLISHING, INC.

This book is published in Japan by

arrangement with

ROBIN'S ROOST, INC.

c/o THE GERNERT COMPANY, NEW YORK,

through TUTTLE-MORI AGENCY, INC., TOKYO.

勇敢な一歩を踏みだした
姪のローラ・オーラフスンに

みずからを救うすべは、しばしばわたしたちの内にこそあるもの、
人はそれを天の賜物《たまもの》と思っているけれど。
運命の宇宙《フェイテッド・スカイ》は道を切り拓《ひら》く展望を人に与えてくれる。
わたしたちの遅々とした計画が遅れるのは、みずからのいたらなさゆえ。
わたしの愛をここまで高めさせる力とは、いったいなに？
目には触れても、本質をとらえきれないその力とは？
それは運命で結ばれた自然、その力はいかに彼我《ひが》の隔たり《スペース》が大きくとも、
互いを親密に結びつけ、はなから結びついていたもの同士のように口づけさせる。
新奇な試みは、とうてい実現できるものではない——
ただしそれは、不可能だったことに挑戦するにあたり、
その成就に伴う労苦を頭だけで量る者にかぎっての話。
かつてみずからの長所を強く訴えた女がいたかしら？
相手の愛を失うかもしれないことを覚悟したうえで？

王がご病気——ならば、わたしの計画は潰《つい》えるかもしれない。
けれど、固く思い定めたわたしの心は、もはや迷いはしない。

——ウィリアム・シェイクスピア
『終わりよければすべてよし』
第一幕一場より　ヘレナのせりふ

火星へ
〔上〕

登場人物

エルマ・ヨーク……宇宙飛行士。航計士《ナヴコンプ》

ナサニエル・ヨーク……エルマの夫。国際航空宇宙機構（IAC）統括エンジニア

ハーシェル・ウェクスラー……エルマの兄。気象学者

トミー……ハーシェルの息子

ヘレン・カルムーシュ……宇宙飛行士。航計士。台湾出身

ニコール・ウォーギン……宇宙飛行士。カンザス州知事夫人

ベティ・ロールズ……宇宙飛行士。広報担当

ハリム・マルーフ……宇宙飛行士。宇宙船通信担当《CAPCOM》

ノーマン・クレマンス……IAC 本部長

ステットスン・パーカー……〈ニーニャ〉クルー。第一次火星探険隊隊長

エステバン・テラサス……同。副パイロット。スペイン出身

フローレンス・グレイ……同。情報通信担当。航計士

レナード・フラナリー……同。地質学者

ハファエウ・アヴェリーノ……同。エンジニア。ブラジル出身

カーミラ・シャモウン……同。医師。アルジェリア出身

デリク・ベンコスキー……〈ピンタ〉クルー。船長兼パイロット

ファンデルビルト・デビエル……同。パイロット。南ア共和国出身

ルビー・ドナルドスン……同。医師

1

IAC本部長、予算削減に警告

ジョン・W・フィニー
ザ・ナショナル・タイムズ特電

［一九六一年八月十六日］　国際《I》航空宇宙《A》機構《C》のノーマン・クレマンス本部長は本日、国際連合に対し、〝最低限必要な〟宇宙計画予算をわずかでも削減するならば、六〇年代中の有人火星着陸は実現できなくなると警告した。本部長はさらに、火星計画のタイムテーブルをすこしでも先延ばしにすれば、現時点で二〇〇億ドルと推定される第一次火星探険のコストがますます増大するとも警告している。合衆国議会が今年度

予算を六億ドル削減した結果、ＩＡＣは〝不測の、または対処不可能な技術的問題を回避する目的〟で計画に組みこんだ〝保険〟と、キュクノス《シグナス》宇宙船による一連の重要な実験飛行を犠牲にしなければならなかったという。これが本部長の見解である。

〈友情《ザ・フレンドシップ》〉探査機の着陸機《ランダー》が火星に到達したときどこにいたのか、あなたは憶えているだろうか。わたしは月面から地球に帰る準備をしているところだった。それまでわたしは、三カ月の当直任務で月の女神アルテミス《アーテミス》の名を冠した月面基地に赴任し、小型連絡艇を操縦して、このささやかな基地から月面の各調査地点へ地質学者を送りとどける仕事についていた。

宇宙飛行士と呼ばれてはいても、パイロットの資格を持つ者はひとにぎりしかいない。わたしはていよくバスの運転手をやらされていたわけである。二〇〇人の〝市民〟のうち、多くはそれぞれの専門分野に特化した〝お客さん〟であり、やってきてはまた去っていく。わたしたちが家と呼ぶ地下居住施設の〝永住者〟は、せいぜい五〇人ほどしかいない。

いま、わたしは基地居住者の半数といっしょに、軽い重力のもと、スキップに似た歩法を用いて、地中に埋設された〝アレチネズミ・チューブ〟——通称〈ベーカー街〉を通り、

〈ミッドタウン〉に向かっていた。月には降りそそぐ宇宙線から人体を守ってくれる大気がない。そのため、IACは月面を掘って地下通路を設置し、月面特有の石粉状表土《レガリス》を埋めもどした。審美的な面から形容すれば、月面基地の外見は崩れかけた砂の城にちかい。しかしその構内は、大半がなめらかなゴムの被膜でおおわれており、ところどころ、採光のための光井《こうせい》や、アルミニウムの支柱、気密ハッチなどが点在している。

　地下通路を進んでいると、側面に設けられた気密ハッチのひとつがシュッと音を立てて開き、そこからニコールが飛びだしてきた。ハッチのハンドルはまだ握ったままでいる。そのハッチを閉じ、しっかりとロックした。

　スキップしながら宙に浮かんでいたわたしは、運動量を殺すため、大きく両脚を広げて床に足をつけた。ニコールは宇宙飛行士であり、上院議員夫人でもある。彼女が期間限定の当直任務でふたたび月面に赴任してきたのは、先ごろ着いた往還船でのことだ。ひさしぶりに会えたのがうれしくて、わたしは声をかけた。

「おはよう」

「あらまあ、あなた、往還船に乗ってるはずじゃなかったの？　地球に帰るんでしょ？」

　わたしと同じく、ニコールも軽量の与圧服を着用し、腰にはテザーでゴム引きの安全ヘルメットをつないでいる。見た目は戦時中のガスマスクのようだ。本格的なものではないが、万が一地下チューブのどれかに亀裂が生じても、これをつければ一〇分間は酸素を吸えるため、そのあいだに安全な場所へ逃げこめる。

「そうなんだけど、でもね、ランダーがはじめて火星に着陸するのよ。これを見逃すわけにはいかないでしょう？」

地球へ帰るのは事実だ。今回は輪番で、アーテミス基地と国際航空宇宙機構《IAC》の地球周回プラットフォーム〈ルネッタ〉、この両者を結ぶ小型往還船の副パイロットを務めることになっている。往還船といっても、せいぜいが宇宙バスでしかない。もっと大型の往還船、たとえば〈ルネッタ〉から地球へ向かうソラリス級などは、例外なく男性パイロットが操縦している。しかし、そんなことでいちいち目くじらを立ててもしかたがない。わたしは肩にかけたショルダーバッグ——大型で旅行用のものをぽんぽんとたたいてみせた。

「着陸を見とどけしだい、〈ルネッタ〉行きの往還船に直行するわ」

「地球に帰ったら、わたしに代わって熱いシャワーを浴びておいて」ニコールも〈ベーカー街〉ぞいに、わたしとならんでスキップ・ウォークをはじめた。「ところで、火星人、いると思う？」

「いるわけないでしょ。月面と同じくらい荒涼としたところだもの。すくなくとも、軌道上からの写真を見るかぎりではね」わたしたちはやがて、〈ベーカー街〉のはずれにたどりついた。正面の気密ハッチには横にパネルがあり、そこに設置された差圧計は、ハッチの向こうの気圧が月面基地の標準である三三八ミリバールであることを示している。地球の標準気圧に換算すれば約〇・三気圧だ。わたしは安心してラチェット式のハンドルを動かした。「ナサニエルがね、もし火星人がいたら、犬歯を抜いてもいいってさ」

「それは……見ものだわね。ナサニエルといえば、どうしてるの、彼？」

「元気、元気」ハッチを手前に開く。「口を開けば、いつも……その、ね……ロケット打ち上げの文句ばっかりよ」

　ニコールは笑いながら、〈ベーカー街〉と〈ミッドタウン〉を結ぶエアロックにすべりこんだ。

「正直いって、あなたたち、いつまでも新婚みたいよね」

「家にいつかない新妻？」

「またナサニエルを月まで連れてくればいいのよ」そういって、ウインクしてみせた。

「だって、ほら、もうプライベート区画が選べるようになったんでしょ？」

「そうだけど……あなたも上院議員も、エアダクトがどれだけはっきり音を伝えるのかを、もうすこし考えたほうがいいわね」

　エアロックに入ったわたしは、そういいながらハッチを手前に引いて閉めかけた。

「ちょーっと待った！」〈ベーカー街〉側から声が飛んできた。ふりかえると、ユージーン・リンドホルムが大股で大きくはずみながら向かってくる。低重力下で動く人間を見たことがない人のために形容すれば、幼児がぎこちなくスキップしながら、チーター並みの猛烈な速さで迫ってくる図、と思えばいいだろう。

閉めかけたハッチを、いったん大きく押し開いた。ユージーンは軌道修正に失敗して、戸口を通りぬけるさい、フレームに頭をぶつけてしまった。

「だいじょうぶ？」ニコールがユージーンの腕をとり、姿勢を安定させた。

「おかげさんで」

ユージーンは左手を天井にあててバランスをとった。右手には紙の束を持っている。

ニコールは〈ミッドタウン〉側へ通じる気密ハッチに歩みよったが、そのまぎわ、わたしに目配せをした。わたしはうなずき、〈ベーカー街〉側のハッチをしっかりと閉めた。それでも、ニコールはまだ〈ミッドタウン〉側のハッチをあけようとしない。

「さて……ユージーン。あなたはパーカーといっしょに飛ぶ人間だから……」ニコールはユージーンが手にした紙の束を指さして、「その何枚かを〝うっかり〟落としたりしないわよね？」

ユージーンはにっと笑った。

「こいつが勤務当番表だと思ってるんだとしたら、はずれだね。これはみんな、マートルのために集めた料理レシピの切り抜きなんだ」

「うそばっかり」

ここでニコールがハッチを開いた。この先はもう〈ミッドタウン〉だ。

微妙な気圧差で流れこんできたのは、月面基地では稀少な土壌と植物のにおい、そして水の心地よいにおいだった。月面コロニーの中心部は巨大で開放的なドーム構造になっており、太陽光がフィルターごしに射しこむ造りになっているため、植物を育成できるのだ。恒久的な建築物として最初に建てられたのがこの巨大ドームである。

壁面ぞいの外周部分はこまかく分割されて、居住区画に割りあてられている。ときどき、もっとここに住んでいたかったなと思うことはあるけれど、利便性のため、パイロット用の居住区画は宇宙港のそばに新設されたのだからしかたがない。ドーム内にはいくつもの小個室がオフィス用として設けられているほか、レストランも一軒ある。ほかには理髪店が一軒、リサイクル・ショップが一軒、〝美術館〟が一棟。

ドームの中心にあるのはささやかな〝公園〟だ。〝公園〟といっても、キングサイズのベッド一対と大差ない広さしかなく、中央には道が貫いている。それでも、ここには緑の植栽があった。

丹念に改善されたこの土壌でなにを育てているかって？　まずは、タンポポ。きちんと下ごしらえさえすれば、これは美味しいし、栄養もあることがわかっている。もう一種、これも人気のヒラウチワサボテンは、美しい花が咲いたあとに甘い果実を実らせるほか、平たい茎はローストしてもオーブンで焼いても美味しい。地球の自然界には、養分にとぼしい土壌で育てるのに適した〝雑草〟がたくさんあるのだ。

「いいねえ」ユージーンがぴしゃりと自分の太腿をたたいた。「タンポポが満開じゃないか。そういやマートルが、〝タンポポのお酒〟造りに挑戦してみようかって物騒なことをいってたな」

「〝みようか〟じゃなくて、〝造る〟っていいきったんでしょ？」ニコールは一段高くなった花壇の上をふわりと飛び越えた。「ねえ、エルマ、地球に帰ったら、わたしに代わってドライ・マーティーニも味わっておいてね」

「ダブルでいただきます」

ナサニエルもわたしも、てっきり自分たちが月面最初の入植者に加わるものだとばかり思っていた。ところが、ひとたびアルテミス基地が建設されると、ＩＡＣの関心は火星への入植に向かい、ナサニエルは入植計画を練るため、地球に残らざるをえなくなってしまったのである。

ＩＡＣではもう、寄るとさわると火星の話ばかり。計算者たちはひたすら火星への軌道計算に追われている。パンチカード・ガールたちも、はてしなくつづくコードのキー入力にかかりきりだ。カフェテリアの賄《まかな》いレディたちも、火星のことで頭がいっぱいの職員にマッシュポテトとグリーンピースをよそうのに忙しい。ナサニエルも計算仕事で忙殺されていて……だれもかれもが火星の話しかしない。

事情は月面でも同じだった。〈ミッドタウン〉の向こう端には、発射センターから持ちだしてきた五〇インチの大型テレビが、演壇のような高い台の上に載せてある。テレビのまわりには、コロニー居住者の半数が群がっているように見えた。

ヒリヤード夫妻は敷物を敷き、ピクニック・ランチとしゃれこんでいた。この機会を社会的行事にしてしまった夫婦は、なにもこのふたりだけではない。チャン夫妻、バートラーム夫妻、ラミレス夫妻もテレビの付近に敷物を広げている。どの夫婦にも子供はまだいないが、子供の姿がないことを除けば、まるっきり本物の町だ。

マートルもすでに敷物を敷いていて、ユージーンに手をふってきた。ユージーンがほほえみ、手をふりかえした。

「あそこだ。いっしょにどうかな、ご婦人がた？　敷物には充分に余裕があるよ」

「ありがとう！　すてきね」

ユージーンにくっついて敷物のところへいき――この敷物は古いユニフォームの生地を接《は》ぎあわせ、キルティングにしたものだった――リンドホルム夫妻の横に腰をおろした。マートルは以前のふっくらした髪形《ブッファン》をやめて、月面にふさわしいショートヘアにしている。そのおもな理由は、宇宙ではヘアスプレーのあつかいがやっかいだからだ。マートルとユージーンは志願して月面永住者になった。そのため、地球にいるあいだはふたりに会えないのがさみしくてしかたない。

「ヘイ！」テレビの近くから、あたりのざわめきを圧してだれかの声が響いた。「始まるぞ！」

　前にすわる人々の頭ごしにテレビが見られるよう、わたしはひざ立ちになった。テレビに映っているのはミッション管制センターのようすだった。カンザスから放送されてくる、粒子の粗いモノクロ映像だ。月面に電波が届くまでには一・三秒の遅延がある。わたしはナサニエルの姿を探し、画面が切り替わるたびに、隅々まで目で探った。自分の仕事を愛してはいる。とはいえ、夫と何カ月も別れ別れでいるのはそうとうにつらい。ときどき、宇宙飛行士の仕事はやめて、また計算者に戻るのもいいかもしれないと思うことさえある。

　テレビにバシーラが映った。テレタイプがつぎつぎにページを吐きだすそばで、せっせと数式を計算している。そこで、ある数字列の下に太い線を引き、頭をあげて報告した。

「ドップラー効果の計測値を確認。二段分離が行なわれたことを示しています」

わたしの心臓が早鐘のように鳴りだした。いまの報告は、ランダーが火星大気圏に突入しようとしていることを示しているからだ。いや、というより、すでにもう突入している。なにしろ、感覚的に理解しづらいことだが、バシーラのもとに火星からの計測値が届くのは、事象から二〇分後のことなのである。成功したにせよ、失敗したにせよ、ミッションの結果はすでに出ている。

二〇分遅れ――わたしは腕時計を見た。格納庫に戻っていなければならない時刻まで、時間の余裕はどれくらいある？

そのとき、ナサニエルの声がテレビから聞こえてきて、思わず息を呑んだ。ああ、早く会いたくてたまらない。

「大気圏突入まで3、2、1……時速一万九五〇〇キロで突入。着陸地点までの飛行距離、七〇三キロ。五秒後にパラシュート展開の予定。4。3。2。1。ゼロ。展開結果を確認中……」

ドームじゅうの人間が固唾《かたず》を呑んで見まもっていた。聞こえるのは、空気を撹拌する、何基ものファンの低いうなりだけだ。わたしはテレビのほうへ身を乗りだした。そうすれば、テレタイプから吐きだされる数値が見えるかのように、そして、バシーラの計算を手伝えるかのように。もっとも、計算室から異動してすでに四年がたつ。いまはもう、基本的な軌道力学より複雑な計算はしていない。

「展開を確認。パラシュートが検知されました」

ドーム内でだれかが歓声をあげた。ランダーはまだ着陸していない。しかし、ああ——もうじきだ。思わずキルティングの角をつかみ、スティックのように握りしめた。ここからランダーを操作できるわけでもないのに。

「まもなく逆噴射の成否確認を軌道上の探査機が送ってきます。それまで待機中」

ナサニエルが報告しているできごとは二〇分前に起こったものだ。わたしはその報告を、さらに一・三秒遅れで聞いている。宇宙暮らしにつきものの、これは奇妙な要素だった。

「現時点でランダーは着陸しているはずです」

どうか、ああ、どうか、そのとおりでありますように。なぜなら、もしランダーが着陸に失敗していたら、火星ミッションは問答無用で打ち切りとなってしまうからだ。もういちど腕時計を見た。まもなくナサニエルが着陸確認を報告してくれる。だが、時間はもどかしいほどゆっくりと過ぎていく。

「そのまま待機をおねがいします。現在、深宇宙ネットワークと〈ルネッタ〉中継ステーションを通じて確認を待っているところです」

ナサニエルはもう画面に映ってはいない。が、デスクの前に立ち、シャープペンシルをいまにも折れそうなほど強く握りしめている姿が目に浮かぶ。

報知音が鳴った。

「あれはなに？」わたしのそばでニコールが鋭く息を吸った。

報知音がくりかえされ、ミッション管制センターに歓声が沸きあがった。喧噪の中、ナサニエルの声がひときわ高く響きわたった。放送で伝わるよう、声を張りあげている。

「ただいまの音は、レディス・アンド・ジェントルメン、火星探査機からの確認音です。いまの音が他の惑星からの最初の送信となります。確認されました。〈友情《ザ・フレンドシップ》〉のランダーは火星に着陸し、われらが有人火星ミッションへの道を切り拓きました」

わたしは飛びあがった。いや、わたしたちみんながだ。そのさい、重力が小さいことを忘れていた。声をあげて笑い、不格好に宙へ舞いあがりながら、わたしは〈友情《ザ・フレンドシップ》〉のランダーとミッションを計画したチームの成功を心から祝った。

「遅かったじゃないか」

宇宙港のそばのパイロット・ラウンジに入ったわたしを見て、グリソムがうなるようにいった。わたしはちょうどラウンジに入ってきたところだった。グリソムはベンチの横に旅行用のダッフル・バッグを置き、スクイズパック入りのコーヒーを吸っていた。

　壁の時計を見て、わたしはいった。

「たった三〇秒じゃないの」

「遅れたことに変わりはないだろう」

　たしかにそのとおりではある。しかし、そんな瑣事《さじ》を気にする者など、ほかにはいない。そもそも、〈ルネッタ〉と月を結ぶ往還船の出発はまだ二時間も先なのだ。

「変わりがないのはあなたもね、あいかわらず、文句ばっかり」

「ははん。おおかた、かぶりつきで着陸を見てたんだろ？」

　グリソムはわたしと並んで往還船に歩きだしながら、目を通しておくようにとフライトプランを差しだした。グリソムは文句の多い男だが、わたしに引けをとらない宇宙大好き人間だ。

　わたしはうなずき、ぱらぱらとページをめくって、噴射時間、噴射率、船体姿勢、速度などのデータに目を通した。〈ルネッタ〉への移動には三日を費やすことになる。その間《かん》、計器を見ている以外、することはほとんどない。月面基地の低い気圧から〈ルネッタ〉内の標準気圧へはゆっくり上げていかねばならないが、その過程も自動化されている。

「まだ火星の地表が見える状況じゃなかったけどね、わたしはただ、あの場に……どういえばいいのかしら……ただあの場に立ち会っていたかったただけなのよ」

グリソムはのどの奥でうめいた。

「ああ、わかるさ……初の月面着陸のとき、おれも同じ気持ちで見ていた」

つかのま、わたしはことばを返しそこねた。三年前、自分が最初の有人月面着陸ミッションに加わっていたことを思いだしたのだ。おかげでわたしは、有名人の仲間入り。月面での暮らしのほうが地球での暮らしよりすこしばかり気楽なのは、きっとそのためだろう。なにしろ、月ではファンたちを相手にしなくてすむ。たいていはだが。

「あなたも見てた？　見てたというのは、火星着陸のことよ」

「いいや。ラジオで聞いていただけだ」グリソムが肩をすくめたところで、わたしたちは往還船に通じる通路にたどりついた。「出発前は彼女と過ごしていたんだ。つぎの任地はブラジルの宇宙港になったんでな。一カ月あそこにいて、新型船の訓練をする」

「ポラリス級の？　いいわねえ。ジェラシーを確認」

グリソムは鼻を鳴らした。

「地球に行ったら、満足に立てるようになるだけで一週間はかかるんだぜ。月に長居しすぎたからな。訓練自体は二週間とかからないだろう」

「それでもよ。ポラリス級、夢みたいなスペックじゃないの。それに、ブラジルのほうがカンザスよりも条件がいいし」わたしは〝バスの運転席〟に通じるハッチの前で足をとめ、差圧計の表示がハッチの向こうも気圧三三八ミリバールであることをたしかめてハッチをあけた。ハッチの向こうに往還船がいない可能性はつねにある。たとえ所定のハッチの前にいてさえも。「垂直着陸ができるなら、地球に帰るとき、なにもかもがうんと楽になるじゃない」

「月面着陸船のときみたいに、なめらかな着陸はできないさ」グリソムは肩をすくめた。「おれは滑空型のほうがいいね。降下するとき、ずっと視界がよくなる。まあ、垂直型は天候に左右されにくいのがいいところだが。とくに、ハリケーンがますます凶悪になってきた昨今じゃあ……。もっとも、ハリケーンの目を待って、軌道上で何日か待機するのも悪かあないけどな」

「そうね。でも、あなたの場合、重力に順応するのがつらいからでしょう？」わたしはせまい操縦室に潜りこんだ。〈ルネッタ〉の回転リングが遠心力で生みだす人工重力は弱く、地球重力の三分の一しかない。火星の重力とちょうど同じだ。だから、月面から地球に帰る者たちにとってはちょうどよい順応場所になる。「地球に降りるときは、好天に恵まれるといいわね。早く帰りたくてしかたがないわ」

「だったら、時間には遅れないようにすることだな」

わたしは笑いながら、グリソムに舌をつきだしてみせた。それからすぐに、ふたりして飛行前のチェックに取りかかった。月面から飛びたつさいにありがたいことのひとつは、地球から飛びたつ場合より変数がはるかにすくないことだ。大気といえるものがないので、雨、風、そのほかの気象現象に対処する必要がない。枷《かせ》になるのは重力くらいのもので、それすらもたいしたことはなかった。

背後の客室には二〇人の収容能力がある。たいていのフライトでは、目的のプロジェクトを完了し、地球へ帰還する専門家たちで満席だ。それは荷物室も同様で、乗客の手荷物、科学実験機材、数少ない月の輸出品などで満杯になっていた。輸出品の例はというと、たとえば地質学者のひとりが創始した月の石の彫刻があげられる。彼女の彫刻は、地球ではとんでもない高額で取り引きされている。マートルがリサイクル生地で作った〝ムーン・キルティング〟も、三人の息子全員を大学院にいかせるだけの収益をあげた。こうしたアート系の活動は、宇宙では驚くほど活発だ。わたし自身も、古いパンチカードを流用した一種の紙細工作りに手を染めていた。もっとも、それを売り物に仕立てられるほどの才能には恵まれていないが。

宇宙計画に好意的ではない地球の人々も、月から輸入される品にはおおいに興味を示す。神話や伝説などで何千年にもわたってロマンあふれる地でありつづけた場所ともなれば、やはりぬぐいがたいあこがれがあるのだろう。

グリソムとは何度も操縦をともにした間柄なので、彼との飛行前チェックはもはやルーティーンになっている。もちろん、手順を飛ばすことはありえない。ルーティーンであれそうでないのであれ、好天であれ悪天であれ、わたしたちはいま、基本的には爆弾といえるものの上にすわっているのだから。

興味深いのは……人はなにごとにも慣れてしまうということだ。

二時間後、すべてのチェックを完了し、乗客も全員が席に収まっていた。グリソムがわたしを見やり、こくりとうなずく。

「では、蠟燭《ろうそく》に灯《ひ》をともすとしよう」

複数のロケット・エンジンが始動した。ささやき声のような音なのは、空気のない月面では音がほとんど聞こえないからだ。往還船が月面を離昇し、しだいに加速しはじめる。それとともに、ふたたび体重というものが感じられるようになった。まるで月がわたしを引きもどそうとしているかのようだ。往還船の噴射炎を浴びて、灰色と茶色のクレーター群が下方へ遠ざかっていく。

ついいましがた、人はなにごとにも慣れてしまうといった。しかし。かならずしもそうではないのかもしれない。

　何度見ても、この光景にはうっとりする。

　地球を周回する低軌道に到達し、宇宙ステーションにドッキングするさいのわたしは、宇宙飛行士であり、パイロットでもある。副操縦席にすわってはいても、仕事の大半が航法計算であっても、飛行に深くかかわっていることに変わりはない。グリソムとわたしは、小型往還船を交替のパイロット二名に引きわたし――ふたりはこれから三カ月の月面勤務につく――ステーションの中へただよっていった。

〈ルネッタ〉を離れるさいのわたしは、軌道から降下する、たんなる地球行き乗客のひとりにすぎない。これまでのところ、国際航空宇宙機構は、大型の地球＝軌道往還船に女性パイロットを採用した例《ためし》がなかった。もちろん、女性に大型船の操縦をさせないという公式の方針があるわけではない。しかし、大型船を操縦したいという希望を出すたびに、〝もっとも才能を発揮できる場所〟に詰めてもらいたいという趣旨の答えが返ってくる。レディ・アストロノートたちが宇宙飛行士チームに加わっているのは、その計算能力を評価されてのことであり、別の部署に割りふるのはむずかしいというわけだ。

　ほかの地球行き乗客とともに、わたしは宙をただよっていき、客室に入った。〈ルネッタ〉の回転リングには、自転にともなう遠心力の人工重力がかかっているが、ドッキングに使う中心部分は無重量状態のままだ。そのため、手荷物の運搬は簡単にすむ。その反面、むずかしくなった部分もあった。無重量なのはいいが、ストラップでちゃんと荷物を固定しておかないと、すぐにふらふらと宙へただよってしまうのである。わたしはバッグを座席下の小さなコンパートメントに押しこみ、固定ストラップをしっかり締めてから、コンパートメントの扉を閉じた。

「エルマ！」

名前を呼ばれて顔をあげた。通路にヘレン・カルムーシュ——旧姓リウが浮かんでいた。黒髪をポニーテールにしており、その先端が頭の上にふわふわと浮いている。

「知らなかったわぁ、この船に乗ってるなんて」

わたしは笑顔になり、ヘレンを抱きしめようと座席から浮かびあがった。が、勢いがつきすぎて友人を飛び越えそうになり——これは小さいながらも月面の重力ある暮らしに慣れているせいだ——すかさず手すりに足をかけたヘレンが、あやういところで押しとどめてくれた。

人はなにごとにも慣れてしまう——と、さっきいったことを憶えておいでだろうか。往還船でばったり友人と会っても、もはや路面電車や電車で出くわすのと大差ない。

「地球でも訓練しなきゃいけなくてね」ヘレンはわたしの隣席に目をやった。「となり、いい？」

「もちろん！」わたしはからだを通路の上にスイングさせた。その下を通って、ヘレンが窓側の席につく。わたしはたずねた。「レナール、どうしてる？」

ヘレンは笑って、バッグをコンパートメントに押しこみながら、

「リビングルームを塗りなおしたんだって。見るのが怖いわ」

わたしは通路の天井付近にからだを張りつかせた。ほかの乗客を通すためだ。

「怖いって、色選び？　それとも塗り方？」

「二語でわかるわよ。火星風。真っ赤っ赤。でもね、どうして赤いってわかったのかな」

ヘレンはかぶりをふると、慣れたしぐさで手荷物の固定ストラップを引きだした。「まだ火星の地表からは写真の一枚だって届いてないのに」

「真っ赤っ赤でまだよかったじゃない。月面《レガリス》グレイだったらどうするの」

「まだましよ、くすんだグレイのほうが」カチリと音を立てて手荷物コンパートメントを閉める。「ナサニエルはどう？」

思いがけなく、ためいきが出た。ひとりでに出てしまったのだ。

「元気……かな？」

ヘレンは身を起こし、自身もストラップで固定しながら、

「なにそれ、ちっとも元気そうじゃないじゃない」

「あ、ううん、元気は元気。なにもかもうまくいってるわ」わたしは自分をシートに引きよせてすわり、ストラップを締めはじめた。ショルダー・ストラップを固定しているあいだも、ヘレンがまじまじと自分を見つめているのがわかる。「ただね、離ればなれでいるのがつらくって。事情はそちらも同じでしょ？」

ヘレンはとなりの座席に背中をもたれさせ、わたしの手をそっとたたいた。

「まあでも、もうじき家に帰れるじゃない」

「ごめん――三ヵ月間、夫と別れ別れになったくらいで、ぐちはいえないよね」ヘレンは火星探険隊に所属しているので、すでに一四ヵ月間の訓練を課されている。その間《かん》、夫にはあまり会えない。そして、来年、火星探険隊が出発すれば、ヘレンとレナールは三年間も別れ別れになる。「正直いって、よくがまんできるものだと思うわ」

「結婚してからの期間がもっと長かったら、もっとつらかったと思うけどねえ」ヘレンはそういって、ウインクしてみせた。「まだハネムーンがつづいてる感じ。わかるでしょ？　家に帰ったら、それはそれはもう……」

「点火してたいへん？」

「スラスター全開よぉ」

そのとき、頭上のスピーカーがノイズを発し、アナウンスを流した。

「レディス・アンド・ジェントルメン、こちらは船長のクリーリーです。まもなく本船は宇宙ステーションを出発し、みなさんを地球へお連れします。カンザス宇宙港到着は一時間後の予定です」

宇宙旅行はもうすっかりルーティーンだ。かくいうわたしも、地球＝月間の旅程は一〇回以上も経験している。顧みれば、一回移動するたびに、飛行過程はすこしずつ洗練されてきた。洗練というか……すこしだけ〝もう特殊ではない〟ものになってきた。いまでは手続きという点で、国境を越える列車の旅と大差なくなっている。もちろん、旅程自体はまるっきり別物ではあるのだが。

かすかなガチンという音が船内に響いた。大型往還船のロック機構がステーションから解除された音だ。小さな舷窓《げんそう》の外で、蛍の群れのようなものがうごめきだす。往還船がステーションの陰から出たことにより、外殻に氷結した水の粒が太陽光を浴びて光りだしたのである。舷窓から見える範囲の全体で、霜は黒インクを流したような宇宙空間を背景に、冷たいきらめきを放っている。

さっきから、これはルーティーンでしかないといいつづけているが、その〝ルーティーン〟の眺めは驚異的の一語につきた。舷窓の外には、ステーションの巨大な回転リングがめくるめく荘厳さで回転している。ストラップで固定されていなければ、わたしはヘレンの席に身を乗りだして、舷窓に顔をへばりつかせていただろう。

「あそこ！」ヘレンがいきなり、舷窓外の前方、わたしの位置からは見えないなにかを指さした。「火星船団がいる」

往還船が振動し、ゆっくりと向きを変えていく。低軌道から地球へ降下する姿勢に切り替えているのだ。その過程で、第一次火星探険用に設計された三隻の宇宙船が視界に入ってきた。

漆黒の宇宙を背景にして、二隻の有人船と一隻の補給船が、凹凸のある円筒形の形状を浮かびあがらせている。有人船は細長く、船体中央には宇宙ステーションと同様、遠心力を発生させる回転リングを備えていた。そういえば、だれかがリングを、おとなのおもちゃになぞらえていたっけ。

その形状から浮かんできた思いがふたつあった。ひとつめは、思っていたよりも自分がそっち方面にうとかったということ。ふたつめは、おとなのおもちゃが具体的にどんな形をしていて、どんな機能を持っているんだろうという疑問。後者については、ナサニエルにたずねてみよう。ナサニエルがその答えを知っているかどうかは、知りたいような、知りたくないような……。

　いずれにしても、邪念のない者の目には、あの宇宙船は純粋無垢《むく》な美の塊と映るだろう。

「ねえ、ヘレン……ときどき、あなたたちがちょっぴりうらやましくなっちゃうわ」

「えー？」ヘレンは肩をすくめた。「火星に行って帰ってくるあいだ、ずっと計算ばかりやらされるのに？」

「うらやましくもなろうってもんじゃない。わたしはただの、バスの運転手よ」

「ただし、月面のね」

「それはそうだけどさ。たしかに楽しくはあるしね。でも……あまりチャレンジングじゃないわ」望めばわたしも、火星ミッションに加われただろう。なのにあえて望まなかった裏には、ナサニエルとわたしが、子供をどうするかでずっと話しあってきたという事情があった。「パイロットを引退しようかと思ってるの。もう計算室に戻ろうかなって」

　あきれたように鼻を鳴らす技にかけては、ヘレンの右に出る者がない。

「で、またセスナを飛ばす暮らしに戻るわけ？」

「でなきゃ、新人宇宙飛行士の訓練に携わるかよね。わたしはただ……」（退屈なのよ）

「結婚生活に集中したいだけ」

　ヘレンはお得意のやりかたで鼻を鳴らした。こんなに小さな音で〝信じらんない〟という思いを表現するのが、ヘレンはじつにうまい。この流れでは、つづけて本格的にきついことばを浴びせられていただろう。しかし、あやういところでそれは回避された。往還船が大きく揺れたからだ。船長が周回軌道をはずれるためにスラスターをふかしたのである。

背後でだれかが不安そうな声をあげた。ヘレンは後方を見やり、わたしに顔を近づけて、

「いまからあの調子で、再突入局面に入ったらどうすんのかしらね」

「うしろの人たち、地球に戻るのは初めてみたいね」

わたしはあえてうしろを見ないようにした。祖母がつねづねいっていたように、動揺している人に対していちばん残酷な行為は、その人をまじまじと見ることだ。それに、うしろの人たちの気持ちもよくわかった。いくら訓練を受けていても、本番はまったくちがうものだし、地表に着陸するまでのあいだに、想定外のこともいろいろと起こりうる。

それから三〇分ほど、ヘレンとわたしはおしゃべりをして過ごし、宇宙での近況を報告しあった。ふと気がつくと、だれかのバッグからこぼれて宙をただよっていたひと粒のポップコーンが、ゆっくりと降下しだしていた。重力が戻ってきた最初の兆しだ。往還船は地球の大気圏に充分深く入りこんでいる。そろそろ空力ブレーキが効きだしたころだろう。

船体外殻の温度は、大気との摩擦による減速過程によって、すでに摂氏一六四九度まで上昇しているはずだ。窓外を見ると、船体周囲の空気がオレンジ色に輝きはじめている。超加熱された大気の筋がプラズマの航跡となり、猛烈な勢いでうしろへ流れているのだ。

奇妙なことに、降下のこの段階はじつに静かなものだった。船体に振動をもたらすほどは空気が濃くないし、往還船は基本的に巨大なグライダーだから、耳を聾《ろう》するエンジン音も発生しない。しかし、往還船自体よりも静かなのは、船内に乗っている宇宙飛行士のほうだった。大気圏再突入時の壮観に見とれて、みんな声も出ないからだ。この眺めだけは、いくら見ても見慣れることがない。

ここで船長が船体をバンクさせた。船を減速させる過程では、一連の長いS字カーブを描いて飛ぶ。その最初の段階を開始したのだろう。全身にGがかかり、座席に背中を押しつけられた。押しつけられるといっても、たった二Gにすぎない。とはいえ、一Gの一六パーセントの重力で三ヵ月間を過ごしてきたあとでは、地中にからだをめりこませられそうなほど強く感じられる。

ところが……Gはその後も大きくなりつづけ、からだを座席に押しつけつづけた。早くS字カーブで反対向きの部分に差しかからないかと思ったが、Gはいっこうに収まらず、旋回はいつ果てるともなくつづいている。

これはけっしてルーティーンなどではない。

異常事態だ。

そして、客室に閉じこめられているうちは、わたしにできることはなにもない。

2

シグナス14号、着陸位置ずれる
エラーか不調か

スティーヴン・リー・マイヤーズ

［カンザスシティ（カンザス州）発　一九六一年八月二十日］　国際航空宇宙機構の公式発表によれば、〈ルネッタ〉宇宙ステーションから地球へ出発したキュクノス《シグナス》級往還船の一隻が、本日、所定の着陸目標地点から約四百二十キロ離れた地点に不時着した。大気との摩擦が激しい降下中での技術的故障、または操船ミスが原因と見られる。同往還船は計画が始まって間もないころから用いられてきた系統に属するが、本日不時着したのは、降下と着陸を簡便にするために新設計され、ロケットと制御システムが改良された最新型で、地球と宇宙ステーションを往還するのは今回が初めてだった。

左右の腕がそれぞれ一トンはありそうに感じられた。胸の上には荷馬車馬が乗っかって、ドンドンと蹄《ひづめ》で壁を蹴っている。どうしてだれもこの馬を追いはらってくれないのだろう。不思議に思い、必死に目をあけた。目の前に見えたものは、月面《レガリス》グレイの広がりだった。しかし……ここは月面ではない。月面ではなくて、目の前にあるのは……座席だ。うめきながら首を横に向けかけ、途中でぴたりと動きをとめた。胃がむかつき、吐き気がこみあげてきたからである。

いつかの時点でＧが大きくなりすぎて、気を失ってしまったらしい。船長がどうやって船を着陸させたのかはわからない。それをいうなら、どのような異常事態が起こったのかもだ。しかし、わたしたちはみんな奇跡的に生き延びたようだった。

ドンドンとなにかをたたくような音はいまもつづいている。荷馬車馬のようなこの重み――これは三カ月ぶりに地球重力下で味わう自分の体重だ。空気には嘔吐《おうと》と失禁のにおいがただよっていた。ゆっくりと首を横に動かし、生命維持装置の遠隔測定パネルに目をやる。すべての表示は地球標準値であることを示していた。が、搭乗口のハッチをあけられるまでは現在の気圧がたもたれたままだ。開放時には気をつけないと。

つぎはヘレンのほうに顔を向け、ようすをうかがった。まだ気を失っている。驚くにはあたらない。ともあれ、失神している以外、とくに異常はなさそうだ。

目をつむり、ゆっくりと、規則的に口呼吸をしながら、救出チームが乗船してくるのを待った。ずいぶん時間がかかっている。もっとも、着陸してからどれくらい時間がたっているかはわからないし、船体がどんな状態に陥っているかもわからないが。もしかすると、着陸脚の一本くらい燃えたのかもしれない。なんともいえない。

やっとのことでそれに気づいた。気づくまでこうも長くかかったことに少々あきれたが――ドンドンというこの音はハッチから聞こえてきている。ハッチが壊れたにちがいない。南部育ちの習い性で、すぐさま立ちあがり、手伝いにいきたいと思う反面、宇宙飛行士としての長年にわたる訓練から、こういう場合に確認すべきチェックリストがすぐさま心に浮かんできた。

煙のにおいは？　していない。酸素は？　確認ずみ。怪我は？　わたしはだいじょうぶ、ヘレンもだいじょうぶ……。目を開き、すわったまま、ゆっくりゆっくりと客室の中を見まわす。ほかの乗客たちは蒼白《そうはく》になるか、いまにも吐きそうなようすをしているが、予想外の惨状を呈している人間は見当たらない。通路をはさんでとなりの席の、鼻の曲がった黒人男性が――彼は火星探険隊の地質学者で、名前はなんだったろう……？――とにかく、その男性がわたしの目をとらえ、たずねた。

「扉をあけるのを手伝うべきかな？」

首を左右にふりたいところだったが、つらいので、あえて首は動かさなかった。

「レスキュー隊にはそれなりの工具があるんだもの。だいじょうぶ、救出作業は専門家にまかせておきましょう」

黒人男性はうなずき――その動作でたちまち血の気が引いて、顔色が灰色になった――ごくりとつばを飲みこんだ。釣られてわたしも気持ちが悪くなった。重力環境が変わったさい、急に頭を動かすと、だれもが例外なく吐き気をもよおす。

レナード・フラナリー――そう、それがこの人の名前だ。ヘレンとレナールがフランスのロワール渓谷で結婚式をあげたとき、この人物と会話を楽しんだ憶えがある。戦時中、航空機運搬のパイロットをしていた当時、フランスで一滴もワインを飲まなかったといったところ、おおいに驚かれたものだった。

じっとしていたほうがいい――そんなわたしの見解を裏づけるかのように、だしぬけにハッチが開き、気圧差でシューッと空気が吹きこんできた。客室の内部に、T‐38追跡機二機の遠い轟音が響きだす。流れこんできたのは、陽光と新鮮な空気だけではなかった。ゴムが焼けるにおいと土のにおいもだ。それに混じって、薙《な》ぎ倒された青草のにおいも。

わたしはふたたび目を閉じた。緑のにおいを嗅いだとたん、泣きそうになったからである。

「全員、動くな！」

突如として遊底を引く音がした。ついで、金属と金属がぶつかる音も。

反射的に目をあけた。狩猟用の迷彩服を着た男が六人、搭乗口からなだれこんできて、わたしたちにライフル銃を向けていた。黒人もいれば白人もいるし、その中間の肌の男もいる。そして全員が、思い思いの形で顔を隠していた。ひとりは目出し帽《バラクラヴァ》をかぶっており、わかるのは黒人ということだけで、顔の造作まではわからない。別のひとりは褐色に陽灼けした男で、コミックブックの悪党よろしく、鼻から下をバンダナでおおっている。ほかにバンダナをつけた黒人がひとり。四人めはガスマスクをつけていた。残るふたりがつけているのは建設現場で使う防塵《ぼうじん》マスクだ。

この男たち、いったいどうやって国際航空宇宙機構《IAC》のセキュリティを突破できたのだろう――いえ、待って。追跡機はまだ上空を旋回している。船長がどこに往還船を着陸させざるをえなかったにせよ、おそらくここはカンザスじゃない。こんな状況に対しては、とるべき手順の持ち合わせがなかった。これはルーティーンではないのだから。

そのとき、となりでヘレンがうめいた。

「おい！　声を立てるな！」

バラクラヴァ帽をかぶり、ライフルを手にした男が通路を駆けてきて、銃口をヘレンに向けた。ブルックリン訛《なま》りが強い男だ。

ヘレンはびくっと頭をのけぞらせ——たちまち吐いた。吐く寸前、とっさに横を向き、わたしにかからないようにしたのは、さすがに宇宙のプロというべきだろう。もっとも、飛沫は自分の太腿にかかってしまったのだが。ヘレンの嘔吐に引きずられて、客室のあちこちで吐く音がしだした。

自分も吐きそうになるところをぐっとこらえて、わたしは歯を食いしばった。何年にもわたり、不安による嘔吐と戦った経験が役にたつ日がこようとは、だれに予想できたろう。とはいえ、ストレスと重力の負担で心臓は動悸を打っている。そのあいだにも、嘔吐の音がするたびに、ブルックリン訛りの男はそちらに銃口を向けつづけた。バラクラヴァ帽の下に覗く茶色の目は険しい色をたたえて細められている。

「いったい……なんで吐いてるんだ？　どいつもこいつも？」

わたしのうしろでだれかがのどを詰まらせた。別の闖入者《ちんにゅうしゃ》がいった。

「顔の覆いをはずすな！　伝染《うつ》りたくなかったら」

「宇宙細菌か！」

いまは笑いをこらえるのが最良の選択だろう。しかし、思わず、あきれた声を漏らしてしまった。その声は客室に反響し、全員の目をわたしに引きつけさせた。だけどね、正直いって……宇宙細菌よ？　ラジオの三文ドラマじゃあるまいし。

「そんなに可笑《おか》しいか？」

　ブルックリンが歩み寄ってきて、わたしのこめかみに銃口を突きつけた。冷たい金属にこめかみのくぼみを圧迫され、頭骨にごりごりと銃口を押しつけられた。

「地球に病原菌をばらまくのが、そんなに可笑しいか？」

「やめなさい、そういうまねは」レナードがストラップを締めたまま前に身を乗りだした。

「これがどういう行為なのかわかっているだろう。こんなことは──」

「黙れ」ブルックリンはレナードにライフルを突きつけた。「白人の靴を舐める黒人《アンクル・トム》の寝言なんぞ聞いてるひまはねえ。おまえらだってな、問題の一部なんだぞ。おれたちゃそれを変えるんだ」

「おい！」ガスマスクの男がいかにも軍人らしい動きで大股に近づいてきた。この男はライフルの構え方も堂に入っている。マスクフィルターでくぐもってはいても、教練係の軍曹のような口調が聞きとれた。「病気だろうがなんだろうが、時間は刻々と過ぎていく。こいつは千載一遇の機会だ。だから、そんなふうに──うおっ、こいつは驚いた。あんた、〈レディ・アストロノート〉じゃないか」

　ファンと出くわす機会は多々あれど、よりによって、銃口を突きつけられた状態で相対するはめになろうとは……。しかし、これはこれで対話のとっかかりになる。ファンと相対する心得はできているからだ。こめかみに銃口を突きつけられつつ、わたしは軍人風の男にほほえみかけた。ガスマスクのレンズの奥に見える目はくすんだ薄茶色で、片目には黒い小斑がある。

「あなた、『ミスター・ウィザード』のファンみたいね」

「娘が好きでな」

　つかのま、男の目元がほころびかけたが、そこでかぶりをふり、肩を怒らせた。

「そんなことはどうでもいい。問題は……」男はブルックリンの二の腕をぐいとこづいて、

「おい、この女、使えるぞ。この女になら注目が集まる」

「パイロットを押さえんじゃねえのか？」

「押さえたくても、コックピットにゃ押しこめん。そうだろう？　厳重にロックされてるからな。ところが——この女はかなりの有名人で、国の宝だ。これなら政府も——」

　おりしも遠くからサイレンの音が聞こえてきた。刻一刻と大きくなってくる。ブルックリンははっと身がまえ、外に通じる搭乗口にふりかえった。

「やべえ。もうきた」

「当局がのほほんとしているとでも思ったのか？　馬鹿か、おまえは」

　ファンの男が手を伸ばしてきて、わたしの腕をつかみ、席から立ちあがらせようとした。

それも、ショルダー・ストラップをはずさずに。

「手伝いましょうか？」抵抗すると疑われないように気をつけながら、両手を用心深く、上に持ちあげた。「バックルがいっぱいあるの」

　ガスマスクはうめき、わたしがバックルをはずせるようにあとずさった。鉛のように重い指をショルダー・ストラップに這わせる。地球の重力が手にずしりと重くのしかかり、ストラップでさえ一トンはありそうに感じられた。月面のエクササイズ・ルームでどれほど時間をかけて鍛練しても意味はない。地球に降りて最初の一週間は、いつでも地獄なのである。ストラップと格闘しているあいだにも、複数のサイレンの音はますます近づいてくる。

　自分の席から、レナードがいった。

「たのむ。白人の女性を人質に使うのはやめてくれ。これがどんな結果を招くのか、きみたちにもわかっているはずだ」

　わたしのファンは、一瞬、ためらったものの、すぐにかぶりをふった。

「黒人を人質にしたところで、当局は歯牙《しが》にもかけんがな。〈レディ・アストロノート〉

ならどうだ？　目の色を変えるぞ」

　二本めのショルダー・ストラップをはずしたとき、ファンの男がふたたびわたしの腕をつかみ、強引に立ちあがらせた。わたしは男に体重をあずけ、もたれかかりながら、前の席の背もたれをつかんだ。そのあいだにも、圧倒的に増えた自分の体重に対処するため、脳が苦闘をつづけている。周囲で客室がぐるぐる回転しだすなか、わたしはからだを支えようと必死に戦った。吐き気を口実にして時間稼ぎができるかもしれない。

「そのひとはね――」うしろからヘレンの声がかかったが、その先は途切れた。さいわい、まだ先をつづける余力はあったようだ。「――そのひと、めまいを起こしてる。服に吐かれたくなかったら、もっとゆっくり動かしたげて」

　胃の中にはなにもない。フライト前にはものを食べない習慣をつけているからだ。それでもわたしは、ヘレンのことばに乗って、吐きそうなそぶりを装い、相手の意図を探ろうとした。

「わたしになにをさせたいの？」

「搭乗口に立て。おれたちの要求を伝えろ」

　ブルックリンの手で通路の先に押しやられた。重力のせいで足もとがおぼつかない。

　ふらふらと歩きだそうとしたとき、わたしのファンにとめられた。

「いわれたとおりにしろよ。そうすりゃ、だれにも危害は加えない」

「ええ、ええ、そうでしょうとも」

息をするのがむずかしくなってきた。この重力で動いているせいか、それとも恐怖のせいなのか。たぶん、両方だろう。わたしはファンの男にもたれかかり、往還船の搭乗口へ歩きだした。

乗客はもう、全員が意識を取りもどしているようだ。そのむかしは宇宙飛行士チームの全員と知りあいだったものだが、いまや顔見知りは半数くらいしかおらず、一部の者にはほとんど見覚えがない。それでも、ここにはヘレンがいる。レナードがいる。いざというときにはマルーフも頼りになる。搭乗口のそばでは、エンジニアリング部のセシル・マーロウがショルダー・ストラップと格闘していた。あたかも立ちあがろうとしているかのようだ。ルビー・ドナルドスンはブロンドの髪をおさげにして、一見、子供のように見えるが、これでも戦時中は最前線に詰めていた軍医だった。

コックピットにいる二名のパイロットはなにをしているのだろう。たぶん、ふたりとも意識をたもち、現状を認識しているはずだ。すくなくとも、レスキュー隊ではない者らが乗りこんできていることには気がついているだろう。客室にはインターカムがあるから、パイロットと通話はできるが、カメラはないので、操縦席から状況は見えない。わたしがパイロットなら、いまはじっと耳をすまし、すこしでも情報を拾おうとしているところだ。インターカムから聞こえる音をミッション管制センターに中継してもいるだろう。

　わたしは咳ばらいをした。

「六人も雁首《がんくび》そろえて、あなたたち、わたしになにをいわせたいの？」

　通路の突きあたりで、ブルックリンがわたしを立ちどまらせた。

「地球は問題だらけだといえ。地球の問題が正されるまでは宇宙どころじゃねえと」

　わたしはゆっくりとうなずいた。そうか。これは地球ファースト主義者だ。もっと早く気づいてしかるべきだった。この者たちの大半は、〈巨大隕石〉の余波がもっともひどい地域から逃げてきた被災者だ。ブルックリンから避難してきた男は、おそらくすべてを失ったばかりか、黒人であるがゆえに、ブルックリンの廃墟に取り残されていたのだろう。

「いいわ。でも、わたしにメッセージを伝えさせるために、ここにいる全員を人質にしておく必要はないでしょう」

「立場を考えてものをいえ」

「ご親切なことね」搭乗口の外に、ライトを回転させたレスキュー隊の車輛がつぎつぎにやってきて停止した。地元の救急車が一台と、消防車が三台だ。ＩＡＣのレスキュー車はきていない。車の一台は側面をこちらに向けて停めており、〝マディソン郡〟と書いてあるのが見えた。「ここはどこ？」

「アラバマだよ」

「そう……だとしたら、ＩＡＣの人間が到着するまで、しばらくかかるわね」追跡機と追跡レーダーとで、ＩＡＣが往還船の現在地を把握しているのは明らかだ。しかし、だれかがここへくるまでには時間がかかる。「具合の悪い人もいるんだから、解放して救急車に乗せてあげれば？　そうすれば……そうすれば、宇宙細菌の隔離にもなるわよ」

侵入者のひとりが搭乗口の外にさっと顔を突きだし、すぐに引っこめた。

「救急隊員が何人か向かってきてるぜ」

「とめろ」

わたしのファンが男にあごをしゃくった。その動きで、ガスマスクの有毒ガス吸収缶が揺れ動いた。

搭乗口の男がひとつ深呼吸をすると、ライフルを突きだし、空に向けて発射した。銃声は客室にこだまし、荒々しい残響で室内を満たした。ついで、男が搭乗口の外に怒鳴った。

「寄るな！　近すぎる！」

ブルックリンがわたしをぐいと前に押しだした。親指がひじのすぐ上に食いこんだが、まっすぐ立っていられるのはこうして支えられているおかげでもあった。

　ファンの男がちらとわたしを見て、伝える内容を口にした。

「おれたちがニュース・クルーを呼ぶように要求しているといってもらおう。それとな、大統領もだ。それから、マーティン・ルーサー・キング博士も」

「国連事務総長もだぜ」バンダナで覆面をした男の片方がいった。

　この男は六人のなかでもいちばん肌の色が黒く、意外にも英国風のアクセントを使う。イギリスにも黒人の活動家がいることは知っていたが、わたしはてっきり、地球ファースト主義者はみなアメリカ人だと思いこんでいたのだ。

「わかっているでしょう……要求を伝えたところで——」なんにもならないといいかけて、ここはあまり刺激しないほうがいいと思いなおした。「——すぐにはこないわ、だれも」

　イギリスの黒人が片眉を吊りあげて、

「救急車はすぐにきたろうが」

「救急車は地元のだもの」いまここで、なにをすべきかわからない。わたしが学び、訓練を受けてきたのは、数学と宇宙船の操縦なのだから。人質の置かれた状況に関する知識は、どれも映画で見たものしかなかった。こうして当事者になってみると、いやでも実感することがある。映画はけっして参考にはならないということだ。『三人の狙撃者』ではあるまいし、この抗議者たちのなかに、おもちゃの銃を本物のリボルバーと見まちがえる阿呆などいはしない。そしてわたしには、この者たちを感電させる方法もない。それどころか、立っているだけでも困難な状態だ。抗議者たちを刺激せず、いうとおりにすることが、この場でとりうる唯一の対策だろう。「要求を伝えるのはかまわないけれど、待たされることは覚悟しておいてほしいわね」

「おれたちに説教できる立場か」これは英国人だ。

「わかってますとも。わたしはただ、あなたがたに必要な情報を与えようとしているだけ。カンザスからここまでは五時間のフライトなの。わかる？　わたしがいいたいのはそれだけよ」

　じっさいには二時間というところだが、多めに見積もっておいても損はない。つまり、大統領をT‐38に押しこめられれば二〇分でこられるが、絶対にそんなことはできないという意味だ。わたしは搭乗口に向きなおり、フィルターなしに降りそそぐ強烈な陽光に目をすがめた。

「なぜ要人たちと話をしたいか、きかれるわよ？」

「それは連中がきてみればわかることだ。そうだろう？」わたしのファンが身ぶりで搭乗口を指し示した。「ニュース・クルー、大統領、キング博士、国連事務総長。それだけだ。ほかはなにもいわなくていい。わかったな？」

ブルックリンが通路を引き返していき、ヘレンにライフルの銃口を向けた。

「こいつは保険だ」

かろうじてわたしを立たせているのは、アドレナリンと、二〇年以上にわたって不安を押し隠すすべを学んできたという事実——それだけだった。フライトスーツの中では肌が極端に張りつめているし、ひとつ動悸を打つたびにひざが笑っている。それでも、どうにかこうにか男にうなずき、搭乗口に立つことができた。

片手を搭乗口のフレームにかける。わなわなと震える指が、表面上は余裕がありそうに見えるそぶりをだいなしにしていた。消防士たちは消防車のそばに立っている。どう対処するかを相談しているのは明らかだ。救急車の運転手は無線機のマイクを片手に持って、だれかと話をしていた。そこで消防士のひとりがわたしに気づき、同僚をこづいた。

抗議者たちの要求を叫ぼうと大きく息を吸った。その結果、フィルターを通していない空気、砂塵《さじん》と花粉と車の排気を一気に吸いこむはめになった。搭乗口のフレームをつかみ、ひとしきり激しく咳きこんだ。からだをふたつに折ったのは、咳きこんだからではない。気を失いそうになるのをこらえるためだ。だれかが背中に手をあて、別のだれかが片腕をつかみ、わたしのからだを支えた。

「だいじょうぶか？」ファンの男がフレームの陰にしゃがみこんだ。

わたしはうなずき、うなずいたことを悔やんだ。歯を食いしばり、吐き気をこらえて、ぐるぐる回転する世界が停止するのを待つ。

「立つのに手を貸してもらえる？　ゆっくりと」

男はうなずき――その動作でまたもやガスマスクの吸収缶が揺れた――わたしが背筋を伸ばすのを手伝った。ついで、わたしの腕を支えたまま、くすんだ薄茶色の目でわたしを見つめた。ややあって、わたしはさっきよりも慎重に息を吸った。見ると、わたしが咳きこんでいるうちに、救急救命士のひとりが近づいてきていた。見かねて思わず動きだしたのだろう。

救急救命士に視線を注ぐ。若い白人男性だ。二〇代はじめくらいだろうか。ポマードで固めたブロンドの癖っ毛がところどころではねている。その救急救命士に呼びかけた。

「このひとたち、ニュース・クルーを呼べといっているの。それから、話をしたいそうよ――大統領、国連事務総長、マーティン・ルーサー・キング・ジュニア博士と」

「だれをだって？」熊みたいに肩がいかつい、蒼白い頬にそばかすを散らせた消防士が、仲間のあいだから進み出てきた。「そのひとたちを呼んで、なにを話すというんだ？」

　わたしは横に目をやった。ファンの男がかぶりをふって、

「大統領がきたら、わかるといってやれ」

わたしが政府というものを正しく理解しているなら、大統領がくるはずはない。

通路の奥側では、ブルックリンがなおもライフルをヘレンに突きつけている。わたしはやむなく、もういちどメッセージをくりかえした。陽光の下から船内にあとずさったのはそれからのことだ。

「もう席に戻ってもいいかしら」

悪意から〝だめだ〟といわれそうな予感がしていたが、ファンはわたしを座席へ連れていきはじめた。わたしたちが通路を歩いてくるのを見て、ブルックリンが銃口を下げる。それと同時に、ヘレンがぐったりとシートの背もたれに身をあずけた。まるでライフルがからだを支えるロケット発射整備塔ででもあったかのようだった。

自分の席にどすんと腰を落としたいのは山々だったが、慎重に腰をおろした。わたしが人質などではなく、いたわるべき老女であるかのように、ファンの男が手を貸してくれた。わたしは咳ばらいをし――水を飲ませてもらえるなら、大枚をはたいたっていい――水を向けた。

「大統領がくるのを待つあいだ、わたしに代弁させたい内容を話しあっておかないこと？そっちの人は、さっき地球が問題だらけといったわね……？」

ファンの男はブルックリンと視線を交わしあい、通路の後方にも目をやった。たぶん、ほかの人質たちのようすをたしかめたのだ。通路をはさんだ隣席では、レナードがこちらにすこし身を乗りだし、耳をそばだてている。わたしが前に行っているあいだのどこかの時点で、レナードはショルダー・ストラップをはずしていた。

ファンの男は目を細め、じろじろとわたしを見た。ややあって、なにをどう思ったのか知らないが、こくりとうなずいた。

「地球の人間は疎外されている。カネは〈巨大隕石〉が残した爪跡の修復ではなく、宇宙計画につぎこまれているのが現状だ。おおぜいがせまいアパートメントにぎゅうづめだというのにだぞ。被災者は一〇年たってもまだ家に帰れない。保険会社は〝天災は対象外〟だといって保険金を出さないし、どこの政府も必要な場所に〝リソースを配分している〟からだ」ファンの男は渋面を作り、眉根を寄せた。「そのリソースがどこに配分されてるのか、おれたちにわからないとでも思ってるのか？　どの地域がほったらかしにされているのか、おれたちにわからないとでも思ってるのか？」

わたしはあまりにも長く宇宙事業に従事してきた。そして、地球の気候になにが起きているかを深く理解している人たちばかりと仕事をしてきた。それだけに、多くの人々がもっと差し迫った必要に迫られていることをついつい忘れてしまう。

「気候が気象学者の考えているとおりの形で温暖化しつづければ、地球上のだれもが生きてはいけなくなるのよ。ほかの惑星に居住地を確立しないかぎり。これは……宇宙計画は……地球の人々のためのものなの」

「よしてくれ。こんなケースは過去に何度もあった。宇宙はエリートのためにある。エリート以外はみんな地球に取り残されちまう」

　わたしはかぶりをふって、

「ちがうの。そういうふうにはならないの」

「そうか？　じゃあ、うしろを見てみろ」

　いわれたとおり、うしろをふりかえった。もう吐き気をもよおさないよう、ゆっくりとした動きでだ。抗議者のうちのふたりは通路の奥に陣どり、客室の最後部に立っている。搭乗口付近には三人だ。わたしのそばにはファンの男。乗客は全員、血の気を失っていた。重力のせいか、この状況のせいかはわからない。おそらく、両方のせいだろう。ヘレンは両手を片ひざの上で組み、チェスや計算をしているとき特有の真剣な表情を浮かべている。レナードは両手を両腋にはさみ、下唇をかんでわたしたちを凝視していた。ルビー・ドナルドスンは右ひざをゆすっており、ファンデルビルト・デビエルは親指の爪をかんでいる。

「見たわよ。みんな憔悴《しょうすい》しきってる」

「もういちど、ようく見てみろ。おれみたいなのが何人いる？」

通路ごしに、となりの座席に目をやった。レナードが眉をひそめた。どうしてわたしはこうも鈍いのだろう。ここに誓おう。いつの日かきっと、もっと早くに状況を認識できるようになってみせると。宇宙飛行士で占められた往還船の乗客のうち、黒人男性がひとり、台湾人女性がひとりだけで、ほかの三〇人はみな白人だった。いや、二九人とユダヤ人がひとりというべきか。それはわたしをどう数えるかで変わる。

「あなたがまちがっているとはいえないけれど……」

「言い分があるなら聞こうじゃないか」男は手にしたライフルを持ちなおした。

「いまはまだ計画の初期段階なのよ」

一般人は宇宙計画をなにかすばらしくて立派なものだと思っている。『バック・ロジャーズ』のようなドラマのイメージに影響されているのだろう。しかし、実態はそんなものではない。わたしは説明を試みた。

「たとえば……わたしは一年の半分を月面で過ごしてるわ。あそこには小川も水路も存在しない。ベッドなんて寝袋よ。アルコールも禁物だし――」例外はある。さすがに美味なアルコール飲料はないが。「食べものはみんな缶詰。エラーが起きればコロニーの全員が死んでしまいかねない。現状では、宇宙に出るには、非常に特殊なスキル一式が必要なの。この船内にいる人間は、全員が修士号か博士号持ちのはずだわ」

ファンの男はぐっと身を乗りだしてきた。ガスマスクの奥に覗く目が険しくなっている。

「つまり、黒人にそういう特殊なスキルはない――そう思っているわけだな？」

通路をはさんだ席で、レナードが咳ばらいをした。

「われわれのなかにも、明確に要件を――」

レナードがその先を呑みこんだのは、ファンの男に視線で射すくめられたからだった。

ガスマスクの吸収缶を揺らして、男はうめくようにいった。

「ご託宣があるなら聞いてやるぞ、アンクル・トム」

レナードはげんなりした顔になり、こう答えた。

「宇宙事業に求められる学位は、必死に努力しさえすれば得られるものじゃない。カネもかかればコネもいる。きみたちがやろうとしているのは愚行の極みだ。気持ちはわからんでもないがね」


宇宙の乗り物にはひとつ、大きな特徴がある。気密であるということだ。ハッチが開かれていて、地球の濃厚な大気に触れていても、風が船内に吹きこんできて循環する構造になってはいない。いまは八月。それも南部だ。加えて、降下にともない、乗客たちがいたるところで吐いていたことを思いだしてほしい。

要求を伝えてから四時間、暑さと臭気はますますひどくなっていった。ほんとうなら、いまごろはＩＡＣの順応センターにあるウォーターベッドでゆったりと寝そべっているはずだ。なのにわたしたちは、一Ｇという地球の大きな重力のもと、横にもなれず、座席にすわったままでいる。それも、反吐《へど》の異臭あふれる、うだるような空間の中で。

ヘレンが手を伸ばしてきて、わたしの脚に触れ、人差し指でリズムを刻みだした。さすがにヘレンは気転がきく。これはモールス信号だ。わたしはヘレンの手に自分の手を重ね、はたからはそっと手をたたき、励ましあっているように見せかけて意志を交わしあった。

長短のタップを組みあわせて、ヘレンはこうつづった。

（バイキン　リヨウ）

ヘレンの手にタップを返す。

（ドウスルノ）

（ワタシ　シヌ　フリ）そこでいったんタップをとめ、横目でわたしを見て、（アナタ　サワグ）

妙な話に聞こえるかもしれないが、ヘレンの〝死ぬふり〟が絶妙であることをわたしは知っている。宇宙飛行士には〝死亡体験〟と呼ばれる訓練がある。宇宙飛行士が死ぬときの状況をシミュレートするものだ。通常、訓練生が〝死亡判定〟のカードを出されたら、あとはじっとすわっているだけでいい。ところがヘレンは、死ぬ演技がやけにリアルで、ゼイゼイと苦しそうな息をしたあげく、ほんとうに死んだのではないかと心配になるほどぐったりとして、異様に動かなくなってしまう。

その手が通じるかどうかは心もとない。しかし、大統領がくる可能性が皆無である以上……そして、大統領がこないと知ったとき、抗議者たちがどのような行動に出るのか不明である以上、試してみる価値はあった。わたしは首を伸ばし、客室を見まわしてファンの男を探した。男の名はロイという。そうとわかったのは、ブルックリンがトイレはどこかとたずねたとき、名前で呼びかけたからだ。

おそらくロイは、客室の中で多少とも快適に過ごせる唯一の人間だろう。ガスマスクをつけているのだから。ロイの注意を引くため、わたしは片手をあげた。意外にも、ロイはすぐにそばまでやってきた。

「あなたがたの目的のことを考えていたのよ。それで、ひとつ提案があるんだけど」

「ぜひ聞かせていただきたいもんだな」

ここでわたしは、いままで見たなかでもっとも英雄的な行為を目《ま》のあたりにした。ヘレンが鋭く頭を動かし、身をふたつに折って、ロイの靴に反吐を吐いたのだ。地球に帰ってきたばかりの時期は、急な動きも、身をふたつに折る動きも、極力避けねばならない。どちらも嘔吐に直結するからである。そのふたつを、ヘレンはいま、みごとなほどの的確さで、連続して行なってみせた。

　ロイがあわてて身を引く。その拍子によろめいて、脚がレナードの席のひじかけにぶつかった。ガスマスクごしでも、その顔が不快感で歪んでいるのがわかった。

たちまち、ほかの抗議者が血相を変え、ライフルをこちらに向けた。もっとも、なにが起こったのかは判断しかねているようだ。そのとき、ヘレンが頭をあげるなり、がたがた震えながら、しわがれた声を出した。

「宇宙……」激しく咳きこんで、「……細菌」

　そこでくずおれ、わたしのひざの上でぐったりと動かなくなった。演技だとわかってはいても、わたしは反射的に身をのけぞらせた。ほんとうにショックだったのだ。それから、片手をヘレンの首筋にあてがった。動悸が速い。どくんどくんと強く脈打っている。ここでわたしはロイを見あげ、本気で病状を案じていると聞こえるであろう声を出した。

「ただごとじゃないわ、これは」

　ロイの背後で、レナードが座席から身を乗りだした。

「往還船じゅうの宇宙飛行士が死んでしまったら、だれがきみたちのことばに耳を貸すと思う？　キング博士がきみたちを支持すると思うか？」

ヘレンの首筋に手をあてたまま、わたしは懇願してみせた。

「おねがいよ。善意のあかしに、体調の悪い人は往還船から出してあげて」

「人質を解放しろというのか」

「体調の悪い人に手当てを受けさせる——そんな人道的配慮を見せてこそ、あなたたちの要求を受け入れてもらえるんじゃないかしらね？」だが、ロイにはまったく折れる気配がなかった。ほんのすこしもだ。「わたしが仲介役としてあとに残るから」

おりしも、情報通信担当のドーン・サバドスが空《から》えずきをし、それがきっかけで、バンダナの男の片方、例の浅黒く陽灼けした男が動揺を見せ、かぶりをふってロイにいった。

「解放しようぜ……おれたちに感染する前に」

自分だけガスマスクをつけて安全なロイは、仲間たちをひとりひとり見まわした。ブルックリンはバラクラヴァ帽をかぶっているというのに、さらに鼻を片手で押さえている。その手を一時的に離して、ロイにうながした。

「解放だ」

「わかった」ロイが手を伸ばし、わたしの両腕をつかんだ。「外の連中に現状を伝えろ」

わたしはヘレンをそっとひざから動かした。訓練のときと同じく、ヘレンは〝死んだ〟まま、片腕をだらんと床にたらしている。わたしはロイの手を借りて立ちあがった。その動きで、周囲にかすみがかかったようになり、ぐらりと視界が揺れた。とっさになにかをつかみ——たぶん、前の席の背もたれだ——めまいが治まるのを待ってから、ふらふらと通路を歩きはじめる。

搭乗口へたどりつくまぎわ、足をとめてロイに向きなおった。

「みんなを外に出すには、救急救命士たちに搭乗口の外まできてもらわないといけないわ。みんな衰弱がひどくて、自力では立てないから」

搭乗口のフレームにもたれかかっていたイギリス人が顔をあげ、ライフルを構えた。

「ふたりずつか？」

ロイがうなずき、わたしに釘を刺した。

「ばかなまね、すんなよ」

「わかってる」

搭乗口に歩みよった。イギリス人が手を差しだし、わたしを支えた。

太陽は大きくかたむいて、すべてを荘厳な金色に染めあげていた。そのなかでひときわ異彩を放つ赤と青の光は、救急車輌の回転灯だ。救急車の台数が増えている。警察車も何台か見えた。抗議者たちの要求どおり、ニュース・クルーの姿もある。三大ネットワークすべてに加えて、ラジオ局もいくつかきており、すでに取材機器を設置しおえていた。

　ただし、あまり近づきすぎないよう配慮しているようだ。往還船の周囲には軍が非常線を張っており、全員、そのラインから前へ出ないようにしていたからである。わたしが搭乗口に立つと、軍人や警官がいっせいに銃を向けてきた。わたしはごくりとつばを飲んでから、要求を伝えた。

「抗議者たち、状態のよくない宇宙飛行士を解放するといってるの。善意のあかしとして、いちどにふたりずつ。救急救命士の人たちは、解放される宇宙飛行士を迎えに搭乗口まできていいそうよ」

　そこまでいったところで、搭乗口から船内に引きもどされた。ひざから力が抜けていき、往還船の床にへたりこむ。が、そこで英国人に腕をつかまれ、むりやり立ちあがらされて、一連の急激な動作の結果……気を失ってしまった。

　ややあって意識を取りもどしたとき、嘔吐物と恐怖のにおいが充満する船内にいるのは、自分と抗議者たちだけになっていた。

3

往還船占拠の地球ファースト主義過激派
宇宙飛行士三十二人中、三十一人を解放
人質解放は〝善意のあかし〟

デイヴィッド・バード

［モンゴメリー（アラバマ州）発　一九六一年八月二十一日］宇宙計画に反対する地球ファースト主義の過激派グループは、シグナス14号が目標地点を大きくはずれて着陸したのを機に往還船を襲って占拠し、三十二人の宇宙飛行士を人質にとったが、本日、〝善意のあかし〟として、一人を除く三十一人を解放した。残る一人、〈レディ・アストロノート〉として知られるエルマ・ヨーク博士は、要求が受け入れられるまで、以後も人質として拘束され、当局との仲介を担わされるという。

午後一〇時。船内は暗い。光源はレスキュー隊が船外に設置した数基の投光器だけだ。内耳で平衡感覚を司る前庭系《ぜんていけい》は、地球の一G重力に戻ったことで機能不全に陥っており、気持ちが悪かった。不時着したときよりもいっそう衰弱した感がある。あのあと、必死にがんばってはみたものの、二度も気を失ってしまった。もういちど搭乗口まで歩かされ、大統領、国連事務総長、マーティン・ルーサー・キング・ジュニア博士を呼べと、改めて要求を伝えさせられたあとのことだ。

三人がくるはずはない。それはわかっている。地球ファースト主義者たちがそれに気づくのも時間の問題だろう。デンリー大統領は朝鮮戦争で部隊に民間人を撃てと命じたことで知られる人物だ。抗議者の要求に応じるとは思えない。

搭乗口まで行き来するとき以外は、客室の最前部近い席にすわり、ネックパッドに頭をもたせかけ、仮眠をとろうと試みた。午前二時、暗闇の中にすわっていてさえ、緊張してとても眠れなかったが、目をつむっているわたしを見て眠っていると思ったのか、抗議者たちはあけすけな会話を交わしていた。

「くそったれ。腹がへった」これは例のイギリス人だ。名前はライサンダーといい、結婚した相手がブルックリンの姉妹らしい。ロイはそのいとこだという。聞いているうちに、この占拠行為は計画的なものではないことがわかってきた。狩りをしていたところ、往還船が降下してくるのに気づき、この一〇年でたまりにたまった鬱憤が爆発して、発作的に暴挙におよんだらしい。

ブルックリンがわたしの肩を揺さぶった。

「おい、食いものの差し入れ、させられると思うか？」

もういちど揺さぶられるまで待ってから目をあけた。これも映画で見た戦術だ。たぶん、じっさいより弱っているように見せたほうがいい。といっても、もう充分に弱っているのだが。

「……はい？」

搭乗口を指さし、ブルックリンがくりかえした。

「食いものを差し入れろといえ」

ロイがかぶりをふった。

「馬鹿いうな。差し入れになにを盛られるかわかったもんじゃない」

「なら、缶詰を要求すりゃいい」ブルックリンが肩をすくめて切り返した。「ＳＰＡＭの缶詰に食パンがありゃあ、サンドイッチができる」

〝SPAM〟ということばを聞いたとたん、のどから胃が飛びだしそうになった。必死に吐き気をこらえながら、

「トイレに行ってもいいかしら。もういまにも――」片手を口にあてがって、「ね？」

ロイがわたしの腕をとり、引きずるようにトイレまで連れていった。往還船のトイレは宇宙用に最適化された真空吸引式になっている。便器のすぐ前にはつかまるためのバーもある。いまは吸引機構が停止しているが、地球上では重力がその役を担う。

わたしはよろよろとトイレに入り、鍵をかけ、しばしドアにもたれかかってから、便器に向かってしゃがみこんだ。どうしようもなく気持ちが悪い。吐けば楽になるだろうが、吐きたくはなかった。そもそも吐くものがない。そのため、気持ち悪さで荒い息をして、力なく小部屋の床にすわりつづけた。

ロイがどんどんとドアをたたいた。

「すんだか？」

「もうすこし！」

また立ちあがり、席まで歩いて戻らねばならないと思うと、手足がいうことをきかず、床にへたりこんだまま、動くに動けな――。

銃声がした。

認めよう。わたしは悲鳴をあげた。トイレの外から聞こえるのは、ショットガンの間欠的な発砲音と、それに混じるアサルトライフルの派手な連射音、そしておおぜいの叫び声。

そう、わたしは竦《すく》みあがった。震えあがった。これでも第二次世界大戦に従軍した身だ。当時、戦闘には関わらないはずだったが、じっさいには、何日か……航空機を運搬する任務のなかには、何日か——敵地に侵入せざるをえない任務もあった。とはいえ……。外でなにが起きているかわかっている以上、そして自分と死を隔てるものがトイレを囲む壁とプラスティックのドアしかない以上、恐怖しないのは愚か者だけだ。

わたしはしゃがんだまま、両腕で頭をカバーし、できるかぎり体積を小さくして縮こまった。自分にできるせいいっぱいの英雄的行為——それは撃たれないようにすることだ。

銃声がやんだ。

「制圧《クリア》！」男がだれかに報告する声。やがて足音が近づいてきて、トイレのドアの前でとまった。取っ手をつかみ、いったんあけようとしてから、男の声がいった。「ヨーク博士？　国連軍のミッチェル・オウニマス軍曹です」

「そう。ちょっと待ってて」わたしは涙をぬぐい、壁に手をついて立ちあがろうとした。いくら床にしゃがみこんでいた臆病者とはいえ、へたりこんだ格好で助けられるわけにはいかない。二度挑戦して、どうにか立ちあがることができ、鍵をあけられる状態になった。

　客室には反吐と尿のにおいとともに、火薬のにおいが充満していた。トイレに入るまで、往還船の客室がこれ以上悪臭にあふれることはないだろうと思っていたが、そんなことはなかった。国連軍の若い兵士はそばかすだらけの白人で、睫毛の色からすると、ヘルメットの下はナチュラル・ブロンドだ。

「マム、だいじょうぶですか？」

「ありがとう。なんとか」わたしは片手を差しだした。「でも、手を貸してもらわないと歩けそうにないわ」

　ロイは床の上に倒れて身をよじっていた。胸の上部から血を流している。座席と座席のあいだには、別の抗議者が神に祈るような格好で絨毯《じゅうたん》に倒れていた。だれかがうめいた。よかった。よかったというのは、そのだれかが苦しんでいることがではない。生きていることがだ。

　こんな結果になっていいはずがない。奇妙に聞こえるかもしれないが、もしも大統領がきていたら、この者たちはほんとうにわたしを解放していただろう。もしもきていたらだ。しかし、それはけっして実現するはずのないことだった。

　検診と帰任報告から解放されるまでには四時間かかった。そのあとは……ここでまず、三カ月間にわたってリネンのタオルでからだを拭き、ドライ・シャンプーだけで過ごしてきたあとで経験する、シャワーのすばらしさを語らせてもらおう。宇宙に出たことのない人には、水を使えることのありがたみが絶対にわからないだろう。順応センターの個室にあるシャワールームで、わたしはスツールに腰かけ、降りそそぐお湯を堪能した。湯滴が頭を打ち、髪を経て顔へ、首へとつたい落ちていく。お湯はぬくもりでわたしを包みこみ、官能的な輝きを放ってわたしの全身を流れ落ちる。

あとでもういちど、もっと長い帰任報告をしなくてはならない。しかしいまは、こうしてシャワーの下にすわっていることができる。前のめりになり、両ひざに両ひじをつき、流れ落ちる湯が多数の指で背中をマッサージするにまかせていられる。シャワールームの外には付き添いがひとり待機していて、ベッドまで手を引いてくれることになっていた。今夜はひと晩、負担にあえぐ手足をウォーターベッドで休ませる。本音をいえば、永遠にシャワーを浴びつづけていたいところだったが、シャワーならまたあとで浴びられるし、湯にも浸かれる。ああ……バスタブに身を沈め、温かいお湯に身をゆだねて、体重を軽減させられるときが待ち遠しい。

とはいえ、いつまでものんびりしていると、付き添いの女性に負担をかける。わたしはためいきをつき、シャワーをとめてコールボタンを押した。たちどころにドアが開いた。

ずっとドアノブに手をかけて待機しているのでなければ、こんなに早くは——。

戸口に立っていた人物はナサニエルだった。ほほえみを浮かべている。目の前に朝陽が昇ったかのような、極上の笑み。

「お手伝いできることはございましょうか、〈マダム・アストロノート〉?」

わたしは重さ三〇キロにも感じられる自分の腕を伸ばした。

「からだを拭いてくれるとうれしいんだけど」

「お安いご用でございますとも」

ナサニエルはもうはだしになっていて、シャワールームに入ってくると、わたしの手をとり、腰をかがめてキスをした。往還船から救出されたとき、たしかに電話で話をさせてもらえたけれど、この瞬間にいたるまで、なんだかずっとナサニエルが遠い存在のように思えていたのだ。

夫の手はあたたかく、馴じみ深いものだった。中指の第一関節にできた消えることなきペン胼胝《だこ》や、指の甲に生えたブロンドの毛にいたるまで——それがわたしの肌をくすぐっている——なにもかもが心に刻みこまれたとおりだ。押しつけられた唇はあたたかく、すこしかさついていたが、すっかり馴じんだその形と感触に、身も心もとろけそうになった。愛する人と三カ月も離ればなれになっていて、ようやく再会したいま、最初に刺激された感覚は……触覚だった。そして、嗅覚。ナサニエルという重力場を得て、軌道からはずれた自分がさまよいだしそうな不安感は、きれいさっぱり霧消した。

たしかに、まだ疲れすぎていて、自力で立てはしない。しかし、世界はこれであるべき姿に戻った。

「会えなくてさみしかった。とっても」

「もう二度と会えないんじゃないかと本気で心配したのは、こんどがはじめてだ」

　ナサニエルは腕を伸ばし、タオル掛けからバスタオルをとった。

「命が危ないというところまではいかなかったわ」あのときのことを思いだすと、ひとりでに顔が曇ってしまう。「再突入時を除けばね」

　ナサニエルが愕然とした顔になった。

「エルマ。きみは銃を持った男六人に人質にされていたんだぞ」

「ええ……たしかに。でも、あのひとたち、わたしを撃とうとはしなかったわ」わたしの錯覚かもしれないが、彼らの怒りが直接わたしに向けられたことはない。「狩りをしていたら、たまたま行動に出る機会に出くわして、発作的に実行してしまったらしいの」

「つまり、衝動的犯行か」

「確信犯ではあったわね」目を閉じれば、娘のことを語っていたときの、ガスマスクから覗くロイの目が浮かぶ。「あのひとたちにも家族がいるのよ。自分たちの子供のために、よりよい世界を求めていただけなの」

夫の沈黙は、けっして同意してはいないことを物語っていた。なにかをいおうとするかのように、ナサニエルは息を吸った。が、そこで息をとめ……ついで、ためていた息を吐きだすと、わたしの背中をバスタオルで拭きはじめた。

「とにかく、帰ってくるまで待ちきれなくてさ」

ナサニエルは話題を変えてくれた。ここが家なら、どこに同意できないのかを説明してくれただろうが、わたしが疲れきっていることに配慮してくれたのだ。

「なにか新しいこと、あった？」

「新しいラグを買った」腰を拭きおえたタオルを太腿にすべりおろしていく。「じっさいには、ニコール・ウォーギンに選んでもらったんだけどね、使ったのは、苦労して稼いだ自分の金だよ」

「楽に稼げるお金なんてあるのかしら」

「そうだな。ウォーターベッドに寝っころがって金をもらえるケースかな」

ナサニエルはしゃべりながら、わたしのからだの線にそってタオルでなぞっていった。まるで、わたしがここに実在することで、自分を安心させようとしているかのように。

「あまり長くは寝っころがらせてもらえないでしょうけれどね」きょうくらいは休ませてもらえるはずだ。しかし、あしたからは、内耳の前庭系を地球の重力に再順応させるため、理学療法士にびしばしリハビリをさせられる。ありがたいことに、最初の二回を経験して以降、リハビリ期間はそれほど長くかからなくなった。愉快な過程ではないが、いまでは一週間で解放されるようになっている。「何色にしたの?」

「え？　ああ。ラグの色か。あれは、ええと……赤が基調といえばいいかな？　模様が入っててね」つかのま、下唇をかんだ。「まあ、カウチのクッションによく合うよ」

わたしは目を細め、ナサニエルを見た。

「ははあん、火星風ね……まあ、ニコールは趣味がいいから。でも、どうしてラグなんて買う気になったの?」

　ナサニエルはタオルをたたみながら、

「前に帰ってきたときに、床がつるつるで困ってたろう？　だから、すべりにくいようにしようと思ってさ」

　なんてやさしいんだろう、わたしの夫は。

「アパートメントでは靴を履くようにしてもよかったのに」

「そりゃそうだけど、きみ、素足のほうが好きじゃないか」ナサニエルはタオルをバーにかけた。眉間には心配そうな縦じわが刻まれている。「ともあれ、すてきなラグなんだ。これは本音」

わたしは笑った。笑うことは驚くほど心を軽くしてくれた。今回の件で、わたしは二度、別々の形で死ととなりあわせだった。そもそも、宇宙に住んでいるだけでも危険は多い。それなのに、こうしてラグの話をしているなんて。

「信じてるわ」わたしは夫の手をとり、ドアに目をやった。「それでは、ベッドに連れていってくださる？」

ナサニエルはそうっとわたしを立ちあがらせた。わたしは夫を引きとめ、両手を首にからめてもたれかかった。ナサニエルはわたしの背中に両腕をまわし、背筋の痛む箇所をやさしくなでてくれた。とても気持ちがよかった。こうして全身が密着しているだけでも、ぬくもりに包まれてうっとりしてしまう。

なんだか目頭が熱くなってきた。感極まったこの想いが涙になってあふれないように、目をつむる必要に迫られた。ナサニエルの手が背骨のカーブにそって背中をなでおろしていき、ヒップをなでてから、また腰に這いあがる。そこで、そっと両腕をつかみ、わたしを支えたまま、一歩あとずさった。わたしはためいきをつき、病院着を着せてもらうと、ウォーターベッドまでの短い距離を導かれていった。

　宇宙暮らしのあいだに足裏の胼胝《たこ》がなくなったため、気分はまるで人魚姫だ。一歩ごとに足裏をナイフで抉《えぐ》られるような痛みを感じたという記述がよくわかる。おかしなことに、足の甲には胼胝ができていた。からだが浮きあがらないようにするため、しじゅう固定バーに足の甲をひっかけていたからである。スキップしながらの移動で床を蹴るため、爪先にも胼胝ができている。でも、かかとには？　かかとは赤ん坊のそれのように柔らかで、繊細な状態になっていた。

　ゆっくりとベッドに腰をおろし、脚を上にあげるのに手を貸してもらう。あたかも空気が抜けていくような音を立てて吐息を漏らし、からだを支えるウォーターベッドに倒れこんだ。もうへとへとだった。ウォーターベッドは負担を軽減してくれるが、六分の一Gで三カ月暮らしたあとでは、地球上で快適な場所などどこにもない。

　となりをぽんぽんとたたき、からだを横にずらして、ナサニエルが縁にすわれる余地を作った。このウォーターベッドはせまいのだ。ベッドが大きく揺れると、わたしのからだがはずんで負担がかかるため、ナサニエルは慎重に腰をおろし、わたしにへばりつくようにして横になった。その姿勢で、わたしの鎖骨ぞいに何度も指を這わせる。からだの芯に熱情が高まりだした。

「マートルがね、タンポポのお酒を造るっていってた」ふたりのあいだの隔たりを埋めるために他愛のない話をした。こんなに長く離ればなれになっていたのだから……いうべきこと、伝えるべき思いが山ほどたまっていて、どこから話しはじめていいのかわからない。なにを話していないのかも憶えていなかった。「それで、レーズン実験のあと、確信したのよ、だれもが――」

「待った待った。レーズン実験って？」

「ああ、そうか。ごめんね、まだ話してなかったわね。通信で話すと地球の管制センターに聞かれちゃうから、いえなかったのよ。ほら、月に干しブドウがどっさり送られてきたことがあったでしょう？　マートルはそれを水で戻して、乾燥していない状態にして、どうにかブドウを醗酵《はっこう》させることに成功したの」

「ワインを造ったのかい？」夫が笑った。ウォーターベッドがはずんだ。「月で？」

「アルコールというのは、活力あるコミュニティを成立させるために重要な要素なのよ」

　ナサニエルはわたしの頬にキスをして、

「そりゃまあそうだな。それで、出来のほうは？」

「咳止めシロップとテレピン油を混ぜたみたいだった」

　夫はヒューッと口笛を吹いた。

「うへえ。しかし月面ワインなら、地球だと一本何千ドルで売れるだろうな」

「ところが、アンリ・ルモントがそれを蒸留して、それなりのブランデーに仕立てあげたのよ」わたしは鼻にしわを寄せた。「この〝それなりに〟というのは、ジュースと合わせれば飲めるという意味よ？　それに、〝飲める〟というのは、まあ飲めなくはないという意味」

「マートルはリンゴジュースの醱酵に挑戦してないのか。意外だな」

「造ってという声は多かったんだけどね。レーズンが大量に輸入されたのって、オルガ・バウムガルトナーが要請したからなの。ところが彼女、妊娠したものだから、早々に地球へ帰らないといけなくなってしまって」

「ああ……その話は聞いてる」ナサニエルはためいきをついた。「だけど、だれかが月に永住して子を産む最初の人間にならないとな。自立するコロニーを成立させたいんなら」

「自分の子供を被験者にしたい人間がいると思う？　月でウサギを繁殖させたときでさえ、あれだけ大騒ぎになったのよ？」動物権活動家たちは怒り狂ったが、祖母のことばを借りるなら、〝ウサギは美味しくて食い出がある〟。「産まれたウサギたちは虚弱だったの。けっして地球に行けない運命を子供に背負わせたい親なんて、どこにもいないわ」

「だけど、先々、それは受け入れざるをえないんだぜ。いくらいやでもさ」

わたしは吐息をつき、いっそう夫のそば近くに寄りそった。ロイと仲間たちが恐れていたのはまさにそれ——地球からの脱出《エクソダス》に自分たちが含まれないことなのだ。そして、その懸念は正しい。最後にはだれかが地球に残されることになる。それはリソースの問題でもあるし、政治の問題でもあるし、純然たる頑固さに起因する問題でもある。

そして、それに対する良好な施策はありそうにない。

宇宙にいるあいだ、なによりもなくてさみしかったもののひとつは、意外に思われるかもしれないが、月曜朝のスタッフ・ミーティングだ。厳密にいうと、ミーティングそのものが、ではない。ミーティングで友人や同僚たちと顔を合わせ、近況を聞けないことが、である。それに、コーヒーとドーナツ。これも懐かしい。

地球に帰還して一週間後、わたしは自分の足で歩いて会議室に向かった。足どりはもうずいぶんしっかりとしてきている。四〇人ほどの人間が、いま言及したコーヒーを飲み、ドーナツを食べながらおしゃべりする喧噪を聞くにつけ、ひとりでに足が速まっていく。いまや宇宙飛行士チームも大所帯。このミーティングに集まるのは、一部門にすぎない。パイロット・グループだ。これは宇宙飛行士のなかでも〝エリート〟に属する。ということは、ほかのグループよりいっそう訓練に励まねばならないということだ。そして、なによりも重要なことは——よそより上等のドーナッツが供されるということだった。

真っ先にわたしに気づいた人物はベンコスキーだった。わたしを見るなり、開口一番、ひやかすような声で一同に告げたのだ。

「〈レディ・アストロノート〉のご帰還だ！」

エリートだからといって、風格が身につくわけではない。わたしの顔は信号炎管の炎のように真っ赤になっていただろう。室内にいる女はわたしだけではないのに、なぜかこの呼び名はわたしを指すものとして定着している。たちまちみんなが満面の笑みで集まってきて、わたしの背中をどやしつけた。

マルーフが湯気の立つコーヒーカップをわたしてくれた。

「いやはや。まったくなあ、たいしたタマだぜ。宇宙細菌とはなあ……いやはや！」

「たいしたタマなのはヘレンのほうよ。宇宙細菌はヘレンのアイデアだもの」

「たしかにそうだ」マルーフはわたしに向かって自分のコーヒーカップをかかげてみせた。「だけど、ヘレンにはもう讃辞を送ったし、往還船に残ったのはきみだろう？」

おりしも、クレマンスが会議室に入ってきて、わたしを注目の的から解放してくれた。全員がいそいそと自分の席に戻っていく。レナードとヘレンのふたりも、火星探険隊の月曜ミーティングで同じように注目を浴びているにちがいない。もっとも、往還船には火星探険隊員が何人も乗っていたから、もう話の種になりつくし、改めて注目されなくなっているかもしれないが。わたしとしては、宇宙事業の本拠地に戻れただけで満足だった。

　席につく前にドーナツをひとつ取った。すわったのは、サビハとイモジーンのあいだの席だった。クレマンスがなにかしゃべりだしたが、なにはともあれ、まずドーナツをかじらないことには、なにも頭に入ってこない。ひとつ言い訳をさせてもらえば……たっぷりの油でなにかを揚げるのは、宇宙ではけっして実現できない贅沢なのである。ドーナツを見くだすのは、食べものとしての真価を考えたことのない証拠だ。塗った時点でどろどろだった砂糖衣《グレーズ》は、ドーナツが砂糖の水分を吸収するにつれて固まっていき、甘い層を形成する。その層に歯を立ててひとくちかじれば、繊細な内部が現われる。砂糖、イースト菌で膨らんだ生地、バター、そして、神……。そう、ドーナツには神が宿っているのだ。

　イモジーンが顔を近づけてきて、ささやいた。

「寝室の外であなたがそんなにとろけた顔をすること、ナサニエルは知っているの？」

　口中のドーナツを吹きだしそうになり、ひとしきり咽《む》せた。ミーティングが一時的にストップして、クレマンスからまじまじと視線を向けられた。わたしはドーナツを嚥《の》みこみ、咳ばらいをすると、顔から火の出る思いでコーヒーをひとくち飲み、もういちど咳ばらいをした。

「ごめんなさい。重力が……」

それならいいが……という顔でクレマンスはうなずき、中断した話をつづけた。奇妙に聞こえるかもしれないが、ＩＡＣの本部長だというのに、クレマンスは一度も宇宙に出たことがない。心臓弁膜症を患っていて、離昇時の高Ｇに耐えられそうにないからである。その点からも、あらためてロイと仲間たちの指摘に立ち返らざるをえない。宇宙に脱出できるのは、全人口の限られた割合のみ。多くの者は、いやでも地球に取り残されてしまう。それは自主的選択に基づく優生計画のようなものだ。正直いって……その選択がもたらす恐怖には、いまにいたるまで、思いいたることがなかった。

しかし、わたしたちにどんな選択肢があるというのだろう。たしかに人々は高まりゆく温室効果を抑制するために努力してきた。しかし、その努力が実らないと判明した時点で他の惑星にコロニーを確立しようとしても、もはや手遅れだ。わたしはふたたび嘆息し、ドーナツを食べきると、バインダーを前に出し、印刷されたページをぱらぱらとめくって、自分の役割をたしかめようとした。

クレマンスは部屋の前部で話をつづけ、予定を説明し、各グループにそれぞれの役割を振っている。ページをめくるうちに、わたしの眉間《みけん》にはしわが刻まれだし、最終ページにたどりつくころには、眉間が裂けるのではないかと思えるほど深い縦じわが刻まれていた。

わたしの名前はどのページにも載っていなかったのだ。

　地球にいるあいだ、わたしが責任を負う仕事のひとつに、月面居住志願者の訓練指導がある。宇宙飛行士は全員、輪番でこの仕事を受け持っており、居住志願者の各〝クラス〟にふたりずつが教師としてつくことで、月面で生活するために理解せねばならないノウハウを教えこむ。てっきり今回も新しいクラスを受け持つのだろうと思っていたのだが――。

「ヨーク。抗議者たちを相手にいい仕事をしてくれたな。きみと往還船に居あわせた宇宙飛行士全員には、もう一週間、余分に休暇を与えよう。その間、マスコミ対応にあたってくれるか」そんな休暇、ちっともありがたくはない。葉巻をふかしながら、クレマンスは予定表を閉じた。「以上だ、諸君。仕事にかかってくれ。ああ、それからな、ヨーク――きみはすこし残ってもらいたい」

　わたしは微笑を浮かべてうなずいたが、もうすこしで不満の声を漏らすところだった。マスコミ向けの広報行脚《あんぎゃ》は大きらいだ。サビハが同情をこめて、わたしの肩をぽん、とたたいた。

「月面バスのシミュレーターでわたしのサポートをするから、無理だといってやんなさい。わたしの再訓練につきあわなきゃいけないからって」

「ありがとう」わたしは髪をうしろにはらい、クレマンスのもとにいこうと立ちあがった。

「でも、そう簡単には解放してくれそうにない気配」

「いうだけいってみるのよ。事実なんだから」

わたしは笑った。さすがにサビハのサポートは恐れ多い。フライト時間はわたしよりも多いのだ。しかし、わたしをマスコミの目にさらさせまいという配慮はありがたかった。わたしはバインダーを閉じて脇にかかえ、最前部のテーブルに歩いていった。

「なにかご用かしら、本部長？」

「うむ」クレマンスはつねに持っている葉巻をふかした。紫煙の雲で顔が包まれていく。まるでゼロG下の水のようだ。「マルーフ！　出ていくとき、ドアを閉めてくれ」

まずいわ。これは……これはトラブルに巻きこまれる前兆。2、3、5、7、11……。だいじょうぶ、きっとたいしたことじゃない。

「ヨーク……きみは人質事件で、おおぜいの人間に強い印象を与えた」クレマンスは葉巻を下におろした。「きわめておおぜいの人間にな。それでだ。広報部の連中、自分たちの差配で、きみに各社のインタビューを受けさせたいと騒ぎだしてな。応じる気はあるか？わたしとしては、まだ順応期間が必要なら、むりに送りだしたくはないんだが」

「ありがとう」どんな宇宙飛行士もパイロットも、絶対に不可能な場合でなければ、自分の弱さを認めるようなまねはしない。マスコミ遊行《ゆぎょう》は大きらいだが、宇宙計画にとって、それが重要であることは承知している。「できることはなんでもやるわよ、それはもう、喜んで」

「そうか……それならいいんだが……」クレマンスは葉巻をとんとんとたたき、テーブルの上に置かれたガラスの灰皿に灰を落とした。「問題はだ。宇宙計画はいくつもの困難に直面してきた。きみを人質にとったあの連中がその代表例だ。計画の重要性を理解していない連中は、合衆国政府に供与資金を削減しろと圧力をかけつづけている」

「ある程度、そんな懸念には気づいてるわ」

クレマンスはうなずいた。

「だからこそ、効果的な広報活動が必要なんだ。世人が注目する人間の広報活動が」ためいきをついた。「何年も前、きみがわたしにいったことは憶えているだろう？　宇宙計画が安全なものという印象をてっとりばやく与えるには、女性の参画が必要だ――きみはそういったな？」

この話、いったいどこへ向かおうとしているんだろう？　クレマンスはここ何年も見たことがないほど浮かない顔をしている。

「ええ、いったけれど」

「きみのいうとおりだったよ。わたしが全面的にまちがっていた」

頭の中から無数のことばが噴出していった。まるで宇宙空間にさらされて吸いだされる、エアロック内の空気のように。

「まあ。それはどうも……？」

クレマンスはふんぎりをつけるように嘆息し、大きな顔におずおずと笑みを浮かべた。

「大衆はきみが大好きだ。きみを信用している。そこで……宇宙計画のために、ＩＡＣの顔になってくれ。そしてな……第一次火星探険隊に参加してほしいんだ」

4

ハリケーン・カーラ、テキサス州で猛威

〔ガルヴェストン（テキサス州）発　一九六一年八月二十八日〕ハリケーン・カーラは風速七十七メートルに達し、一八七五年以降にテキサス州沿岸地方を襲った八大凶悪ハリケーンに匹敵する暴威をふるっている。ハリケーン襲来を前に行なわれた住民避難の規模は、一九五二年の〈巨大隕石〉落下以来で最大となった。

　以上のすべては、たとえ人類が火星に到達できたとしても、この地球には厳然として、人類が理解できず、防止も制御もできない、圧倒的な自然の力が存在することを示している。ひとつのハリケーンが一秒あたりに解放するエネルギーは、あの〈巨大隕石〉がワシントンD．C．上空で解放した全エネルギーのすくなくとも十倍に匹敵する。別の言い方をすれば、ひとつのハリケーンが生まれてから消滅するまでに解放

するエネルギーは、原子爆弾一千万発分に匹敵するということだ。この恐るべき事実を知れば、自然の前に人類はなんと卑小な存在なのだろうと感じずにはいられない。

クレマンスには、〝考えてはみる〟意志を明確に伝え、会議室をあとにした。廊下を進んで階段までいくと、上階の空中連絡通路を通ってエンジニアリング棟に入り、まっすぐナサニエルのオフィスに赴く。ナサニエルは製図台の上に並んだ図面一式から顔をあげ、わたしだと気づいて顔をほころばせた。

が、その笑顔はたちまち消えた。シャープペンシルを製図台に置く。

「どうしたんだ？」

37、41、43……わたしはゆっくりとドアを閉めた……47、53、59……同じくらいゆっくりと深呼吸をして、母に教えこまれた形そのままに、からだの前できちんと両手を組む。

「クレマンスにいわれたの。火星に行けって」

「なんだって？」

「政府に予算削減の動きがあるんですって」自分のからだが長いトンネルの先にあるような、魂が肉体から離脱してしまったような感じだった。「ニコールも月でそんなことをいっていたわ」

「ああ……」ナサニエルは革の擦りきれたイームズ・チェアを引きだし、デスクの前に持っていって、そこにすわるよう手ぶりでうながした。「デンリー大統領は――まだ公式に表明していないが、クレマンスによると、宇宙計画の予算削減を検討しているようなんだ――国連との協定があるにもかかわらず」

わたしは革張りの椅子に腰をおろした。わたしの体重を受けて椅子がきしみをあげた。

「それでなのね……クレマンスはわたしに〝ＩＡＣの顔〟になってほしいっていうのよ。世論の懐柔に努めさせようという腹ね」自分の両手をまじまじと見つめる。不安でこわばっていた。「宇宙計画から女性を閉めだそうとしたことはまちがっていたとさえいったわ。宇宙が安全であることを証明するには女性の参加が必要だって、以前、わたしが主張したでしょう。それも正しかったと認めたくらい」

ナサニエルは口笛を吹いた。

「まさか、そこまで事態が悪化しているとは思わなかった」

「わたしも」

ナサニエルはデスクの向こうにまわりこみ、身をかがめて引きだしをあけた。引きだしには、前回、わたしが地球にいたときにパンチカードで作りかけていたワシが入っていた。

ナサニエルはそれを取りだし、こうたずねた。身をかがめているので、顔は見えない。

「……行きたいかい？」

「わからない」ナサニエルのデスクの端には扇風機が置いてあり、首を振って室内の空気を撹拌している。室温を下げるためだ。「なにしろ……火星だものね。でも、行ってしまったら、わたしたち、三年間も離ればなれになるのよ」

「最低でもな」ナサニエルはワシのほかに、デスクの上にきちんと並べて、わたしの小さな真鍮《しんちゅう》の裁縫バサミとポットのりを置いた。「三カ月だけですむなら、行きたいと思ったかい？」

「ええ。もちろん」

　ナサニエルは視線をあげ、わたしを見た。

「では、ぼくという変数が火星行き方程式の一部ではなかったら？　それを別にしても、三年間だぞ？」

　わたしはゆっくりと息を吸ってから、ふうっと吐きだした。

「ええ。行きたいと思ったはず。たぶんね。わからない。トミーの卒業式に立ち会えないのは残念だし。エスターおばさんの一〇〇歳の誕生日もあるし」しゃべりながら手を揉みしぼった。なにかしていないと、手をねじきってしまいそうだったからだ。ナサニエルがわたしのワシを引きだしから出したのはそのためだろう。わたしはゴミ箱に手をつっこみ、廃棄されたパンチカードを一枚、すこし揺すって取りだした。「この話は、ただ……クレマンスがわたしを金看板にしたいだけだと思うの」

「いいのかい？　記者会見の嵐だぞ？」

ナサニエルはそういって顔をしかめた。わたしに……特有の不調を知っているからだ。

「そうね。それに、チームメンバーのレベルに追いつくためにも、さっそく訓練をはじめないといけないし。みんな、もう一四ヵ月も訓練してきてるんだもの」そもそも、こんなことを考えるだけでもどうかしている。しかし、最初に宇宙計画へ参画したさい、自分を牽引したのと同じ憧憬《しょうけい》が頭をもたげてきて飛びはね、自分の心をわしづかみにしていた。サーカスを見て憧れる五歳児とおんなじだ。この話に乗れば、ほかの惑星に行って、その空の下でこの目に異郷の光景を収め、探険することができる……。「あなたも行く？」

「行きたくはある。もしもこれを……」ナサニエルはそういって、デスクの上に手をひとふりしてみせた。そこにはまだまとめきれていない計画書の山が乱雑に積んであった。一角には模型が載っている。第二次火星探険隊で使う宇宙船の一隻だ。「……宇宙から処理できるものならね。しかし、まだここを留守にするだけの準備はととのっていない」

「永住するわけじゃないのよ」

「やるだけのことをやるまでは待ちたいな」ナサニエルはデスクに身を乗りだしてきた。真剣なブルーの目は鋭い光をたたえている。「そこがきみとぼくとのちがいだよ。火星に行って帰ってくるまでの三年間、ぼくには自分のしたい仕事ができない。その逆に、往復の三年間は、まさにきみがしたいことで費やされる」

「あなたと別れていなきゃならない期間でもあるのよ、その三年間は」

「しかし、ぼくという変数が火星行き方程式の一部でなかったら……きみは勇んで行くだろう?」

「あなたは除外できる変数なんかじゃないもの」そういいながら、切ったパンチカードを作りかけのワシ本体に接着した。端を切れ目に挿しこむさい、光がいくつもの小さな穿孔《せんこう》を透過してまたたいた。ああ、ことばもこんなふうにすんなり嵌《は》まってくれたなら……。すくなくとも、堂々めぐりにならず、このやりとりに決着をつけられる道があるはずだ。

「月面であなたと離ればなれになっているのはつらかった。たった三カ月でもよ。でも月面でなら、たまに無線で話もできたし、手紙をやりとりすることもできたわ」

ナサニエルは、それは問題じゃないというふうに、手を横にひとふりした。

「火星計画には配偶者用のテレタイプもあるし、専用の無線チャネルもあるじゃないか。たしかに遅延はどんどん長くなっていくが、それでも話はできる。なあ……きみは引退しようかと考えてたんだろう？　その理由を、もういちど説明してごらん」

わたしはためいきをついた。だが、自分はナサニエルに相談するためにここへきたのだ。このひとが自分の夫であり、火星行きに関する決断が直接ナサニエルに影響するという側面も、もちろんある。しかしナサニエルは、わたしが自分の心をより深く理解する助けになってくれる。ときには、ただこうして質問をするだけでも理解が進む。

わたしは答えた。

「理由はいろいろよ。月面でしているのは連絡艇の操縦で……基本的にはバスの運転だもの。たしかに、宇宙のバスではあるけれど、やっぱりあれは――あれはね……。わたし、もっと役にたちたい。どうしようもなく傲慢で自己中心的な考えだし、仕事があるだけでもありがたいことは、頭ではわかっているんだけど、でもね……」

ナサニエルは咳ばらいをし、両の眉を吊りあげてわたしを見つめ、その先を待った。

わたしはことばを切り、目をつむった。だめ。自分が人よりもいい立場でいたいことについて、どうしてもうしろめたさが先だってしまう。2、3、5、7、11、13……

「わたしは革新的な仕事がしたいの」さいわい、いきなり天からの雷に打たれて倒れることはなかった。わたしは目をあけ、ワシの鉤爪《かぎづめ》に視線を注ぎながら、この会話の要に埋もれている核心部分に触れた。「でも、その場合……もし家族を育《はぐく》みたいなら……」

ナサニエルはズボンのひざのほつれ糸を引っぱった。

「待てるさ、きみが戻ってくるまで」

「ほんとうに？」わたしは吐息をつき、パンチカードから不要部分を切りとった。紙片はひらひらと舞いながらデスクに落ちていく。わたしたちは子供を儲けるのをずっと控えてきた。それには充分な理由がいろいろある。しかし、ひとたび火星に行ってしまえば……。

「放射線の問題があるわ。宇宙にいる時間が長くなるほど骨の劣化も進むし。いくら予防措置を講じてもよ。帰ってきたときには子供が産めなくなっているかもしれない」

「それで子供が産めなくなるのなら――それが解決できる問題でないのなら――どのみち人類という種は滅ぶ運命にある」ナサニエルは自分のうなじをさすり、床に視線を落とした。「悪かった。ちょっとぞんざいだったな。しかし……まあいい。きみが宇宙計画から引退したとしよう。そのあと、どうする？」

わたしは口を開いた。息を吸いこむことで将来のヴィジョンが見えてくるかのように。もういちど計算室で働いてもいい。妊娠するそのときまで。妊娠したら計算室にはいられなくなる。しかし、料理ならできるし、掃除もできる。いつまでかはわからないけれど、子供の手がかからなくなるまで育児をして、そのあとは慈善団体でボランティアをしてもいい。かあさんがしていたように。それなら役にたてる。ごくささやかで、ごくせまい社会ではあるけれど。数学。飛行。宇宙――そういったものへの扉は閉じられてしまうけれど。

「それは、その……」

ナサニエルが小さく笑った。またデスクに身を乗りだして、わたしの腕に手をかける。

「それで満足できるかい？」

両方ともほしかった。どうして人は両方とも手に入れられないのだろう。そう、ナサニエルのいうとおり。わたしは宇宙飛行をあきらめたくはない。たしかにわたしは栄《は》えあるバスの運転手だ。しかしそれは、地球にいてはけっして得られない魅力あふれる仕事でもある。火星の件については、まだなにも決めていない。でも……。

「ううん」もう一枚、パンチカードを拾いあげたのは、ナサニエルの顔を見ないですむようにするためだった。これが自分のわがままだとわかっているからだ。「子供たちはほしいわ。でも、わたしが求める人生は、子供たちに大きな皺寄せのいくものになるでしょう。火星の問題がなくとも、わたしの関心と時間を奪う別のなにかが出てくるだろうし」

なにかいおうとするかのように、ナサニエルは息を吸ったが……そこで思いとどまった。なにをいおうとしてやめたの、とはあえてたずねず、かわりにペーパークラフトに意識を集中した。たずねなかったといっても、自分の手でパンチカードのワシが形をなしていくにつれて、自分が夫の呑みこんだことばに応えていることがわかってきた。というのも、ささえたワシの鉤爪に、パンチカードを丸めて作った卵を握らせていたからである。

ナサニエルの椅子がきしんだ。ようやく背もたれに背中をあずけたようだ。

「わかった。じゃあ、子供たちも方程式の変数から除外するとしよう。それで問題が単純化される。きみは行きたいか？　火星に？」

「わからない」

三年。三年間、このひとと離れていなければならない。わたしのことをこんなにも深く理解しているこの人が、わたしの思いにけっして疑念を呈したりはしていないし、わたしがまちがっていると説得しようともしていない。宇宙とちがって、地球では涙が落ちる。目から離れる。それでも、手にしたワシはにじんで見えた。

ナサニエルはその手からそっとワシを取ると、デスクをまわりこんできて、わたしを胸に抱いた。あとになって顧みれば、このワシを作ることで、わたしはナサニエルのすべての問いに答えていたのだと思う。

ワシは空を飛んでいる。しかし、その頭だけはうしろに向けていた。両足の鉤爪には卵がひとつ。それが象徴するものは、少々遠まわしではあったものの、明々白々だった。

ナサニエルと話をしたあとでさえ、わたしはまだ心が定まらず、クレマンスにどう返事をすればいいかわからずにいた。ナサニエルには仕事があるので、わたしはもうだいじょうぶというふりを装い、夫もそれを受け入れはしたが、信じていないことは明らかだった。わたしは宇宙飛行士棟に戻ろうとして廊下を歩きだし……はたと足をとめた。

クレマンスがわたしのスケジュールをキャンセルしてしまったので、することがない。キャンセルしたのは、火星に行く準備ができるようにとの配慮からだが、ということは、すでにわたしが〝イエス〟と答える前提で動いていたことになる。親切な見方をすれば、わたしが決断する時間の余裕を与えてくれたともいえるが、過去の経験からすれば、たぶんそうではない。

作ってまもないパンチカードのワシを片手にそっと持ち、ハンドバッグを回収するため、宇宙飛行士棟へ歩きだした。スケジュールがあいたとはいえ、なにかをしないと。書店に寄ってもいいし、家に帰って新しいラグを素足で踏むのもいい。

自分のオフィスに入ろうとしたとき、向こうからやってくるジャシーラとパーカーに出くわした。宇宙飛行士チームから広報部へ転属になったベティもいっしょにいる。宇宙飛行士チームの規模が拡大するにつれて仕事量が増大し、仕事の中身も細分化したことから、クレマンスはベティをパイロットにしておくより、広報部で働かせたほうがずっと有意義だと気がついたのだ。ベティも広報部のほうが性に合うらしく、地球で、宇宙で、つぎつぎに会見をこなしている。パーカーには、こちらからはそっけなく会釈したが、向こうはわたしにほほえみかけてきた。だが、この男の笑みは信用できた例《ためし》がない。

「ヨーク。これからゲートに出て、子供たちにサインをするんだ。いっしょにくるか？」

わたしがサイン攻めをきらっていることは知っているはずなのに。ベティは顔を輝かせ、すこし爪先立ちになってわたしを見ている。ふたりの背後からは、ジャシーラがすがりつくような目をわたしに向けて、おねがい、といわんばかりに手を合わせてみせた。弱りはてた仔犬のようなジャシーラの頼みを無下にするのもかわいそうだ。

「いいわよ。ハンドバッグを取ってくるから、ちょっと待ってて」

三人の横をすりぬけ、自分の小さなオフィスに入り、デスク上のハンドバッグを手にとった。パンチカードのワシは家に持って帰ることにして、形が崩れないよう、そっと中に入れる。

廊下に戻ると、パーカーが両手を腰にあて、あごをつきだし、ジャシーラにこういった。

「まさか、むりだろう《ノ・ロ・イシステ》」

「それが出たの、マッハ四《マック・クアトロ》。ほんとう《オネスト》」ジャシーラは両手を前に突きだした。「なんなら、《ヴォセ・》わたしの取った軌道を計算者の記録でたしかめてみればいいわ《ポージ・ヴェリフィカール・オス・ロッグス・ド・コンプタドール・ダ・ミニャ・トラジェトーリア》、いずれにしても、《マス・イッソ・ヴァイ・》これは飛行の方式を根底から革新することになるわよ《ムダール・ア・マネイラ・コモ・ヴィアジャモス》」

パーカーは眉をひそめ、眉間に縦じわを刻み、ひとことつぶやいた。それから、なにか決意したようすで、もうひとこと、

「どういう形で《ジ・キ・マネイラ》だ？」

わたしは片眉を吊りあげ、パーカーにたずねた。

「ポルトガル語がしゃべれるようになったの？」

「勉強中さ」パーカーは肩をすくめ、くるりと背を向けて建物の正面玄関に歩きだした。

「火星ミッションにブラジル・チームがいると役立ってくれそうだな。しかし、ほんとうにマッハ四も出たのか？」

「ほんとだってば」ジャシーラはうなずいた。

「それ、ティベリウス《タイビアリアス》‐47号の話？」

わたしはたずねながら、ハンドバッグを片腕にかけた。あの機体のテスト飛行ができたなんて……すこしどころではなく、ジャシーラがうらやましい。

「すごい機体よ」パーカーがわたしたちのために玄関ドアを開き、押さえてくれた。そのさい、ジャシーラが立ちどまって説明をつづけた。「もっとすくない燃料消費で惑星表面をかすめられるよう、放物線軌道を試してるの」

わたしたちが通りぬけたあと、パーカーも外に出てきた。ごついガラスと鋼鉄のドアが背後でスイングして閉まる。わたしはジャシーラにたずねた。

「それほどのスピードで降りるのって、どんな滑走路？」

「話せば長いことだけど――あ、まずい」ジャシーラはためいきをつき、かぶりをふった。「ウィリアムズ農場の女の子、またきてる」

〝ウィリアムズ農場〟の意味を理解するのに、すこし時間がかかった。かつて打ち上げに失敗したロケットが近隣の農場に落下し、農家の住民をあらかた死なせてしまったことがある。それがウィリアムズ農場だ。ジャシーラが見ているのは、茶色の髪をおさげにした小さな女の子だった。身につけているのはみすぼらしい胸当てつきの作業ズボンで、同じような格好をした子供の一団に混じって立っている。

以前にも、あの子を見たことはあった。しかし、毎日見ていても、とくにだれとはわからない、その他おおぜいのひとりでしかない。ジャシーラが指さしたその子をまじまじと見ても、やはりとくに目だつところはなかった。そのようすからは、悲惨な事故を生き延びたようにはとても見えない。とはいえ、気の毒な子であることに変わりはなかった。

ベティがわたしたちに向きなおり、なにも問題はないといわんばかりに、にこやかに笑ってみせた。

「あの子のあしらいは慎重にね。あそこにいるレポーターのひとりが腹に一物かかえて連れてきたのかもしれないし。でなければ——」

わたしはほかの三人から離れ、ひとりフェンスに歩いていった。この子が——ＩＡＣの失敗で家族を失った子供が——なにかの道具のようにいわれるのを聞いていられなかったからだ。まだこんなに小さいのに。

〝あの子のあしらいは慎重にね〟ですって？　よくもそんなことがいえたものね。

わたしはゲートの外に出て、レポーターほか、報道関係者の集団をかきわけていった。だれもかれもが呼びかけてきた。

「ヨーク博士！　抗議者たちの要求はなんでした？」「エルマ！　怖かった？」「宇宙細菌って、どれだけ凶悪なんです？」

この当時のわたしはずいぶん場数を踏んでいて、質問を聞き流すすべを身につけていたので、いっさいを無視して人波をかきわけ、そのまま進んでいくことができた。やがて、ウィリアムズ農場の女の子の前に出た。女の子は首を上に向け、わたしを見あげた。

小さな子特有のかんだかいソプラノで、女の子はわたしに問いかけてきた。

「やっぱり、火星に行くの？」

わたしはうなずいた。まだ火星ミッションに加わってさえいないのに。

「いつの日か、あなたも行けるかもしれないわね。お名前は？」

「ドロシー」女の子はおさげの先を両手でもてあそんでおり、わたしたちのまわりでは、そのあいだにも、カメラマンたちが盛大にシャッターを切っていた。なかには動画を撮影している者もいるが、そんなやからは放っておけばいい。わたしは撮られてもかまわない。そのときドロシーが、なにかを考えているように小首をかしげ、問いを重ねた。

「火星に行ったら、子供を作る？」

　子供の口からこの質問をされるなんて……。わたしの胸はしぼんだ。まるで、ドロシーのことばを機に、エアロックから空気が吸いだされるかのように。わたしがナサニエルと交わしてきた会話の内容をドロシーが知っているはずはない。この記述ではさっきの会話だけを引きあいに出したけれど、じつは子作りの問題は、二年間にわたってずっと話しあってきたことなのだ。とうとう結論が出たかに見えたものの、それはけっしてすんなりと受け入れたものではなかった。それでもわたしは、身についた営業スマイルを浮かべた。地球の重力下で重量七三キログラムの宇宙服を着たまま、もう一枚だけ、といわれつつ、カメラマンの撮影に応じるときに浮かべることを学んだ、あの笑みをだ。

　このときのわたしは、どんなにつらくとも笑みを浮かべるすべを学んでいたのである。

　わたしはドロシーにこう答えた。

「そうよ、ハニー。火星で産まれる子供たちはみんな、わたしのおかげで産まれるんだから、わたしが母親みたいなものね」

「じゃあ、地球で産まれた子は？」

ドロシーのような孤児はどうなるのだろう？　わたしたちの政府が重要ではないと見なしたすべての人々は？　さらに悪いことに、宇宙計画の予算が削減されれば、ドロシーのように滅びゆく地球に取り残される子供たちはどうなるのだろう？　わたしはドロシーの前に両ひざをつき、ここにいたってとうとう覚悟を固めると、ハンドバッグからあのワシを取りだしてドロシーに差しだした。

「むしろ、地球産まれの子こそ、わが子供よ」

ドロシーやほかの子供たちに語りかけたあと、わたしは棟内に戻り、まっすぐクレマンスのオフィスを訪ねた。秘書のミセス・ケアがタイプライターから顔をあげ、ほほえみで迎えてくれた。

「まあ、ドクター・ヨーク。地球へはおひさしぶり。お顔を見られてうれしいです」

「ありがとう」わたしは奥の本部長室にあごをしゃくった。「ご在室？」

「ええ。電話も使ってらっしゃらないようで。いま確認しますね」ミセス・ケアはインターカムのボタンを押した。「本部長？　ヨーク博士がお見えです」

「どっちの？」

「宇宙飛行士のヨーク博士です」

インターカムを通してだけでなくドアごしにも、クレマンスのうなるような声が聞こえた。

「通してくれ」

　これだけ長いつきあいだというのに、クレマンスと話をしなくてはならないときには、いまでもときどき手の平が汗ばむ。緊張する理由はどこにもないのに、脳とはおかしなものだ。ともあれ、わたしは両手をズボンでぬぐってからドアを押しあけ、紫煙がもうもうと煙る本部長室に足を踏み入れた。

　クレマンスは片手に葉巻を持ち、椅子の背もたれに背中をあずけ、部屋に入っていくわたしを見つめていた。この数年で、太鼓腹はますますせりだしていたが、その顔はかつてのいかめしさをすこしも失ってはいない。

「すわりたまえ」

「あまり時間をとらせたくはないんだけれど……」わたしはクレマンスに向きあう椅子に腰をおろした。いきなり訪ねたうしろめたさで、詫び口上になりかけていることに気づき、自分を叱咤する。「あの話、お受けするわ。火星に行きます」

クレマンスは葉巻を揉み消し、晴ればれとした顔で両手をぴしゃりと打ち合わせた。

「よくいってくれた。これがいかに重要な仕事か、まだよく把握していないだろうに」

ついさっき会ってきた子供たちの運命には、火星計画の成否が直接的にかかわっている。計画にどれだけ大きなものがかかっているかは、この執務室にこもり、世間の実態を見ていないクレマンスよりもよくわかっているつもりだ。

「前進するために役だつのなら、できるだけのことをしましょう」

「すばらしい」クレマンスはデスクのファイル収納引きだしに手を差し入れ、一冊のフォルダーを取りだした。「ミセス・ケアに、きみが必要とする書類一式を作成させておいた。きみがうんといってくれることをあてにしてたな。これには計画全体の基本的なスケジュールが書いてある。きみを大急ぎでチームのほかのメンバーに追いつかせねばならんから、そのための訓練計画もまとめてある」

クレマンスの概説を聞きつつ、フォルダーの中身をぱらぱらと見ていく。パラメータを眺めるにつけ、どれほどがんばらないと追いつけないかがわかってきたが、それと同時に、興奮もしてきた。先々に対する予感にこれほど血が騒ぐのはひさしぶりだ。

フォルダーを脇にかかえ、クレマンスのオフィスを出たあとではじめて——宇宙飛行士棟を出て、ダウンタウン行きの路面電車に乗ったあとではじめて――フォルダーを開き、改めて中身に目を通しはじめたあとではじめて――自分がまだナサニエルに最終決断を話していないことに気がついた。

自分自身の宇宙に閉じこもるあまり、カップルの片割れであるのがどういうことかを失念していたのである。

5

聖職者、シカゴで平和を求める
牧師らの訪問で黒人地区鎮静化

ザ・ナショナル・タイムズ特電

［シカゴ（イリノイ州）発　一九六一年八月二十八日］　シカゴのウェストサイド地区で荒れ狂った暴動は、本日は鎮静化しているが、州兵部隊は市内五カ所の施設でいつでも出動できる態勢を整えている。金曜夜の暴動では六十人が負傷した。このような事態を防ぐため、現在、増強された警官隊が当該地区を巡回中。酒場はすべて再開許可が出るまで閉鎖されたままだ。

　公民権運動の指導者たちによれば、当該地区で得られる職の大半は宇宙産業関連のものだが、平均的な教育レベルは八年生止まり。住民のかなりの割合を、巨大隕石落下によって教育の中断を余儀なくされた、イーストコーストからの避難民が占めるためである。充分な教育を受けていないこうした人々の多くはハイテク産業の仕事に向かないため、同地区の失業率は一八パーセントに達する。問題は、地域の自治組織が指導力を欠いており、その指導力の空白を埋めようとしているのが地球ファースト主義者を始めとする過激派グループで、彼らがある程度それに成功していることだ、と公民権運動の指導者たちは指摘する。

月面にいる時期は、コロニーのほかの者たちとカフェテリアで食事をとる。地球の自宅では自分で料理する。ときどきは腕によりをかけることもあるし、ときどきは清浄な食品《コーシャ》でディナーを作ることもある。クレマンスと話をしたあと、わたしはパイを作った。ナサニエルが帰宅したとき、アパートメントには熱気がこもり、チョコレート、ローズマリー、ビーフ、赤ワインのにおいが充満していた。わたしは扇風機の前にすわり、前のめりになって風にあたっていた。こうすれば胸のあいだを風が吹きぬけていくからだ。その体勢で風を浴びながら、もう一品作ろうかと思ういっぽうで、夕食を作ろうと思ったのは失敗だったかもしれないと後悔しはじめていた。

だが、そんな後悔は、ナサニエルが戸口に立ち、おやという顔をした時点で消え失せた。夫は鼻から大きく息を吸いこみ、においを嗅いで、ほほえみを浮かべたのだ。

「これはお得意のあれかい？　ビーフのブルゴーニュ風？」

「ベイクド・ポテトもよ。それにサラダも」わたしは立ちあがり、室内の空気を撹拌するため、扇風機を首振りに戻した。「それと、ホット・ビスケットも」

ナサニエルはブリーフケースをドアのそばに置き、帽子をフックに掛けた。

「きみがいなくてどれだけさみしかったか……これはもういったっけ？」

「クレマンスにいったわ。火星に行くって」わたしは唇をかんだ。もう、わたしの馬鹿。この話、夕飯を食べながら切りだそうと思ってたのに。「ごめんね」

ナサニエルは部屋を横切ってくると、両手でわたしの手をとった。そして、左右の手をやさしく握りしめ、めずらしくてしかたがないもののように、しげしげと見つめた。それから、ひとつためいきをついたものの、浮かべたほほえみのおかげで、やつれて浮き出た頬骨の鋭さがやわらいで見えた。

「まあ……行くことはわかってたからね」

「ごめん。でもまだ引き返せるわよ」

「だめだよ、エルマ……」ナサニエルは顔をあげ、わたしの目を見た。夫の目はうっすらと涙で濡れていた。それを見たとたん、全身がわなないた。ナサニエルはわたしの左手を持ちあげ、結婚指輪をはめた薬指にキスをして、「きみが行きたがることはわかってた。ただ、きみが自分でその結論に達するまで、待っていようと思ってね。ぼくがまちがっていた場合の用心に」

「でも――」

夫はかぶりをふった。なおもわたしにほほえみかけてはいるが、目は赤くなっている。

「きみを地球に縛りつけておきたくなんかないさ。きみには星々に旅立ってほしい。ぼくたちの結婚に、そういう制約はなしにしよう」

ナサニエルと別れ別れになる時間は、ほぼ直後にはじまった。ヘレンがいっていた地球での訓練が行なわれる場所は、アドラー・プラネタリウムだ。ここで行なわれる訓練には、宇宙での航法を身につけるものも含まれるが、そのための道具としては、早く六分儀以上のものが出てくれないかと切に思う。現状では、六分儀がないとなにもできない。磁場のない宇宙空間では、星々をたよりに座標を確認するほかないからだ。たしかにＩＭＵ――慣性測定装置《イナーシャル・メジャーリング・ユニット》はある。それでも、座標の参照元としては星々が欠かせない。それに、ＩＭＵは回転儀《ジャイロスコープ》の集合体にすぎず、それを使うには人間がまず星を天測しなくてはならない――六分儀を用いて。

それに……ＩＭＵは、長期の旅では定期的にリセットを余儀なくされる。使っているうちにジャイロスコープの向きがずれてしまい、恒星の正確な位置を基準に調整しなおす必要に迫られるのだ。そのためには、ふたたび宇宙飛行士が恒星を天測しなくてはならない――六分儀を用いて。

もちろん、六分儀の使い方は知っている。月＝〈ルネッタ〉間の移動ではいつも使っていた。しかし火星への旅では、また異なる星々を参照することになる。わたしがまず加わることになったのは、航法士《ナヴィゲーター》＝計算士《コンピューター》とパイロットのグループだった。このグループでは火星への移動に必要な星々を学ぶ――六分儀を用いて。

わたし以外の航計士《ナヴコンプ》とパイロットはしばらく前からシカゴに滞在しており、アドラー・プラネタリウムで訓練を積んでいた。だからわたしは、ナサニエルと自宅で過ごす期間を二週間で切りあげ、一行に加わるべく、シカゴに飛んだ。Ｔ‐38を操縦していきたい気持ちを抑えて旅客機にしたのは、移動時間を利用し、みんなに追いつくために必要な大量の文書に目を通せるからだ。おかげで、アドラー・プラネタリウムの吹きさらしの上がり段を昇っていくころには、まだまだ一人前にはほど遠いとはいえ、なにを質問すればいいかくらいのことはわかっていた。

アドラーの古めかしいアール・デコ様式にだまされてはいけない。大理石造りの外観は、三〇年は時代に遅れているかもしれないが、プラネタリウム自体は時代の最先端をゆく。それはさておいても、プラネタリウムは大好きだ。

このところ、年の半分を宇宙で過ごしてきたわたしがいうのは滑稽に聞こえるかもしれないが……月面で星々を見る機会はめったにない。人は月面に管状の地下施設を埋設して住んでいるし、たとえ地下にいないときでも、月が地球の影にいないかぎり、星が見えるほどの暗さにはならないのだ。それに対して、プラネタリウムは時間の進行を早めて星の運行を見せられるばかりか、天球をぐるりと動かして、どの方位にある空でも自由に映しだすことができる。

わたしは大きなバインダーをかかえ、満面の笑みをたたえてプラネタリウム本体の扉を押し開いた。ベティが顔をほころばせ、飛びあがるようにして椅子から立ちあがった。

「エルマ！　ほんとうにチームに加わるのね、ジョークかと思ってたわ！」

わたしはベティを軽くハグした。

「クレマンスによこされたの？」

ベティはうなずき、うしろのカメラマンを指し示した。

「フィルは知ってるわね？」

「もちろん」

わたしはカメラマンに会釈し、心の中でこの男はいないものとしてあつかおうと誓ってから、チームのほかの面々に顔を向けた。

チームは二組ある。火星探険隊には無人補給船〈サンタマリア〉も同行するが、有人宇宙船は二隻あり、双方に同じ役割と構成のチームが乗っていく計画だった。二隻の名前は〈ニーニャ〉と〈ピンタ〉。三隻とも、コロンブスがアメリカ大陸に到達したさい、航海に用いた帆船から名前をいただいている。気のきいた命名をしたものだ。各船にはパイロットと航計士がふたりずつ乗り組む。これはＩＡＣが冗長性を好むからである。プラネタリウム内にいるチームは、全員、ＩＡＣから持たされた部厚いバインダーと首っ引きで、わたしがそばに歩みより、あいさつの声をかけたときも、ほとんど顔をあげもしなかった。〈ピンタ〉チームのパイロットを務めるのは、デリク・ベンコスキーとファンデルビルト・デビエルだ。ふたりは双子といっても通用するほどよく似ている。どちらも典型的な軍人で、頭をクルーカットにし、あごがいかつい。片方はポーランド系アメリカ人、片方は南アフリカ共和国人なのに、どうしてそっくりなのかって？　そんなのは瑣末なことでしかない。〈ピンタ〉で航計士を務めるふたりも、ともに白人だった。うわさでは、南アフリカ政府が圧力をかけたらしい。自国の宇宙飛行士が乗る船は白人だけの構成にしないと、資金提供を中止するといったとか。

　実態はどうあれ、火星探険隊の黒人メンバーが乗り組むのは〈ニーニャ〉にかぎられる。ただし、パイロットはどちらも黒人ではない。そのうちのひとりはステットスン・パーカーだ。いまは両足を前に伸ばし、椅子の背にもたれかかっている。真鍮製の六分儀を手の平に載せて、バランスをとろうとしているようだ。

　パーカーの副パイロット、エステバン・テラサスが立ちあがったが、その顔に浮かんだ笑みはおずおずとして、すこし引きつりぎみのものだった。テラサスとは月面で同僚だった時期があるので、この笑みの意味は知っている。愛想よくしようとしながらも当惑しているときの笑みだ。

「やあ、ヨーク」

　テラサスと握手をし、軽口をたたきあった。だが、カメラマンのフィルの前では、なにがあったかをきくにきけない。宇宙飛行士は全員、報道関係者の前では理想的なふるまいを要求される。たとえそれが身内の広報部員であっても、その点は変わらない。

　チームにはフローレンス・グレイもいた。知りあったのは昨年、ある企業のパーティーでのことだった。たがいにヘレンの友人であると知ったのもそのときだ。フローレンスは小柄な黒人女性で、戦時中は無線通信の暗号解読者をしていたからか、航計士の能力がおそろしく高いという評判がある。

「フローレンス、どうしてた？」わたしは手を差しだした。

フローレンスはつかのま、わたしの手を見つめ、ためいきをつき、握手をした。

「まあまあ」だが、そう答えてすぐ、バインダーに目を落とした。

これはちょっと……不作法ではないだろうか。

わたしは室内を見まわした。

「ヘレンはどこ？」

フローレンスは音高く、パタン！　とバインダーを閉じた。

「本気でいってんの？」そして勢いよく立ちあがり、足どりも荒く部屋を出ていった。

わたしはあっけにとられた顔になり、彼女の後ろ姿を見送った。そのようすをフィルが撮影していた。眉をひそめないように気をつけながら、わたしはチームのほかのメンバーに向きなおった。つかのま、全員がわたしを見つめていたが、みんな即座に目をそらし、各自のマニュアルに視線を戻した。

例外はパーカーだけだった。パーカーは手の平で六分儀のバランスをとりながら、例の歪んだ薄笑いを浮かべている。そこでわたしに目をやり、なにかいおうと息を吸って――。

ベティが割って入ったのはそのときだった。カメラを下げるようにとフィルに身ぶりで指示してから、わたしに顔を近づけてささやき声になり、こういったのだ。

「ヘレンはね、押しだされたのよ。あなたを入れるスペースをあけるために」

プラネタリウムの部屋全体が急に真っ赤に染まり、全身がかっと熱くなった。

(なん……です……って)

声にも出ていたらしい。というのは、パーカーが笑ったからだ。

「おいおい、ヨーク。許容重量があることはきみも知っているだろうが。たんにきみを追加させるだけで、話がすむとでも思っていたのか？」

「まさか、こんな……どうして思ったのかしら、クレマンスがすべてを正直に打ち明けているなんて……われながら不思議でたまらない……」あの男を信じた結果がこれだった。

「わかったわ。あなたがた全員、元のチームのままでいられるようにしてくる」

まだ顔から火が出るようではあった。それが怒りのせいか、恥辱のせいかはわからない。とはいえ、気がつくべきだった。たんにわたしを追加するだけではすまない——そう気づいてしかるべきだった。各宇宙船の定員は七人。当然、単純にわたしひとりと、わたしの食料三年分を追加するだけですむはずがない。だれかが弾きだされることになる。そして新たに航計士が加わるのであれば、帳尻を合わせるために弾きだされるのは、それまでにいた航計士——ふたりいる航計士のうちの片方だ。

わたしは身をわななかせながら一歩あとずさり、そこでくるりと背を向けて部屋を出ていきかけた。クレマンスの人でなし。どうして先にいってくれなかったのよ！

「どこへ行く、ヨーク？」

金属同士がこすれあう音が響いた。パーカーが椅子から立ちあがったらしい。

「辞退しによ。ヘレンをメンバーに復帰させにいくわ」

「うん。それがとるべき正しい行動だ」カーペットが敷かれたプラネタリウムの通路を、パーカーの足音が追いかけてきた。「本部までT‐38で送ってやろうか。そのほうがチームの構成を早く元に戻せる」

パーカーがこういったのは、わたしをいらつかせるためだったにちがいない。しかし、わたしは通路の途中で立ちどまり、くるりとふりむくと、パーカーに面と向かった。

「ええ。ええ、ぜひそうしてちょうだい」

パーカーとわたしは……まだぎくしゃくした関係にある。だが、いっしょに働くようになってからの四年間、たがいにプロフェッショナルとして敬意を払うようになってもいた。飛行前チェックリストを完了して空へ舞いあがるころには、わたしもかなり頭が冷えており、理性的に話そうと試みられる状態に戻っていた。

T-38の後席に乗っていると、パーカーのヘルメットの後部がよく見える。キャノピーの外を流れゆく風の音もよく聞こえる。パーカーの操縦により、機は重くたれこめた雲の上に飛びだして、目の覚めるような青空の下に出た。わたしは思わず、大きくためいきを漏らした。その音をマイクから音声制御装置《VOX》が拾って作動し、パーカーに伝達した。

わたしはいった。

「ごめんなさい。気がついてしかるべきだったわね」

「まったくだ。気がついてしかるべきだった」ひどい男。たしかに、そのとおりではあるわよ。でも、傷口に塩をなすりつけなくてもいいじゃないの。パーカーのヘルメットが、肩ごしにふりかえろうとするかのように横へ動いた。「だが、クレマンスもクレマンスだ。ひとこと先にいっておくべきだったな。愚策の極みとしかいいえん」

「気づいていたら絶対に応じなかったわ」

「そこは疑っていない」機の下方をゆっくりと波打ちながら、白い雲海が過ぎ去っていく。「正直いって、どんな条件であれ、きみが受け入れたことにはむしろ驚いた」

「火星行きを？」

「以前、断わったろう？」

そのとおりだった。火星計画が立案された当初、わたしは月だけで充分だ、そんなに長期の旅には出たくないと結論していた。

「予算削減の回避策よ……クレマンス、またわたしを看板にしたいんですって」

パーカーは嘆息し、かぶりをふった。

「まったく、宇宙計画が広報部の太鼓持ちや政治屋でなく、ちゃんとした科学者だけで運営されていれば、もっとましになっていただろうにな」

「そこは完全に同感だわ」答えるかたわら、わたしは自分が火星計画から抜けたときの余波を考えていた。どうなるのかを読みきるのはむりだが、たぶん、なにもいいことはない。といって、一四ヵ月以上のあいだ懸命にこの計画と取り組んできた人材を弾きだし、火星行きの機会を奪うまねはできない。レナールにも責められる。わたしがチームに加われば、妻のヘレンが追いだされるのだから。「そういえば、あなたが三年もの長旅に出ること、奥さんはどう受けとめてるの」

　前席では陽光がパーカーのヘルメットに反射している。そのきらめきは微塵も動かない。キャノピーの外で猛《たけ》る風切り音がかえってパーカーの沈黙をきわだたせた。

　どうしてわたしは個人的なことをきくのがいい考えだなどと思ってしまったのだろう。わたしたちはプロフェッショナルとしておたがいに敬意をいだいている。それで充分ではないか。

「忘れて。ごめんなさい、プライベートなことをきくべきではなかったわね」

パーカーは咳ばらいをした。その動きに合わせてヘルメットも動いたため、曲面で陽光のきらめきが躍った。

「妻は——」声が途切れた。「激励してくれた。行くべきだと」

その声には歴然たる愛情と苦悩が宿っていた。これには面食らった。なぜなら、パーカーはこの四年間、ベティと関係を持っているからだ。


てっきり、ショーを見物するため、いっしょにクレマンスのオフィスまでついてくるかと思ったのだが、パーカーは早々に別れを告げ、ＩＡＣの宇宙飛行士棟に入っていった。わたしは南部人特有の冷たい怒りにつき動かされ、母仕込みの毅然とした物腰と、頭の上に本を載せてバランスをとっているような姿勢を維持したまま、クレマンスのオフィスにつづく秘書室に足を踏み入れた。

ミセス・ケアが顔をあげ、ほほえんだ。

「まあ、ヨーク博士！シカゴにいらっしゃったものだとばかり」

ミセス・ケアの背後では、本部長室のドアがあけっぱなしになっていて、クレマンスがデスクに両足を載せ、雑誌を読んでいるのが見えた。

クレマンスに聞こえるよう、わたしは必要以上に大きな声で答えた。

「そうなんだけど、ちょっと問題が起きてね。本部長はお手すきかしら」

クレマンスは雑誌を置き、脚をデスクから降ろした。

「かまわんぞ」

中に入り、うしろ手にドアを閉める。成りゆきしだいでは、大声を出さなくてはいけないかもしれない。そのための用心だ。クレマンスは両の眉を吊りあげ、灰皿から吸いかけの葉巻をとった。

「パーカーになにかいわれたか？」

「いえ、そうではなくて」フライトスーツのポケットに両手を突っこみそうになるのをこらえ、かわりにうしろ手を組んだ。「火星行きを辞退しにきたの」

クレマンスが葉巻を取り落とした。葉巻が煙と灰を引いて床に落ちていくようすには、墜落していくロケットを思わせるものがあった。

「いったい、なんでまた――」クレマンスは床から葉巻を拾いながら、「パーカーになにをされた？」

「パーカーにはなんの問題もないわ」クレマンスが即座にそこを気にしたという事実は、火星計画にとってよい前兆ではない。「それどころか、シカゴからＩＡＣまで、Ｔ-38で送ってくれたのよ、とてもありがたいことにね。わたしの意図は、今回の話を辞退して、ヘレン・カルムーシュを火星計画に復帰させてもらうことにあります。よろしくて？」

クレマンスがすこしでもわたしという人間に注意を払って見ていたのなら、これまでのつきあいから、わたしが礼儀正しく、丁重なことばづかいをするときほど怒っているときだと気がついているはずだ。

「馬鹿なことをいうな」どうやら、まったく注意を払ってくれていなかったらしい。

「馬鹿なこと？」わたしはつかつかとデスクに歩みより、板面に両手をついて、ぐっと顔をつきだした。なにかを辞めようというときの利点は、相手にどう思われようと屁でもないことだ。「ヘレン・カルムーシュはこのミッションのために一年以上も訓練してきたんですよ。計算者という点ではわたしと同じくらい優秀。馬鹿なことというのは、ヘレンを計画から引っこぬいて、一からすべて学ばなければならない人間にすげかえることをいうんです」

クレマンスは葉巻を揉み消し、両手をふりあげ、嘆願するかのような態度で降参のしぐさをしてみせた。

「ここはなんとか、再考してもらえんか」

「しません。断じてノーです」

「カルムーシュは交替に応じてくれたぞ」クレマンスは立ちあがり、デスクをまわりこんでくると、すぐ目の前に立ち、正面からわたしを見おろした。「彼女も彼女の夫も、最初の火星移民船に乗っていく。そういうことで合意がなった。その時点で、まだ彼女が行きたければだがな。このミッションにはきみという存在が必要なんだ」

「それは広報活動のためでしょう！　どこからどう見ても、わたしはマイナス要素でしかないわ。訓練を積んだミッション・スペシャリストと交替するんだから」

「もっともではある」クレマンスはジャケットのボタンを閉じ、肩をすくめて、またはずした。「そう見られるリスクは承知しているとも。しかし、たしかにきみの参加によって流れは変わりつつある。すでに上院議員たちはミッションのあと押しにまわりはじめた。上院議員の令嬢たちに、〈レディ・アストロノート・クラブ〉に入っている者がどれほどたくさんいるか知っているかね？　みんな、きみ目あてで入っているんだぞ？」

　慄然とするあまり、胃にむかつきをおぼえた。

「そんなことのために、火星計画全体と探険隊全員を危険にさらすというの？」

「すでにきみはイエスといった。みなに追いつく訓練に参加することにも同意した」

「それはわたしが、だれかと入れ替えに参加することになると聞かされていなかったからです」左右に大きく頭をふる。それでも、このミッションに参加できると知ったヘレンの、あのときの興奮ぶりを心から締めだすことはできなかった。「こんなことと知っていれば、同意なんてしてませんでした」

「ここで参加を撤回すれば、たいへんなことになる——ひどくたいへんなことになるぞ。すでにもう公表してしまったんだから」クレマンスは両手を腰にあてた。こうしていると、葉巻の紫煙にくるまれていなくとも、この男はぬっと大きくそびえているように見える。「最初の女性宇宙飛行士が火星ミッションを降りたら、マスコミがなんというだろうな。そこをよく考えてみたまえ」

「最初に宇宙に出た女性はジャシーラよ」

「アメリカ人最初の女性はきみなんだ。それに、ジャシーラは結婚で引退する」かぶりをふった。「火星計画への支援をつづけるよう説得しなければならん相手はアメリカ議会だ。議会が資金を引きあげれば火星ミッションは実現しない。消滅する」

わたしはぎりぎりと歯嚙みした。そうすれば動悸を打つ心臓を抑えこみ、鎮められるかのように。

「こんなの、まちがってる」

「だが、必要なことだ」

このとき、わたしはクレマンスを憎んだ。なぜなら、クレマンスのことばにはどこにも反駁《はんばく》の余地がなかったからだ。わたしに気象学者の兄がおらず、地球で暴走しつつある温室効果について、逐一《ちくいち》、最新情報を聞かされていなかったら、話はちがっていたかもしれない。宇宙に住んだ経験がなく、地球をくるむ厚い雲や、アメリカの沿岸地方を蹂躙《じゅうりん》する巨大嵐を見ていなかったら、つっぱねられたかもしれない。だが……。

「わたしに譲歩できるのはここまで。ヘレンと話をするまで、決断は先延ばしにします」

6

イタリア、熱波にあえぐ

［ローマ（イタリア）発　一九六一年九月四日（ＡＰ電）］　ローマでは水の配給制が始まる。イタリア全体が過去七十年で最悪の熱波と渇水にあえいでいるからである。この熱波と、熱波がもたらした雷嵐《らいらん》による死者は、すくなくとも二十一人。これには避難所を求める途中での溺死者も含む。

　昨日は雷嵐が各地に広がり、一部地域では一時的に熱波をしのげたが、ローマでは事情が違った。落雷で死者が数人、家畜の死亡が数十頭、火事多発という被害が出たのである。ローマの水道当局は輪番制で水の配給を行なうと発表し、来週は全家庭で、それぞれ一日ながら、ほぼ終日、水の出ない日があるという。

クレマンスはじっと床を見つめていた。シャツの襟で擦《す》れたうなじが真っ赤になっている。それから、意を決したようにうなずくと、うしろを向き、デスクの上にある葉巻のケースと雑誌を手にとった。

「わたしの電話を使え」

「それより、ヘレンの家に行って――」

「たのむ」この人物に〝たのむ〟といわれたことがショックで、わたしは黙りこんだ。クレマンスはそこで、雑誌の表紙をこちらに向けた。タイム誌だった。画家の描いた大きな火星の絵が表紙を飾り、大きくひとこと、〈なぜ？〉の文字が入っている。

「行かないと決めたらすぐに教えてもらわねばならん。この件が大騒動になるのをとめるには、当機構の総力をあげねばならんのでな」

わたしはごくりとつばを飲み、こくりとうなずいた。それでも辞意を撤回するつもりはなかった。ひとたびクレマンスが部屋を出ていくと、わたしは受話器をとり、ヘレンの自宅に電話した。電話コードを手に巻きつけ、デスクにもたれかかる。クレマンスの椅子にすわる気にはどうしてもなれなかったからだ。このとき、わたしの優先順位の感覚は決定的におかしくなっていたらしい。

コール三回でヘレンが出た。

「はい、カルムーシュ。ヘレン・カルムーシュです」

「ハイ……わたし、エルマよ」電話線の向こうに沈黙が降りた。わたしは咳ばらいをした。この沈黙こそは膨大な疑問に対する答えだ。「きょう、あなたがチームからはずされたと聞いたの……でも、クレマンスがいうには、あなたはそれでいいと答えたんですって？ほんとうに……いいの？」

「レナールと過ごす時間が増えるもの」

「だけど、あんなにがんばってたじゃないの」どう答えるかをヘレンがまとめるまで、すこし待つことにした。回線がまだ通じていることを示すのはかすかな息づかいの音だけだ。

「クレマンスには通告したわ、あなたがチームをはずれることに納得するのでないかぎり、わたしは行かないって」

「ええ。それはそうでしょうとも、エルマ。わたしが許します。お行きなさい」

ヘレンが興奮しているときは台湾訛《なま》りが強く出る。だが、怒っているときは大西洋沿岸中部諸州の上流婦人的なしゃべりかたになる。いまこのときは、怒っているキャサリン・ヘップバーンと話しているかのようだった。

「だからね——あなたがオーケーでなければ、わたしは辞退するの。もうクレマンスにもそう通告してあるし」

「冗談じゃないわ。オーケーだといったでしょう？　わたしが許します。お行きなさい。それとも、わたしが満足しているとでもいってほしいの？　それなら、ノーよ。あなたはわたしの友人だけれど、あなたの気分をよくするためにうそをつけという願いは聞き入れられません」

「わたし――わたし、ごめん、そんなつもりじゃ――クレマンスに行かないというわ」

「立派な自己犠牲の精神だけれど、道理はどこにもないわね」ヘレンはためいきをついた。その声からは、怒りがいくぶん消えていた。「すでにもう、あちこちの新聞にでかでかと書きたてられているのよ、あなたのことは。ここで辞退して物議をかもせば、火星計画の資金が引きあげられてしまう。状況は理解しているの。ただ、だからといって、オーケーといえるはずはないでしょう、ということ」

「それなら、ひっくり返せるわ――あなたの訓練時間を強調して、わたしより適任であることを示せばいいのよ」

「現実的になりなさい。これは訓練うんぬんの問題ではないのよ」ヘレンのことばには、ロイと地球ファースト主義者に通じるものがあった。「アメリカにおける自分の立ち位置はわかっているわ。宇宙産業における立ち位置もね。ここで引きさがっておけば、火星移民船団には選んでもらえる。逆に、梃子《てこ》でも動かない姿勢を見せたなら？　なんのかのと理由をつけられて、永久に地上勤務をさせられるのがおち。今回、我を通したところで、どのみち排除されてしまう。だからこそ、この話を切りだされたときに、笑顔で承諾してみせたわけ。それがわたしにとれる唯一の理性的な対応だったから」

「わたしが予算獲得に必要不可欠の人間というなら、それを逆手にとりましょう。あなたが行かなければわたしも行かない。そうクレマンスにいうの」

口にするそばから、このアイデアがうまくいかないことは歴然としていた。わたしたちはおたがい、宇宙船の許容積載量を知っている。それをことばに出して指摘したのはヘレンだった。あきれたように鼻を鳴らして、ヘレンはいった。

「チームのメンバーをこれ以上増やせるわけがないでしょう？　必要なリソースも、そのぶんの重量も増えるんだから」

「でも——」

いいかけて、解決策を口にするのは思いとどまった。方法はある。でも——。

「ほかのだれかに交替してもらったら可能だというのね？　気持ちはありがたいけれど、答えはノーよ。ミッションからだれかを押しだす側にはまわりたくないわ。そうなったら、チームで憎まれるメンバーがふたりに増えるだけ」

電話が急に重く感じられて、わたしは大きくうなだれた。重力の重みではない。ことばの重みがのしかかってきたのだ。

「ごめんなさい」

「わかってる」このひとことには、ヘレンのさまざまな思いがこめられていた。〝あなたが悔やんでいることはわかってる。わたしにあなたを責めないでほしいと思っているのもわかってる。なにも変わらないことはわかってる〟「だから、待つわ。今回の処遇は公正じゃない。けれど、すくなくとも、世の中ではしじゅう使われている戦略だもの」

そのことばで……そのことばで、わたしの心はいっそう重たくなった。

もういちど〝イエス〟と答えるなり、ＩＡＣの広報部は大車輪で動きだしたかに見えた。あらかじめその予定でいたのか、それとも雑誌問題が大きかったのか。雑誌問題というのはタイム誌のことだけではない。いくつもの雑誌が関わっている。批判的な記事を載せたのはタイム誌だけではなかったのだ。宇宙計画に対する抵抗は、新聞が定期的に届くわけではない月面からでは、あまり鮮明に見えていなかったらしい。

理由はどうあれ、二週間後、わたしはロサンジェルスにいて、ステットスン・パーカーとともに、深夜のトーク番組『ザ・トゥナイト・ショー』の舞台裏に立っていた。

ホテルの部屋で精神安定剤《ミルタウン》は服《の》んできてある。いまは壁を向き、心を落ちつかせるため、フィボナッチ数列を暗唱しているところだ。すくなくとも吐くことはないだろう。いつもどおりなら。

1、1、2、3、5、8、13、21、34、55、89、144……

背後ではパーカーが小さな円を描いて歩きまわり、緊張でとどこおった血流を戻そうとするかのように両手を振っていた。わたしたちのそばには、クリップボードを持ったアシスタントがひとり、片耳に大きなヘッドセットをはめて待機している。そうしていると、まるでミッション管制センターの職員のようだ。

……233、377、610、987、１５９７、２５８４、４１８１、６７６５……

となりに立ったクリップボードの男が、わたしに顔を近づけてささやきかけてきた。

「出番です」

ステージ上で、司会のジャック・パーがいった。

「それでは、つぎのゲストの方にご登場いただきましょう。ステットスン・パーカー大佐と、エルマ・ヨーク博士です」

わたしは壁から向きなおり、パーカーがにこやかな笑みを張りつかせる瞬間《ま》を目のあたりにした。先に立つようにと身ぶりで示して、パーカーはいった。

「レディ・ファーストだ」

自分の笑顔はこわばりぎみで、いまにも剝がれ落ちそうだった。膨らんだスカート《クリノリン》の生地が脚をこするのをおぼえながら、わたしはまばゆい照明と、周囲から送られる拍手の中に歩み出た。照明とカメラの列の向こうにある観客席には、本物の観客が席についている。そしてテレビの向こうには、何百万もの人々がすわっている。

……１０９４６、１７７１１、２８６５７……

司会のミスター・パーが、まずわたしと、つづいてパーカーと握手をした。わたしたちふたりは、立場上、絶やしてはならない笑みをたたえ、観客たちに手をふってみせてから、ミスター・パーのとなりに並んだ椅子を勧められ、揃いの革張りソファに腰をおろした。パーカーとわたしのあいだの床には銀色のマイクが立っており、脚を組むとき、うっかりパンプスでスタンドを蹴らないよう、気をつけなければならなかった。

トレードマークの蝶ネクタイのいっぽうを引っぱり、ジャック・パーはここにいるのが三人だけであるかのように、わたしたちに向かって身を乗りだしてきた。

「おふたりとも、ようこそおいでくださいました。正直なところ、五歳の男の子に戻ったような気分です。さて、いわずもがなの質問で恐縮ですが、これはどうしてもおうかがいしておかなくてはなりません……おふたりとも、ほんとうに月面にいらしたんですか？」

パーカーが笑った。聞く者に好感をいだかせる、快活な笑い声だった。

「わたし自身も信じられません。ときどき、自分で頰をつねるほどですよ」

「そして、ヨーク博士……あなたは月面に住んでいらっしゃる。そうですね？」

「はい、一年の半分は月面コロニーで暮らしています」

「それはさぞ心躍る暮らしでしょうね」ジャック・パーはいっそう身を乗りだしてきた。好奇心を抑えきれなくてうずうずしている男の子のていで、顔には満面の笑みをたたえている。「具体的には、どのような暮らしなのでしょう？」

「みなさんが想像なさるよりずっと地球の暮らしに近いものです。わたしはパイロットをしていまして、連絡艇で地質学者や採掘者の方たちをあちこちの現場へ運んでいくんです。経路は決まっていますので、じっさい、地球でバスを運転するのと大差ありません」

わたしのとなりで、パーカーがのどの奥で笑った。

「ヨーク博士は謙遜の度が過ぎるきらいがありますから。その手の連絡艇を操縦するには、高い技倆《ぎりょう》が要求されるんです。マスコンがあるためです」

ジャック・パーが髪の生えぎわまで――といいたくなるほど大きく両の眉を吊りあげた。

「マス・コン？　それはマスコットを愛《め》でる会《コン》という意味ですか？」

他愛ないジョークだったが、笑わせてくれて助かった。笑っていなければ、わたしは愕然とした顔になっていただろう。

「マスコンというのは〝質量の集中《マス・コンセントレーション》〟の略でしてね。月面の地下には局所的に重たい物質が固まっているところがあるんです。岩石の密度が高いので、その上に差しかかると、宙を飛んでいる連絡艇が思いがけなく沈みこんでしまうんですよ」

「待ってください――つまり、月面には重力の強いスポットがあちこちにあるということですか？　そんなものが、ほんとうに？」

　わたしはうなずいた。

「地球上にも同じように重力異常箇所はありますが、気がつかないほど小さなものです。ところが、月面ではこれがかなり大きくて。月面を巡回する連絡艇の運行を自動化できない理由のひとつがそれです。それに対応するための計算式は複雑すぎて、連絡艇に収まるほど小さな計算機《コンピュータ》では対処しきれません」ここで計算式の詳細を聞きたがる視聴者はいないだろう。わたしの役目は火星計画の利点を吹聴することにあるのだし。「ですが、月面コロニーという存在は、火星コロニーがあるべき姿の、格好の雛型《ひながた》となってくれています。フロンティアに住んでいた初期のアメリカ入植者は、きっとこんな気持ちだったのではないでしょうか」

「月面コロニーに美術館があるというのはほんとうですか？」

「ほんとうですとも」わたしは輪をかけて晴れやかな笑みを浮かべてみせた。顔の皮膚がいまにもひび割れそうな感じがした。「といっても、一辺が一メートル半の小さな個室でしかありませんが。月面入植者の生んだ彫刻、手芸、絵画などを、ささやかな規模ながら、交替で展示しているんです」

パーカーが独特の、いかにもご満悦といったていの笑みを浮かべて付言した。

「わたしは月面に行くたびに、あそこに立ち寄るのが楽しみでしてね。あそこに行くと、人類が星の世界でも繁栄することを実感させられます。アートを創造しようとする意志は、人類のもっとも顕著な特徴のひとつですから」

「火星の地がどのような芸術魂をくすぐるのか、いまから楽しみでしかたありません」

これ以上は無理なほど、わたしは目いっぱい快活に答えた。しかたない。これがわたしに求められていることなのだから。顔をほころばせるたびに胃がねじれる。そして、こと今回にかぎっては、それは不安のみによるものではない。こういった使われ方をされるためにこそ、わたしはほかのメンバーを犠牲にしてチームに加えられたのだ。

「さて、よろしければ、もうすこし重い質問をさせていただけますか、ヨーク博士。地球に帰ってこられたとき、往還船がテロリストの一団にハイジャックされました。そのとき、どのような状況だったのでしょう」

「あのひとたちは、テロリストとはちょっとちがいます。たまたま狩猟に出ていて、宇宙船の不時着に遭遇した人たちで……」銃口を突きつけられはしたけれどね。「……地球に取り残されることを心配していたんです」

パーカーが即座に割って入った。両ひざに両ひじを載せ、思案中の公任指導者《ラビ》のように両手を組みあわせて、

「IACの仕事でやりがいがあるのはそういった部分なんです。わたしたちが宇宙へ出るのは、世の中の人々が宇宙へ出る下準備をするためにほかなりません。西部開拓時代にも、おばあさんを幌馬車に乗せて開拓地に連れていったりはしなかったでしょう？　しかし、いまはどうです？　おばあさんはどこにでもいける。宇宙についても事情は同じです」

「ほんとうに、そのとおりだわ。おばあさんたちが安全に宇宙へ行けるようにすること。それがわたしたちの仕事なんです」こんなに歯の浮くようなことをいっているわたしは、はたからはとても物理学と数学の博士号を持った人間に見えないだろう。しかしこれは、ロイのような人々、地球に取り残されることを恐れている人々に直接語りかける、絶好の機会でもある。「わたしたちは一丸となって、この仕事に取り組んでいます。全世界から集まってきた人々が宇宙計画に参画しているんです。たとえば、ヘレン・カルムーシュは航計士で――これは航法計算士のことですが――台湾出身です。シグナス14号の乗客全員

が安全に解放されるアイデアを考えたのは、このヘレンなんです」

「そして、そのアイデアを実行に移したのはきみだ」パーカーが目もつぶれそうなほどにまばゆい笑顔で相の手を入れた。「だからこそ、われわれは全員、きみが火星に同行してくれることを歓迎しているんだよ、諸手をあげてね」

このひとでなし。

「ああ、でも、わたしはもっと大きなチームの一部にすぎません。チームにはアルジェリア出身のカーミラ・シャモウン、スペイン出身のエステバン・テラサス、ブラジル出身のハファエウ・アヴェリーノほか、各国の出身者がおおぜい加わっていますから」

わたしとしては、カメラを通じてロイに——いまごろはどこかの刑務所に入っているのだろう——直接語りかけているつもりだった。言外の含みはこうだ。(ほらね。民族、いろいろ。世界じゅうの人間がそろっているのよ)「まるで宇宙の万国博覧会ですね」

客席から笑い声があがった。よし、やった。がんばれ、わたし。パーカーも観客といっしょになって笑いながら、ジャック・パーに向かって身を乗りだした。

「そしてもちろん、今回、火星に行く人間は、だれもがふたつ以上の分野の専門家でもあります」

ジャック・パーが両の眉を吊りあげた。

「ははあ？　たとえば、大佐の場合は……？」

「役割はミッション指揮官《コマンダー》ですが、パイロットでもあり、言語学者でもあります」そこで親指を使い、わたしを指し示して、「ヨーク博士は物理学者であり、計算者でもあるし、パイロットでもあります。三冠王ですね。これでチェスも嗜《たしな》んでくれれば最高なんですが」

　わたしはほほえみを絶やさず、みんなといっしょに笑った。だが、心の中では暗澹《あんたん》たる思いに陥っていた。なぜなら、いうまでもなく、ヘレンはチェスの名手だからだ。そしてわたしは、チェスをしない。


『ザ・トゥナイト・ショー』の出演がすめば、まっすぐホテルに戻り、勉強をしなくてはならない。それはわかっている。しかし、これだけ兄の家の近くまできて、どうして兄と会わずにいられよう。テレビ局の手配した車がホテルでパーカーとわたしを降ろしたときには、兄のハーシェルと息子のトミーがすでにロビーにきていて、豪華なフラシ天張りのソファに腰かけていた。新年祭《ローシュ・ハッシャーナー》で会ったときとくらべて、兄はさほど変わっていなかったのに、トミーのほうは三〇センチも背が高くなっているように見えた。これが一六歳と一七歳のちがいというものだろうか。顔にはまだ子供のあどけなさが残っているが、あごのラインはわたしの父親に似てがっしりしてきている。

　わたしを見るなり、甥っ子は勢いよく飛びあがり、仔犬のように満面の笑みを浮かべた。あっと思ったときには、またたく間にロビーを横切り――ハーシェルは例によって松葉杖をつきながら、こちらに向かってきている――わたしに勢いよく抱きついていた。

「エルマおばさん！」

　トミーの情熱にたじたじとなりながら、わたしは心の中で願った。ああ、神さま、どうかわが魂の子から喜びの種が尽きませんように。

（魂の子……）

　つかのま、もう自分の子は宿せないであろうことを思いだし、どうにもせつなくなって、不必要なほど強くトミーを抱きしめた。それから、

「はいはい、どうどう、トミー」といって甥を放し、パーカーに向きなおった。わたしが立ちどまった時点で、パーカーも足をとめている。「紹介するわ、こちらは――」

「わお！　ステットスン・パーカーだ！」

　パーカーはこういうときに見せる、控えめな笑みを浮かべた。

「そう、わたしがパーカーだよ」トミーに手を差しだし、男同士の握手を交わしてから、

「きみはトミーだな」

青天の霹靂《へきれき》とはこのことだ。記憶にあるかぎり、甥の話をパーカーにしたことは一度も――いえ、あった。〝死亡体験〟のときだ。すべての宇宙飛行士は、月面ミッションで死亡した場合にそなえ、自分の死後にとるべき処置を相互に報告しておく。連絡すべき相手、連絡する順番などを、ことこまかに報告しておくのである。だからパーカーはトミーのことを知っていたにちがいない――わたしがパーカーの双子の息子、エルマーとワトスンの名を知っているように。

「そうです、トミーです」

トミーはまだパーカーの手を握りしめたまま上下にふっていたが、その胸はふだんの三倍も大きく膨れあがっているように見えた。わたしがパーカーにトミーのことを話していたのだと思いこみ、よほど誇らしかったのだろう。

下肢の装具を小さく床に響かせて、ハーシェルがそばまでやってきた。

「トミー、パーカー大佐には、ほかにご用事があるはずだぞ」

「ああ、残念ながらね」パーカーは手を放し、だれが見ても心から残念そうな笑みを浮かべた。「きみも叔母さんにたっぷり甘えたいだろうしな」

ポリオの後遺症をかかえた兄を持っていると、いろいろ気づくことがある。パーカーはハーシェルの松葉杖にも下肢の装具にも、ちらりとも目を向けなかった。たいていの人は奇異なものを見る目を向け、すぐ気まずそうな表情になる。しかしパーカーは、なにかと腹の立つ男ではあるけれど、健常者に対するのとまったく変わらない態度で兄に接してくれていた。

トミーにひとつウインクをして、パーカーは悠然とわたしたちから離れ、歩みだした。まるで偉大なアメリカン・ヒーローのような後ろ姿だった。が、何歩か歩いたところで、肩ごしにこう呼びかけてきた。

「あまり遅くまでつきあわせないでくれよ――きみの叔母さんには宿題があるし、あしたも〝学校〟があるんでね」

まったくもう、ひとこと多いんだから。たしかに事実ではあるが、わざわざ口に出さなくたっていいじゃないの。わたしはトミーとハーシェルに向きなおった。

「レストランにでも行く？　もう、おなかぺこぺこ」

それに、一杯やりたくもあった。ありがたいことに、ホテルのレストランはハリウッド時間で、夜遅くまで営業してくれていた。

「いいね、そうしよう」ハーシェルがわたしのとなりで松葉杖を動かし、ロビーのはずれにある案内嬢のカウンターのほうへ向きを変えた。「エスターおばさんがよろしく伝えてくれとさ。ドリスもだ」

「かあさんがこられないのはね、レイチェルが外出禁止になったからなんだよ」かぶりをふりながら、トミーがいった。大人をまねて深刻そうなしぐさをしてみたかったのだろう。

「タバコを喫《す》ってたのがばれちゃってさ」

「なんですって!?」まだ一三歳のわたしの姪《めい》が……タバコを？

「トミー」ハーシェルが眼鏡の縁ごしに、息子にきびしい目を向けた。「それはおまえがしていい話じゃない」

「だって、エルマおばさんだし」

ハーシェルは咳ばらいをして、

「おまえの妹は、おまえから話してほしいとは思わないぞ」

レストランの席につくまでのあいだに、ききたいことの長いリストはできあがっていた。あの姪がタバコを吸うところなんてイメージできない。だいいち、まだ一三歳なのよ！　いえ、一四歳か。それにしても。なんてことなの……。わたしたちが火星へ出発するころには一五になっている。帰還したときには一八。トミーはもう大学生になっているはずだ。

「エルマ――」ハーシェルがわたしの手首にそっと触れた。「どうした？」

「え？」わたしは目をしばたたき、現実に返った。目にはうっすらと涙がにじんでいた。

「長い一日だったからね」

ハーシェルがトミーにちらりと視線を向けてみせた。トミーがいると話しづらいことがあるのか、と言外にほのめかしているのだ。わたしとしては、むしろ甥がいてくれたほうがいい気もした。トミーがいれば、ハーシェルは探りを入れづらいし、わたしの話を聞いてがっかりすることもないだろう。もっとも、じつのところ、なにを逡巡することがあるだろう？　ナサニエルとわたしは子供を持たない。しかしそれは、だれにとっても意外なことではないはずだ。とりわけ、兄にとっては。

ハーシェルがポケットを探った。

「ここにはジュークボックスが置いてあるんだな。トミー……適当に曲を選んできてくれないか」

甥はさっと一〇セント貨数枚を受けとり、ウサギのようにすばやくボックス席を飛びだしていった。ハーシェルはすぐさま、わたしに向きなおった。

「で？」

わたしはためいきをつき、左右に首をふった。

「ほんとうに、よくわかってるわね、わたしのこと」

「話しづらそうにしていることもな。ぐずぐずしてるとトミーが戻ってくるぞ」

「ついさっき、気がついたの、わたしが火星に行っているあいだ、あの子たちがいくつになっているかにね」肩をすくめて、テーブル上の水のグラスを小さくまわす。「はじめてよ、計算を忘れてたのは」

「おれもはじめてだ、妹の口から計算を忘れてたと聞くのは」

兄に舌を出してみせた。これで大人。われながら、立派なものだわ。

「ただでさえ、成長の早さに目を見張るばかりだというのにね。三年も会わずにいたら、どうなることやら。それに、レイチェルの話……あれはどういうこと？」

ハーシェルは肩ごしにトミーの位置をたしかめた。ジュークボックスに収められた曲のタイトルカードをかたはしから読んでいるようだ。

「あいつは全貌を知らないのさ。じつは、喫っていたのはマリファナだ」

「それなのに、わたしにも教えてくれなかったの？」

「明るみに出たのがついきのうなんだよ」ハーシェルは眼鏡をはずし、鼻梁《びりょう》をつまんだ。

「裏に男子がいた。ぶっ殺してはいない」

「わたしが代わりに――」

ハーシェルはのどの奥で笑って、

「ドリスが先んじていなけりゃな。とにかく、相手は上級生で、一見かなりのハンサムだ。車も持ってる。バンドの練習帰りに家まで送ると申し出てきやがった」

血の気が引いた。

「まさか、あの子——だいじょうぶだったの？」

「ああ。相手がまだ生きてられるのはそのおかげだ」音楽が流れだし、ハーシェルが肩ごしにふりかえった。「時間切れだな。ま、心にとめておいてくれ。レイチェルはたぶん、ずっと外出禁止になる。愛しい叔母さんが火星に行ってるあいだは、ずっとな」わたしはうなずき、吐き気をこらえた。おりしも、音楽に合わせた足どりで、トミーが席まで戻ってきた。

トミーが選んだのは『六〇分の男《シックスティ・ミニット・マン》』だった。

この曲は大きらいだ。

7

宇宙滞在計画、苦境に

クレマンス、予算獲得闘争へ
減税のため予算削減の通告を受け

ジョン・W・フィニー
ザ・ナショナル・タイムズ特電

［カンザスシティ（カンザス州）発　一九六一年十二月四日］　国際航空宇宙機構は本日、懐疑的な議会に対し、国際連合の宇宙予算に五十七億ドルの資金を拠出するよう説得する戦いを開始した。大幅な予算削減は、計画された有人火星探険を危うくするとの立場からだ。

同機構にこれ以上の予算を増額することについて、議会には広く懸念と抵抗感が広がっている。議員の中には、合衆国が宇宙計画に供出する資金の割合が過分にすぎると主張する向きもある。このような疑念の背景にあるのは、減税のように世俗的な問題から宇宙における国家目標にいたるまで、広範囲に絡みあうさまざまな要因である。

はたから見たなら、訓練に集中せよとわたしにうながすのは酷な要求に思えただろう。しかしわたしは、この三カ月のあいだ、ＩＡＣから渡される何冊ものバインダーの中身を頭に詰めこみ、消化しつつ、訓練と広報活動のあいだを行ったりきたりしていた。いまはちょうど、チームのほかのメンバーたちと授業のひとつに参加し、地質学を勉強しているところだ。各自の前にはケースがひとつ置いてあり、その中には番号を書きこんだ岩石サンプルが何個も収めてある。火星に行って岩石を採取するさい、ミッション管制センターに報告するにあたって、〝なにか赤くて崩れやすいものを見つけた〟というだけでは情報不足。せめてそれが〝半自形的な粒状物質で、斑岩性であり、中粒の赤い斑晶《はんしょう》である〟くらいのことはいえないと話にならない。

地質学はレナードの専門分野だ。教官が配った岩石サンプルのケースを、レナードは相好を崩しながら、まずじっくりと観察した。ついで、赤い岩石をひとつ抜きとり、それを手に持って、わたしに顔を近づけた。

「見当、ついたかい？」

「つけようとしているところ」

わたしは判断を書きこむように渡された評価シートをにらんだ。訓練のあらゆる段階で、暗記しなければならないことは山ほどある。

「ふむ……」レナードはわたしが見つめている岩石の、より赤が濃いラインを指し示した。

「それは輝石だ。ということは、そいつの正体は――」

そのとき、教室のドアを小刻みにノックする音が響き、ベティが顔を覗かせた。

「ハイ！　じゃまして悪いけど、エルマを借りなきゃいけないの！　大至急！」

「せいぜい利用されてほしいもんだわね」

ノートをにらんだまま、フローレンスがつぶやいた。

わたしはためいきをつき、自分が手にしている岩石を安心毛布のように握りしめた。

「待てないの？」

「ごめん――ＢＢＣが会いたいって……長くはかからないわ。約束する」ベティはもうすこし部屋の中に上体を突っこませ、ウインクしてパーカーの視線をとらえた。「ちゃんと追いつかせられるはずよ。でしょ？」

返事をするかわりに、パーカーは肩をすくめた。これがイエスなのか、〝知ったこっちゃない〟かはわからない。

「ほかのメンバーじゃだめなの？」どうしていつもいつも、わたしじゃなきゃだめなのよ。

「レナード……あなたはもう、地質学は知りつくしてるでしょう？」

「先方がナサニエルといっしょの写真を撮りたいっていうのよ」ベティが申しわけなさそうに口をはさんだ。「ごめんね。でも、オシドリ夫婦の路線で押しているから」

フローレンスがレナードに顔を寄せた。はたには聞こえない声でしゃべったつもりだろうが、わたしにもしっかり聞こえていた。

「ま、すくなくとも今回は、わたしたちを盾に使えるわけじゃないから……」

わたしは岩石をケースに戻した。

「どういう意味、それは？」

フローレンスは唇をかみ、長い貴族的な鼻の上の、ハシバミ色をした目でわたしを見すえた。黒髪はストレートに伸ばしている。かっちりした短髪《ボブ》の内側には非難の表情をたたえていた。

「ほんとうにいま、このやりとりをしたいの？」

「いまでなければ、宇宙ですることになるでしょ。だったら、いまのほうがいいわ」

2、3、5、7、11……

「いいわ……なにが〝宇宙の万国博覧会〟よ。いいかげんにして。火星計画の宇宙飛行士にはね、ふたりしか有色人種がいないのよ」

「だから白人ばかりじゃないことを強調しようとしてるんでしょう。初期のIACは差別的だったわ、だから一生懸命努力して――」

「一生懸命努力して、ね」フローレンスは鼻を鳴らし、レナードに目をやった。「じゃあ、わたしは努力しなかったっていうわけ？　レナードもアイダもイモジーンもユージーンもマートルも、みんな努力しなかったわけ？　ヘレンも努力しなかったのね？」

「したに決まってるじゃないの！」……13、17、23……わたしはゆっくりと呼吸をし、室内の全員がこちらを注視している事実を無視しようとした。「だからこそ、あなたたちを引きたてようと努力してるんでしょう、あなたたちが背景に埋没しないように。わたしはみんなの力になりたいの」

「ははん。力になるというのがどういうことなのか、あんた、わかってんの？　あんたのくだらない仕事の意味をよく考えてみることね」机上の自分の岩石に顔を戻して、「もう走っていったほうがいいんじゃない？　カメラマンたちを待たせたくないでしょ」

この場合に切り返せそうなことばはいくつもあった。だが、わたしはどれも呑みこみ、椅子をうしろに引いて立ちあがった。

ここにひとつ、興味深い要素がある。だれかといっしょに仕事をするにあたって、その相手を好きになる必要はないということだ。いっしょにいて楽しくない人間とペアを組んだほうが、ある意味、効率はあがる。接触を最低限にするためにできるだけ早く仕事を片づけてしまうことが、おたがいの得になるからだ。それに対して、仲のいい者同士で仕事をすると、ジョークをいったりからかいあったりで、だらだらと時間をかけがちになる。

その基準でいえば、いまのわたしは、火星チームの半数と効率のいいペアを組むことができた。いや……これはすこし誇張が過ぎるが、とはいえ、だれもがわたしに怒っているように感じられるのは事実だ。そして、正直にいえば、みんなを責めることはできない。チーム全体の訓練がかなり進んだ段階で入ってきたため、猛烈にがんばらないと追いつけない人間が、しじゅう派手な広報キャンペーンに――それも、宇宙飛行士本来の役割とは関係のない仕事に――狩りだされているのだから。それはすなわち、わたし以外のメンバーが、わたしの抜けた穴をフォローしなければならないことを意味する。それも頻繁に。

教室を出て廊下を歩いていく途中、ベティがふりかえった。

「だいじょうぶ?」

「もちろん！」努めて明るい声を出した。

「取材を遅らせようとはしたの。ほんとうよ」

「わかってる。ただ……追いつくのに専念できないのがつらくてね」

ベティはうなずき、暗い顔になった。

「インタビューの申し入れはあらかた断わってるの。信じてくれないかもしれないけど。そうはいっても、なかには……」

「わかってるってば。わたしはそのためにチームに入ったんだから」

ベティに連れていかれた先は、メイクアップと楽屋用に確保してある部屋だった。わたしはためいきをつき、姿見の前にすわって、係の人たちにメイクとヘアをまかせ、岩石サンプルの実物を欠いたまま、地質学のバインダーに意識を集中した。

火星では潜在的な水流の見つけ方を知っておく必要がある。その場所は、水底に水流で刻まれた花綱紋様に現われる、小さな葉層や斜交成層によって特定できる。

思わず額をさすってしまい、メイクアップ・レディにそっと手を引き離された。

「だめですよ、ムラになっちゃいます」

「ああ、そうね」

優先事項がぐちゃぐちゃだ。姿見に映ったわたしは、いまにもホリデイ・パーティーに出かけようとめかしこんだ人間みたいだった。フライトスーツを着ていても。完璧な形にととのえられた柔らかなカールは、いざ仕事に取りかかったなら、たちまち崩れてしまうだろう。月面や訓練室では、作業のじゃまにならないよう、スカーフでまとめているが、ありのままの姿は広報部が望むイメージではない。

メイクアップ・レディに椅子を回転させられ、解放されると、わたしはしつけのいきとどいた猟犬のように、ベティのあとをついて通路を進み、エンジニアリング棟へ向かった。まだいらだってはいたものの、角を曲がってナサニエルのオフィスに入ると、ずいぶん気が楽になった。

だれかが徹底的に片づけをしたらしい。デスクにはランが飾ってあり、部屋の一角にはフロアスタンドが置かれ、製図台付近を照らしている。もっとも、ナサニエルの服まではスタイリストも手つかずだった。いつものとおり、ツイードのジャケットを着て、なんの変哲もないブルーのタイを――

いえ、待って……このタイは見たことがない。ただし、目の色とよく合っている。わたしを見たとたん、その目を輝かせて、ナサニエルはいった。

「やあ、ヨーク博士」

「おはよう、ヨーク博士」

頰にキスしたい気持ちをぐっとこらえる。カメラマンや記者の手前があるというより、夫の顔に大きな赤いキスマークを残したくなかったからだ。

レポーターは五〇代なかばの白人男性で、太鼓腹の上に手帳を載せ、メモをとっていた。

「あまりお時間をとらないよう心がけますので……ジェリー、どんな場面を撮りたい？」

「自然な絵がほしいな。ふだん、ふたりで仕事をするときは、どんなふうに？」

いっしょに仕事はしないのよ。すくなくとも昨今はね。わたしはナサニエルを見やり、肩をすくめた。

「いまはなにをしていたの？」

「ああ、うん……」ナサニエルはデスクをまわりこんでいき、自分の椅子に腰をおろした。金属がこすれる音を立てて引き出しをあける。「ちょうどいまは、火星に向かう補給船のフライトプランを見直していたんだ」

そういいながら、デスクにフォルダーを置いた。わたしもデスクをまわりこみ、ナサニエルのうしろに立った。夫の肩ごしに顔を近づけ、計算式を眺めるうちに、またしても自分の遅れぶりを実感した。夫の背中に手をかけ、眉をひそめて、〝ＡＭｚの自乗〟がなにを意味するのか、見当をつけようと試みる。

そのとたん、フラッシュを焚かれた。

「はい、楽しそうな顔をしてください」

そういって、ジェリーと呼ばれたカメラマンが近づいてきた。カメラの向こうでは黒い直毛が額にたれている。

わたしは微笑を浮かべた。いつもの営業用スマイルだ。なにもかもうまくいっています、宇宙大好き！　みなさんもでしょ？

またもやフラッシュ。まぶしさで視野に紫色の斑点がいくつも浮かび、ページの数字が見えない。フラッシュ。2、3、5、7……

「ヨーク博士——いや、エルマ。エルマと呼んでもいいですか？」カメラマンは返事を待たず、ますます近づいてきて、デスクの縁を軽くたたいた。「デスクに腰かけてもらえませんかね。せっかく映えるコスチュームなのに、ご主人のうしろじゃちゃんと写らない。ナサニエル《ネイト》、OK？　けっこう——はい、そこ。いいねいいね、完璧だ」

わたしはデスクの縁に腰かけた。そのため、計算式がますます見えにくくなった。それでも、初期の宇宙カプセルに押しこまれていたときの無理な姿勢にくらべれば、ずっとましな状態ではある。

「もっとこう、科学的に見える資料はないですかね？」レポーターが鉛筆で手帳をたたきながら前に進み出てきた。「そのままだと……納税申告書でもにらんでるみたいで」

　ナサニエルは計算式に視線を落とし――これはどこからどう見ても〝科学的〟な資料だ――自分の首筋を揉んだ。

「うーん……ここにあった模型はぜんぶ、風洞実験用に持ちだしちまったからなあ。青写真はどうだろう？」

「これなんて、どう？」

　ベティがデスクの端に載せてある箱の中から、一枚のパンチカードを取りだしてみせた。

「おっと待った――」ナサニエルはベティの手からカードを取りあげて、「順番を変えてもらっちゃこまる」

　記者はパンチカードを見て目を輝かせ、ナサニエルの苦言など聞こえなかったようすで、

「おっ！　そいつはいいや。模型よりもいい。模型なら男の子はだれでも作れますがね。電子計算機のプログラミングともなると、そうはいかない。それこそ科学の中の科学って感じで」

　ジェリーはカメラの焦点をわたしたちに合わせ、ナサニエルにいった。

「それを奥さんに見せてる構図はどうかな、ネイト？　それを説明してるってなていで」

　ナサニエルはちらとわたしを見やり、両の眉を吊りあげてみせた。まるで〝あれは本気でいってるのか？〟と問いかけるような視線だった。ばかげてはいる。しかし、T-38の

コックピットで鼻におしろいをはたかせられるよりはましというものだ。

わたしはナサニエルにいっそう顔を近づけ、くすくす笑いながら、

「さあさあ、愛しいあなた。手にしているカードのプログラミングの最重要部分を教えてちょうだいな」

というと、両のまぶたをぱちぱちとまばたいてみせた。

ナサニエルは吹きだし、パンチカードを上にかかげた——そのカードに、まるで特別重要な意味があるかのように。このカード自体は巨大なプログラムの微小な一部にすぎない。巨大な機械でいうなら、ネジ一本程度の意味しかないしろものだ。もちろん、このカードがなければ宇宙船は墜落してしまうかもしれない。しかし、プログラム全体から見れば、たんなる小さな歯車でしかない。

ここでカメラのピントが合い、フラッシュが光り、わたしの無防備な瞬間を——営業用スマイルではない、心からの笑みを浮かべた瞬間をとらえた。この写真はのちに、〈宇宙旅行の喜び〉というタイトルで公開されることになる。

しかし、わたしたちが科学とは縁のない状況で笑顔の写真を撮られているあいだにも、教室ではチームメイトたちが科学を学んでいた。ほんとうに〝科学的〟な絵を撮りたければ、教室に出向いてみんなの学習風景を撮るべきだ。それなのにマスコミは、本物

の科学の場からわたしを引っぱりだし、たった一枚のパンチカードなどという、あまり意味のないものに面と向かわせる。

　地球で宇宙服を着るさいの難点は、これが低重力環境用に設計されているということだ。無重量環境訓練施設《ニュートラル・ボイアンシー・ラボラトリー》（ＮＢＬ）の訓練用プールに沈んでいてさえも、重力が自分を下に引っぱっているという事実に変わりはない。宇宙服自体は、水の浮力を利用した中性《ニュートラル・》浮力《ボイアンシー》で浮き沈みせず、擬似的な無重量状態になっているが、内部のわたしには重力がかかっているため、上下左右、向きが変わるたびに、宇宙服内でからだが下に引っぱられる。女性であるがゆえに、わたしは男性よりも体格が小さい。宇宙服はもともと男性用に設計されているので、必然的に余分な隙間が生じる。腰のまわりに詰め物をしてあるのはその隙間をなくすためだ。この詰め物のおかげで、宇宙服の中でわたしを包む空気層の厚さは均一化し、わたしも重力に抗《あらが》うことなく、擬似無重量状態で水平にも垂直にも姿勢を変えられる。この詰め物がなければ、空気の層は腹まわり部分で厚くなり、腹に大きなビーチボールをくくりつけたも同然になって、腹部がつねに水面側を向こうとしてしまうだろう。そうなったら、水中でそれ以外の方向を向くのは困難だ。

　宇宙では宇宙服内の空気層が問題になることはないが、ＮＢＬというのは、人が宇宙遊泳をする場合、どのような動きをするべきかを決定する場所である。したがって、わたしであれ、チームのほかの女性メンバーであれ、文句をいうことはない。問題ありません、上官どの、万事順調であり、自分たちはプールで快適に訓練をつづけております！

　わたしはいま、水の中で横倒しになり、グラスファイバーの生地がいっぽうの腋の下に食いこんだ状態にある。ヘルメットの中で頭をもたげている必要があるので、首がひどく痛い。固く張ったグラヴは左右ともに〝修理〟訓練中のソーラーパネル下端にあてがい、重さを支えているため、指も痛む。宇宙服内の気圧は周囲の水圧より三三八ミリバール高くしてあった。そのため、動きのひとつひとつがごついスプリングで抑制されているかのようだ。宇宙空間での動きとまったく同じとはいかないが、この環境は宇宙でいかに動きづらいかの見本になってくれる。手の甲にあたるグラヴのしわが気圧で固くなっているため、金属ワイヤーが食いこんでいるかのように痛い。しかし、どんな気分かと問われれば、わたしは〝とてもとてもいい気分だ〟と答えただろう。

　ソーラーパネルの向こう側で、ハファエウ・アヴェリーノがポルトガル語で毒づいた。握っていたレンチがすべり、グラヴから離れてしまったのだ。わたしたちのパネルを収めるポッドの中では、サポート・ダイバーたちが周囲に浮かんでいるが、ただようレンチを見ても、いっさいなにもしようとしない。ダイバーたちの役目はわたしたちの安全を確保することにあるからである。いっぽう、わたしたちの役目はといえば、ゼロＧ環境下での修理方法を学ぶことにある。レンチ自体は宇宙服の胸にあるＭＷＳ——すなわち〝ミニ・ワークステーション〟につなぎひも《テザー》でつないであるため、遠く離れることはないが、引きもどすのはそれなりに手間だった。

　通信機から流れるハファエウ・アヴェリーノの罵倒を聞きながら、わたしはヘルメットの中で苦笑した。

「どうしてパーカーがポルトガル語を勉強しだしたのか、やっとわかったわ」

わたしの左側で、やや下にいるレナードが、わたしがパネルを支えるのに手を貸した。そのあいだに、ハファエウはレンチを回収しおえた。レナードがいった。

「みんな罵倒語はもっといろんな言語で使えるようになったほうがいいな。とりあえず、ラテン語とギリシア語の罵倒はいえるようになった。いまのところ、そこまでだがね」

「へえ？　じゃあ、ラテン語の罵倒はどんなんだい？」

　ハファエウがそういって、ふたたびレンチをパネルにあてがい、改めて両足を固定具につっこんだ。この固定具は、宇宙船外殻モックアップ上の各所に設けられたＷＩＦ機械的受容器具内に埋めこまれたものだ。ＷＩＦはなんの略かって？　さあ。ある時点で、いきなりこの頭字語が名称として使われるようになったので、わからない。ＷＩＦというからには……〝接続装置なんたらかんたら《ウィジェット・インターフェイス・ファゲッダバウティット》〟の略よね、きっと。

宇宙空間で宇宙船を建造することには多くのメリットがある。そのひとつは、空気力学を考慮した形状にしなくてもいい点だ。おかげで、船体表面のあちこちにWIFや取っ手を設置できる。ハファエウがふたたびレンチをすべらせたが、今回は手から放さなかった。

ハファエウはさっきの問いをつづけて、

「教えてほしいもんだ。いまがまさに使いどきだから」

レナードはためらい、そこで小さく笑って、

「じっさいの話……ほとんどは口に出せないものなんだよ、女性がいるところでは」

「平気よ」わたしは固定具につっこんだ足を踏んばった。ハファエウがようやく、レンチをしっかりとボルトにあてがいおえた。「そのラテン語の罵倒、いってみて」

罵倒が口に出されたとたん、男ふたりは爆笑し、わたしは顔を真っ赤に染めた。たがいのヘルメットのおかげで、顔がはっきり見えないのがありがたい。いくらジョークでも、こういう下ネタの罵倒は、わたしの平均的ボキャブラリーが受けつけないようだ。

そのとき、予想したとおり、各人のヘルメットの中に本日の訓練監督官《シム・スープ・ドゥジュール》、ジェイスン・ツァオの声が響いた。シム・スープとはシミュレーション・スーパーバイザーの略である。

「言語のお勉強はそのへんで」

これに対し、レナードがひどくまじめくさった口調でラテン語を口にした。

「これはしたり《ワエ・メー・プト》、余は糞をしたらしい《コンカカーウィー・メー》」

クラウディウス帝最後のことばとされる、有名なフレーズだ。

ハファエウがヘルメットのフェイスプレートに顔を近づけるのが見えた。

「いまのはポルトガル語に近いな。意味がわかったぜ、あらかた」

「ジェントルメン。レディ」シカゴ出身のわりに、ツァオはときどき、ひどくしかつめらしい物言いをする。「きょうは見学者もきていて、いまのやりとりを聞いているんだぞ。そのことを忘れないでくれ」

わたしたち三人は顔を見交わした。ハファエウがやれやれという顔をしてみせた。

「見学者の使う言語は？」

「英語だ」マイクが背景の音を拾い、だれかがツァオに語りかける声がかすかに聞こえた。ただし、内容が聞きとれるほどではない。そのだれかのことばに対するシム・スープの口調はかなりきびしいものだった。「だめです、そんなに早く水中から引きあげることは、断じて――」

ここでマイクが切れた。

なにがあったのだろう？　水中であり、ヘルメットごしということもあって、ほかのふたりの表情は見えない。だからわたしは、ソーラーパネルを支えたままその場に立ちつづけた。シム・スープはマイクをオープンにしたままにしてはおけないと判断したらしい。となると、つぎに湧いてくる疑問は——ツァオにあれだけ強硬な物言いをさせる見学者はだれかということだ。わたしたちを早々にＮＢＬから出すよう要求する相手はだれなのか、という疑問についてはいうまでもない。

　ハファエウがボルトの締めつけをすませ、わたしたちは三人ひと組で移動し、パネルのつぎの部分を展張しはじめた。この種のＮＢＬ訓練を行なうのはこれで四度めだ。そして、訓練を重ねるたびに作業は早くなっている。もちろん、わたしに船外活動《EVA》の役目がまわってくることはないだろうが、念には念を入れ、過剰なほど準備を重ねておくのがＩＡＣの方針なのである。自分がかなり遅れてスタートを切ったことを考えるなら、その方針にはうなずける。それに、船外活動でなにをするのか、身をもって知っていれば、ＩＶ要員、つまり宇宙船《イントラヴィヒキュラー》内要員も対応しやすくなる。ミッション遂行中の通信遅延を考慮すれば、遠く離れた地球のミッション管制センターに対し、船外活動チームの指導を全面的に頼ることはできない。

「諸君——ソーラーパネル・アレイの展張訓練は中止することになった」

　シム・スープの声がノイズ混じりに響いた。ついでマイクがガサガサという音を拾った。

だれかにマイクをわたすような音だ。

わたしたちは水中に浮かんだまま、絶えることなきファンの音と三人ぶんの息づかいの音だけを聞いて待機した。

新たにマイクから語りかけてきたのはクレマンス本部長だった。

「フラナリー博士には上がってもらわねばならん。ヨーク博士とアヴェリーノ大尉はそのまま最後まで訓練をつづけてくれ。フラナリー博士、ただちにプールの外へ」

レナードが反論するかのように口をあけ、息を吸う音がした。が、思いなおして口を閉じたのだろう、歯がかみあわされる音がつづいた。

「了解。では、プールの外で」

恥ずかしながら認めねばならない。このときわたしがいだいたのは、好奇心でも訓練が中断されたことに対するいらだちでもなく、呼びだされたのが自分ではなかったことに対する安堵《あんど》だった。こんどばかりは呼ばれずにすんだ。レナードはわたしたちに背を向け、ダイバーたちに手足を持たれて移動させられていき、リフトのプラットフォームに乗った。水上へはあれで運ばれることになる。

ハファエウとわたしはプールの中に浮かんだままでいた。わたしは頭をヘルメットの内壁にもたせかけ、しばし目をつむった。ほどなくサポート・ダイバーたちが、訓練の最終段階に向けて、宇宙船モックアップの再構成に取りかかった。宇宙服に入るには長い時間を要するので、いったん着て訓練場所に潜れば、最後まで完了させてしまいたいのだろう。わたしは通信回線に耳をかたむけ、呼びだされたレナードがどうなったのか、ツァオがその後の状況を話してくれるのを待った。

ダイバーたちの作業がすっかりおわると、わたしたちは訓練を再開した。今回は、訓練で最低限必要な内容以外、通信の会話は交わさない。訓練を再開してからというもの、頭の中にはずっと、〝いったいなにが起こっているのか〟という疑問が渦巻いている。たしかにわたしも、訓練中に呼びだされたことはあるが、このＮＢＬでやるような実地訓練を中断させられたことはさすがになかった。こうした訓練を一からやりなおすとなると、かかる費用は巨額になるし、訓練時間ももったいない。それに、宇宙服の移動が発生するので、人員の交替だけでも二日はかかる。したがって、医療上の緊急事態や機械の故障でもないかぎり、ＮＢＬ訓練が中断させられることはありえないだろう。だとしたら、レナードはなぜ呼びだされた？　訓練がおわるまで待てないとクレマンスが判断するにいたる、いったいなにが起こったというのか？

それに、なぜわたしたちに事情説明がない？

ＮＢＬのプールからリフトで水上にあがるには、気の遠くなるほど長い時間がかかる。

訓練をおえ、リフトに乗ったわたしのヘルメットが、やっとのことで水面を割って水上に出た。ここから先、重量一四〇キロの宇宙服を支えるのは、わたしをストラップでぶらさげる装着スタンドの役目となる。地球の重力下では、完全装備の宇宙服を着て歩くことは不可能だ。身につけた下半身用の下着は幼児用防寒服《スノウスーツ》の下につけるオムツのようなものだが、鉛でできているかのように重く感じる。『宇宙家族ロビンソン』に出てくるロボットのほうがまだしも、宇宙服を着たわたしたちより優美に動けるほどなのである。

装着スタンドにぶらさがったわたしのもとへ、宇宙服の技術者たちがわらわらと群がってきて除装を開始した。早く知りたいことがあるときは、なにもかもが長く感じられる。わたしは自分担当の女性技術者が、工具、テザー、脚部の錘《おもり》を取りはずしてくれるのを待った。早く早くとせかしたいところだが、除装はすべて手順どおりに行なわなくてはならない。装着スタンドの反対側では、同じく遅々とした入念な手順を経て、ハファエウが宇宙服から解放されようとしている。

女性技術者が、まるで水中で動いているかのようにのろのろした動きで——わたしにはそう感じられた——宇宙服側面のバルブを開いた。これにより、宇宙服の気圧が一気圧にまで減圧された。いままで純酸素を吸っていたので、窒素泡の心配はない。これでもう、通信を聞いている者たちだけでなく、この女性技術者とも話せるし、向こうにもわたしの声が聞こえる。

　女性技術者が宇宙服のグラヴを解除する機構に両手をかけた。

「はい、息を吐いてください」

　肺に残っていた気圧の高い酸素を吐きだす。それとともに、技術者がグラヴを引っぱり、わたしの手から引き抜いた。こうしないからといって、肺が破裂するわけではない。これもまた、ＩＡＣお得意の過剰な用心の一環だ。

　グラヴを取りはずしたことで、空気層で隔てられていた宇宙服の内装がからだに触れた。ここでようやく、女性技術者がわたしのヘルメットに手をかけた。ヘルメットがはずされると同時に、わたしはさっそく彼女にたずねた。

「なにが起きたの？」

「ＦＢＩです」技術者は肩ごしに制御室をちらとふりかえった。「急いで博士の身支度をととのえるようにといわれています」

　わたしはつかのま、阿呆のように目をしばたたいた。そこでようやく、脳に思考能力が戻ってきた。レナードとわたしの話を聞きたいというのなら、それはあの抗議者たちに関わることにちがいない。しかし……例のハイジャック事件からもう七ヵ月ちかくになる。いったいなぜ、いまごろになって話を聞きたいなどと思ったのだろう？

8

社会の鑑《かがみ》たちを人種差別助長で告発

フレッド・パウレッジ

［カンザスシティ（カンザス州）発　一九六二年一月四日］　公民権運動の主導的弁護士が〝われわれの社会の鑑たち〟を告発した。告発の理由は合衆国憲法に違反しているため。告発した弁護士は、全米有色人種向上協会・法的防御および教育基金（NAACP・LDF）のジャック・グリーンバーグ理事長兼法律顧問。氏は基金の年鑑でこう述べている。

「人種差別制度を維持しようとする者たちは、暴力、欺瞞、建前だけの法律遵守や、時間稼ぎのための訴訟、議会での議事進行妨害などを通じて、憲法と法の支配に抵抗してきた。悲しいことに、こうした反動的行為に責任があるのは、われわれの社会の鑑となる立場の者たち——すなわち、学校や大学理事会の理事、教育長、弁護士会の指導者、宇宙飛行士、選挙で選ばれた公職者などである」

やっとのことで会議室に通されると、室内にはFBIの捜査官がふたりいて、その片方が立ちあがった。ぎょっとするほど痩せた男だった。頬骨が飛びだして、羊皮紙のような皮膚を突き破っているように見える。

「ヨーク博士。連邦捜査官のブーンといいます。こちらは同僚のホイッティカー捜査官」

ホイッティカー捜査官はすわったまま手帳になにかを書きつけており、ろくに顔をあげようともしなかった。ごく平均的な、ありふれた顔だちの白人だが、額には髪の生えぎわのすぐ下に人目を引く赤い傷痕があり、それが可もなく不可もない印象をそこねている。

ブーンは同僚を見やり、小さく肩をすくめてみせた。この男の無礼さにはもう慣れっこだ、といわんばかりのしぐさだった。

「お時間をお取りして申しわけない」

「断わるといってもだめだったんでしょう？」ことばの棘《とげ》を和らげるため、わたしはほほえみを浮かべてみせた。しかし、正直、少々という程度ではすまないほど腹が立っていた。訓練施設からせきたてられて待機場所へ移動したのに、一時間半も待たされたのだから。

「正直いって、助かりました、腰を落ちつけて資料を読む時間がたっぷり持てて」

「まあ、なるべく早く解放してさしあげるよう心がけますので」ブーンは一脚の会議テーブルを指し示した。捜査官ふたりと向きあう形で席につけという意味だ。「まずは、おすわりください。コーヒーでも？」

「ありがとう、いただきます」ブーンが用意するコーヒーがＩＡＣのものであるという事実は、あえて口にしなかった。「クリームとシュガーをおねがいできるかしら」

「わたしは甘党でしてね、砂糖を入れすぎてもごかんべんを」ブーンはテーブル上の自分のカップを取り、部屋のうしろのほうへ歩いていった。「じつは、往還船の不時着とあなたを拘束した者たちについて、少々おうかがいしたいことがありまして」

「もちろん、協力はしますが……帰任後にすべて報告しましたから。あれ以上お話しすることがあるでしょうか」

　ホイッティカーが手帳にシャッと線を引いた。そして、依然、わたしを見ないまま、

「ああ、あると思うね」といった。

「なにがあると思うのか、教えていただける？」

椅子にすわったわたしは、ひざに両手をのせ、母の仕込みどおり、優雅な形に組んだ。スカートではなく、ズボンをはいていると知ったら、母は肝をつぶしただろうが、そこを除けば、全体に淑女然として見えるはずで、これは強力な武器になる。

部屋のうしろのほうから、ブーンがいった。大量の砂糖を入れているのは、わたし用の新しいコーヒーカップだ。

「それでは……いくつかパラメータを詰めるところからはじめましょうか」

「ロケット工学者みたいな口ぶりね」

ブーンがくっくっと笑った。その動きで、口のまわりの羊皮紙めいた肌に深いしわが刻まれた。

「わたしもねえ、それほど賢ければよかったんですがね」

ホイッティカーが相棒をちらりと見て、

「おまえだけじゃない、おれもだ」それから、手帳を開いたまま、すこし前に押しやった。

「レナード・フラナリーと知りあって、どれくらいになる？」

わたしは魚のように口をぱくぱくさせた。こんなことをきかれるとは予想だにしていなかったからだ。てっきり、往還船で抗議者たちと交わした会話や、あのときのこまかい状況を思いだすようにいわれるものとばかり……。

「ええと……二年くらい？　かしら？」眉をひそめ、どのクラスで出会ったのかを思いだそうとした。「そう……五九年度生の新人クラスにいたんだわ。たぶん。人事に問い合わせればわかるでしょう」

「では、彼がＩＡＣに加わる前に会ったことはない？」

ブーンはわたしの前にコーヒーカップを置いた。コーヒーからは湯気が立ち昇っている。

「ええ、そのとおり」ひざの上で両手を組んだまま、カップには手を伸ばさない。さすがに一服盛りはしないだろうが、話題が話題だけに、なにかあやういものを感じたのである。

「どうしてそんなことを？」

「知りあってから感じた彼の人となりを教えてもらえますか。どんな人物です？」

「失礼、わたしは往還船の不時着の件で呼ばれたんだと思っていたのだけれど？」

ホイッティカーが椅子の前脚を浮かせ、後脚だけで椅子を支えてゆらゆらさせはじめた。

「だから、どんな人物？」

なによ。この。態度は。

「一時間半も取り調べをしていたんでしょう？　だったら……どういう人物か、もうよくわかってるんじゃないの？」

ホイッティカーは椅子の前脚をカタンと戻し、テーブルに両ひじをついた。

「なんで質問に答えないかな、ヨーク博士」

「ジョン」ブーン捜査官がわたしの横で椅子を引き、となりにすわった。「すみませんね。取り調べには長い時間がかかるものなんですよ。どの質問にもかならず答えてもらう必要はないですが、協力してもらえるとたいへん助かります。フラナリー博士にはどういった印象をお持ちです？」

口調はていねいでも、質問内容は癇《かん》にさわるものだった。

「気の合う仲間ですよ。わたしが火星計画に加わるまで、接点はほとんどなかったけれど、不快なことばをかけられたことは一度もないし、そういう思いをした人がいるとも聞いたことがないわ」

ブーンはコーヒーをすすった。一見、気をゆるめているかに見える。

「不平不満をかかえているようすはなかったですか？」

「これっぱかりも」

わたしはカップを手にとった。コーヒーを飲みたかったのではない。手を温めるためだ。わたしの手の平は冷や汗で冷たくなっており、つるつるした陶器の表面は火傷しそうなほど熱く感じられた。

ブーンはうなずきながらホイッティカーを見やり、肩をすくめた。このしぐさにどんな意味があるにせよ、ホイッティカーは手帳をとりあげ、何ページか前を開いた。

「フラナリーはテロリストに長々と話しかけていたそうな。なにを話してたのかな」

ブーンが前に身を乗りだし、デスクに片手をついて、

「われわれとしては、ある証言の裏をとりたいんです。あなたの証言でそれを裏づけられればと思いましてね。ですから、できるかぎり正確に、あのときの会話を思いだしてくれませんか」

わたしは目をしばたたき、ブーンを見た。この人物の真意がわからなかったからである。

「長々と話しかけていた？　そんなことは……」わたしはかぶりをふりながらも、記憶の隅からあのときのやりとりを思いだそうとした。「あのひとたちが往還船に乗りこんできたあと、レナードがそんなに長く話をしていた記憶はないわね。なだめようとはしていたけれど。むしろ、考えなしにこんなことをしてはいけないと説得していたわ」

「ハイジャックされながら、よくまあ気安く話しかけられるものです。なぜでしょう？」

もうすこしで〝ロイが黒人だったからよ〟といいそうになるのを、かろうじてこらえた。これこそ捜査官たちがほしい答えにちがいない。かわりにわたしは肩をすくめて、

「通路をはさんでわたしのとなりの席にいたからでしょうね。抗議者たちがわたしと話をするためにそばまできたので、つい口を出したんじゃないかしら。それに、いっておくけ

れど、わたしもレナードも、およそ気安く話しかけられるような精神状態ではなかったんですよ」

ブーンはコーヒーをすすった。ひどく頬がこけていて、内側からコーヒー色に染まるのではないかと思ってしまうほどだった。

「ジョン、例の供述、ヨーク博士に読みあげてくれ」

ホイッティカーはうなずき、手帳の一ヵ所に指先をあてがった。

「こんな発言を聞いたことはあるかい？　〝きみたちの気持ちには共感する、だから力になろうとしてるんだ〟」

「え？　いいえ」FBIはレナードを共犯者に仕立てあげようとしているのか？　「それにいちばん近いことばは……」

じっさいには、〝気持ちはわからんでもないがね〟としかいっていない。

「それに近いことばは？　ヨーク博士？」

「レナードはわたしを人質にさせまいとしていたんです。そんなことになったら、事態がこじれるばかりだからといって。そういう意味では、助けになる気持ちでいたでしょう。つまり、わたしがしようとしていたこととまったく同じ。レナードは断じて——断じて、抗議者と共謀なんてしていません」

ホイッティカーが手帳にしるしをつけた。その動きに合わせて、銀色をしたペンのボディがロケットのようにきらめいた。わたしの右ではブーンがコーヒーをすすり、カップの縁ごしにこちらを覗いている。

「あなたがた、まさか本気でレナードが不時着に関与していると思ってるわけじゃないでしょうね」客室から往還船のフライトをどうにかできると思っているのなら、この連中は宇宙船というものをまったく知らないことになる。「だいいち、彼は地質学者なのよ」

「それがなにか関係が？」ホイッティカーが顔をあげた。

「パイロットではないということよ」わたしは捜査官たちの顔を交互に見やり、ふたりの捜査方向がどれだけコースをはずれているのかをわからせようとした。「岩石の知識ならあるわ。地下水を見つけることもできる。専門家としてできることはほかにもいろいろ。でも、どこに往還船を降下させるかについては、彼の知識では関与しようがないの」

「そんなこと、こっちはひとこともいってないんだがね」ホイッティカーは手帳に視線を戻した。「話題を変えようか。つぎは副パイロットのウィラード・ブラムウェルについてききたい」

ついにすべてのピースがはまり、わたしはもうすこしでコーヒーをこぼしそうになった。ブラムウェルも黒人なのである。

「気のいい人物よ」

「ええ、そうでしょうとも」ブーンの羊皮紙の頬に微笑のしわが寄った。「知りあって、どのくらいです？」

わたしはコーヒーカップを慎重に、テーブルの上の、カップの下にできていた結露の円に重なるようにして置いた。

「どの質問にもかならず答えてもらう必要はない、といいましたね。でしたら、もう失礼させていただくわ、おふたかた。わたしには仕あげねばならない仕事があるので」

わたしが椅子をうしろに引くと同時に、ブーンが自分のカップをテーブルに置き、その縁を指先でなぞった。

「みなさんには捜査に全面的な協力をおねがいする、というのがクレマンス本部長のお考えでしてね」そこで顔をあげ、微笑を浮かべて、「われわれはいくつかの答えを見つけようとしているんです。議会が予算問題を審議するに先だって、事態の全貌を把握しておくために。その重要性は、あなたもよく認識しておられるでしょう」

またこれだわ。どうしていつもいつも、行き着く先は予算の問題なのよ。この連中の仕組んだ軌道から降りたいのはやまやまだったが、そうすれば議会はだれも火星に行けなくしてしまう。わたしは椅子をテーブルに寄せた。地球に戻ってきた日と同じくらい気分が悪かった。

「いいでしょう。なにをききたいの？」

正直いって、ＦＢＩ事件のあと、レナードがどうして仕事に集中できたのかわからない。わたしのほうは、また捜査が入るのではないかと気が気ではなかったが……結局、なにも起きなかった。何週間もが経過するあいだ、ただ日々の授業と訓練がつづくだけだった。

火星探険船司令モジュールのモックアップで、船長席にすわるパーカーが眉をひそめた。

「よし……いましがた、〝ミッション管制センターとの連絡が途絶えた〟」

わたしたちは全員、うめき声をあげた。たったいま、訓練監督官《シム・スープ》から火星への〝入国許可証〟が与えられたのだ。もっとも、だれもあまり大きな声は出さなかった。シム・スープがすぐ外で環境調整室《ホワイトルーム》にすわり、わたしたちのテストをモニターしていたからである。

「まもなく火星遷移《せんい》軌道への燃焼を行なう」副パイロット席から、テラサスがいった。

これはつまり、わたしの出番ということだ。船に航計士が乗っている理由はここにある。ミッション管制センターとの連絡が途絶えた場合、航計士が必要な航法計算を担うことになっているのだ。わたしはいった。

「燃焼計算に着手する」

「了解」

パーカーが船長席からうなずき、宇宙船をコースどおりに〝飛ばす〟仕事を続行した。

わたしは六分儀をいじり、模擬的な舷窓の外の、模擬的に表示された宇宙を天測し、模擬的な測位を算出しようとした。この不安な思いも模擬的であればよかったのに。天測の過程は簡単なはずだ。IACがこのフライトの基準点に用いている三つの恒星を見つけだし、六分儀で観測すれば、さあ仕上げをごろうじろ——どちらが〝上〟かがもうわかる。それさえわかってしまえば、IACからすでに送られてきていた本来のフライトプランに対し、宇宙船がどのような位置関係にあるかは明らかだ。コースをはずれていれば、エンジンノズルをどちらの方向へ向け、どのくらい長く噴射するかを計算すればいい。

ただし——。

ただし、なにはともあれ、まずはIACが最新のコース調整データを送ってくるさいに基準として選んだ〝三恒星〟を見つけるのが先決となる。宇宙船と地球の連絡が途絶する事態にそなえて、ミッション管制センターは星図を用意していた。それとずれがあってはならない。だからまず……大熊座η星《アルカイド》はどれだろう？

小熊座の小びしゃくが見つかった。ついで、〝弧を描け《アーク・トゥ》、牛飼座α星《アークトゥルス》に〟、〝急げ《スピード・オン・トゥ》よ、乙女座α星《スピカ》へ〟もだ。オーケー。この三つが見つかったからには、アルカイドは……どこだろう？　歯をかみしめつつ、脳の奥から記憶を引っぱりだそうとした。問題は、教科書で見た星図が本物の星々の位置と大きく異なっており、そのうえさらに、訓練で使う星図は教科書の星図とも異なっているという点だ。アドラー・プラネタリウムでの六分儀使用訓練に参加していれば、こんな苦労はなかっただろうが……参加していなかったのだからどうしようもない。

「時間がかかりすぎだぞ、ヨーク」

　わたしはうなずき、観測している一帯の星々の名を心の中に羅列していった。そうしていれば、アルカイドを特定できるかもしれないと思ったからだ。烏座γ《ギエナー》星、南十字座α《アクルックス》星、スピカ、ケンタウルス座θ《メンケント》星……とすれば、残るあれがアルカイドだろう。わたしは六分儀をその星に合わせ、計算をはじめた。

　計算結果があまりにも大きくずれていることに気づいたのは、五分たってからだった。これは適正値ではありえない。わたしが選んだ恒星のひとつが基準とはちがっていたのだ。スピカについては自信があるが、アルカイドについては……。もういちど計算しなおしてもいいが、時間は刻々と過ぎていく。もしもこれが実地の宇宙飛行で起きた事態であれば、ばつの悪い思いだけではすまない。最悪の場合、わたしのミスで宇宙船がごく限定的な飛行経路からはずれてしまい、火星に到達できず、全員が死亡する。

宇宙で対処に不安があるときは、助けを求めるにしくはない。ためいきをつきながら、わたしは計算用紙から顔をあげ、呼びかけた。

「だれか、アルカイドの位置を教えてくれない？」

「わたしが」フローレンスがそばにやってきて、頬と頬をくっつけんばかりに顔を近づけてきた。これはできるだけたがいの視線を重ねるためだ。フローレンスは目を細め、わたしが選んだ恒星の三つ上にある恒星を指し示した。「あれ。ひしゃくの柄《え》の先端にある。見える？」

教科書で見たイメージがいきなり頭の中で像を結んだ。

「ええ。ありがとう」

「あなたに皆殺しにされずにすむんなら、なんだってするわよ」

フローレンスは自分の部署に戻った。

いまのがジョークであってくれれば、どんなにかいいだろう。

国連のセキュリティ・チームに警護されて、わたしは自宅に帰りついた。アパートメントの建物の前はもとより、階段から自宅ドア付近にいたるまで、カメラマンがずらりと並んでいた。もうへとへとではあったが、母のしつけを思いだし、自宅の警備担当者に声をかけた。

「どうもありがとう。なにか飲み物を用意しましょうか」

「いえ、だいじょうぶです、マム」担当者はほほえみ、ドアの横に出してある椅子の背もたれをぽんぽんとたたいた。「読みでのある本を持ってきていますし、おっつけ交替の者もきますので」

「そう……入用なものがあったら、いつでも声をかけてちょうだい」

なんとも奇妙な暮らしではあった。自宅前の廊下に警備の者をすわらせるなんて、どうにも落ちつかない。その気持ちは、アパートメントの中に入り、うしろ手にドアを閉めてからも変わらなかった。

ナサニエルはキッチンテーブルにつき、書類の山にかがみこんで、手に持ったシャープペンシルをくるくるまわしていた。収納式のマーフィー・ベッドはすでに引きだしてあり、上掛けもめくってある。わたしたちのワンルームは半分がこのベッドで占領されていたが、それでも月面の居室とくらべれば、ずっと広く感じられた。

わたしがドアを閉めると、ナサニエルが顔をあげ、ほほえみを浮かべた。

「帰してもらえないんじゃないかと気をもんでたよ」

「それがね……全員、殺しちゃって。訓練はストップ。そうでなかったら、まだ訓練の最中よ」あの作り物の星空にはだまされっぱなしだ。「あしたまた一からやりなおし」

つかのま、ナサニエルの笑顔が凍りついた。それから、息を吸い、ほんとうならジョークになるはずだったわたしのことばに笑ってみせた。椅子を引いて立ちあがる。

「夕飯はどうしたんだい？」

「すませてきた。でも、訓練の一環で糧食《レーション》を食べただけ」やっとの思いでキッチンにたどりつき、テーブルにバインダーを置く。夫が隠しごとをしているときは、どうしてわかるかって？ 表情のちょっとしたこわばり？ 反応のちょっとした遅れ？ たとえば、どうことばをかけるのがいいのか決めかねているときのような？ それとも、不自然な動き？ こちらに背中を向けて、冷蔵庫をあけるふりをするような？「ねえ……だいじょうぶ？」

ナサニエルは冷凍庫のドアをあけた。

「スープの用意もあるんだが、きみにはこっちのほうがよさそうだな」

そういって、ナサニエルがふりかえり、差しだしたのは、二杯のマーティーニだった。冷凍庫から取りだしたばかりとあって、グラスは全面に霜がついている。ウインクをして、ナサニエルはいった。

「喜んでくれ、食料が配給制じゃなくなったおかげで、ジンの値段はもう同じ重さの金並みじゃない」

「ジンのことはさておくとしてもよ」夫の手からグラスを受けとった。なめらかで冷たいグラスを手にしたとたん、安堵の吐息が漏れた。「オリーブはどこで手に入れたの？」

「ウォーギン知事からさ」ナサニエルはマーティーニをすすった。心なしか、からだの緊張がほぐれたようだった。「〝ポーカーの夕べ〟でせしめたんだ」

失念していたが、ナサニエルをはじめ、女性宇宙飛行士たちの夫の何人かは、わたしたちが宇宙に出ているあいだ、ときどき集まってポーカーをしている。ニコールの夫君は、いまではカンザス州の知事だ。

「レナール、どうだった？　つまり、その……」

わたしはいいよどみ、バインダーを指し示した。そうすることで、ヘレンがあとに残り、代わってわたしが火星に行く問題を説明しつくしているかのように。

ナサニエルは肩をすくめた。眉間につかのま、縦じわが現われたものの、それはすぐに消えた。

「ヘレンが家に帰ってきたことを喜んでるよ。それに……ああ、そうだ。スープ。きみに食べてもらおうと思って作ったんだ」

わたしは至高の飲み物をすすり、まじまじと夫を見つめた。ナサニエルはわたしに背を向け、冷蔵庫の前に立ち、中からスープの鍋を取りだした。愛しい愛しいわたしの夫は、なにごともなかったかのように接してくれている。グラスを置いて、わたしはいった。

「ねえ、憶えてる……？　はじめてセラピストにかかったとき、あなたに相談しなかったこと」

ナサニエルはカウンターに鍋を置きかけ、ぴたりと動きをとめた。金属同士が触れる音がした。

「うん」背を伸ばし、鍋をガスレンジの上に置く。

「だったら、なにが心配なのか教えてくれる？」

マッチを擦《す》り、レンジの栓をひねって、ガスに火をつける。小さくボッという音がして青い炎が噴きだし、鍋の底を舐めはじめた。そこでナサニエルは、レンジ横のキッチン用品差しから木のスプーンを引き抜いた。

「正直……正直なところ、話したくない」

「わかった」承諾のことばがひとりでに口をついて出た。話したくないですって？　けっこう。じゃあ、やめましょう。わたしはふたたびマーティーニのグラスを手にとり、表面に顔を近づけ、独特の刺激的な香りに安らぎを見いだした。もうひとくちすすってから、キッチンテーブルに腰をかけ、ジンが含む杜松実《ジュニパーベリー》のクールで刺激的な香りとオリーブの塩味に集中しようとした。でも、やはりだめだった。いったいなにがそれほど気になってるのよ？

すこしレンジにかがみこむようにしてスープをかきまぜながら、ナサニエルがたずねた。

「あしたの出勤時刻は？」

「午前七時」計算式でも見て気をまぎらせようと、わたしはナサニエルが取り組んでいた書類の束を引きよせた。〝万が一、ミッションを中断せざるをえなくなった場合の緊急時対策〟とあった。「まあ」

緊急時対策……これはＩＡＣならではの婉曲《えんきょく》な言いまわしで、要するに、〝だれかが死んだらどうする？〟だ。

マーティーニをテーブルに置いて立ちあがる。レンジの前に行き、うしろからナサニエルの腰を抱きしめ、もたれかかって夫のぬくもりを味わった。

「わたしはね、訓練というものは、まだ地上にいるうちにミスを洗いだすものだということをいいたかっただけなのよ。きょう、わたしたち全員を死なせたおかげで、宇宙でミスを犯す要素がひとつ減ったわ」

「ひとつ減った、か……」ナサニエルはスープをかきまぜるのをやめた。濃い赤色のスープの縁で湯気が渦を巻いている。シャツの背中ごしに、夫がわななくように吐息をつくのが感じられた。ナサニエルは鍋の取っ手を放し、両手を下に降ろしてきて、わたしの手を握った。「すまなかった。自分では——」

肩胛骨《けんこうこつ》に頬をすりよせて、その先を待つ。

「——自分ではもう慣れたつもりでいたんだ。宇宙へ打ち上げられるきみを見送ることに。心の中ではいつだって、打ち上げが失敗する要因が山ほどあることを知りながら」片手がわたしのウェディング・リングを探りあて、指にはめたまま回転させた。「といっても、地球上でなら失敗に結びつく原因の見当はつく。しかし、宇宙では？　きみは……きみは、もう二度と帰ってこられないかもしれないんだぞ？」

「それはどこにいても同じことよ」夫をいっそう強く抱きしめた。「たとえば路面電車に撥《は》ねられる可能性だってあるわけでしょう」

「しかし、それなら原因はわかる」わたしに抱かれたまま、ナサニエルは背筋を伸ばし、のどの奥で小さく笑った。「そこだよ。原因さえわかれば、まだ納得がいく。たしかに、ハニー、きみは死ぬかもしれない。だけど、死ぬときは原因がきっちりわかるようにしていってくれ。いいね」

しかたのない人ね、というかわりに、わたしは苦笑した。それから、爪先立ちになって、夫のうなじにキスをした。

「もう、バカなんだから」ナサニエルの腰をぐいと引っぱって、「こっちにきなさい」

「どっちに？」ナサニエルは片手で顔をぬぐい、レンジの火を消した。

テーブルを迂回して、夫をベッドまで誘導していく。夫の目が赤くなっていることには気がつかないふりをするだけの思いやりも見せた。じっさい、夫をどう慰めればいいのかわからないという面もあったのだが。打ち上げ件数が多いため、ナサニエルはもう、そのすべてを監督する立場にない。そこへもってきて、ごていねいにクレマンスのクソ親父、ナサニエルがわたしの打ち上げに関わることを禁じてしまった。残酷なまねをしてくれたものだ。おかげで夫は、わたしに関することの結果に関与できる意識を持てなくなったのだから。ナサニエルが恐れているのはそこなのだろうか？　結果に関与できないこと？　その可能性は大きい。昨年はルブルジョワが死亡した。ルーティーンの軌道調整中、スイッチの不良で逆推進ロケットが点火しなかったのである。わたしはベッドに腰をおろし、夫を引きよせてすわらせると、両腕でぎゅっと抱きしめた。そしてそのまま抱きしめつづけた。

ややあって、ナサニエルはベッドに仰向けになった。当然、わたしもいっしょに倒れこみ、ベッドの上でもつれあう形になった。夫の顔はすぐ目の前にある。赤く縁どられた青い目もだ。その目は星図に星を追いもとめるときのように、わたしを食いいるように凝視していた。ついでナサニエルは、わたしの両眉ぞいにひとすじ、そこから頬にかけてひとすじ、指でなぞった。あとにはぬくもりの筋が残った。

「きみを愛してる。だからこそ――」その先を呑みこみ、目をつむって、ごくりとつばを飲んだ。「――だからこそ、この話はしたくない。きみを支えながら、同時に正直になる……そんなことができるかどうかはわからない」

夫のかかえる苦悩がひしひしと伝わってきて、苦いものがこみあげてきた。ナサニエルを抱きよせ、泣きださないようにするだけでせいいっぱいだった。なにより避けたいのは、夫を慰めているはずの自分が夫に慰められてしまうことだ。火星に行くか地球に残るかの問題でさまざまなことを話しあったとき、ナサニエルがいだくであろう恐怖については、問題の方程式に含まれていなかった。それはすべてのバランスを狂わせてしまう〝隠れた変数〟だったのだ。

「わたしにできることはある？」

ナサニエルは息もつげないほど笑った。

「死なないこと、かな？」

「死なないように努力する」片手をあげて、円を描くようにナサニエルの腕をさすった。「ほかには？」

ナサニエルはふたたび嘆息した。

「統括エンジニアであり、かつ宇宙飛行士の配偶者であることとの問題点は、宇宙飛行士のみんながみんな、自分の健康状態について、平気でうそをつくと知っていることにある。きみたちは、ミッションを危機にさらしかねないと判断しないかぎり、どんな状況でも、とびきり明るい展望を報告しようとするだろう。宇宙に出てからもそうだ」

痛いところをついてくれる。たしかにそのとおりだった。

「でも、たとえば――」

ナサニエルが目をあけた。その瞳孔は宇宙のように大きく、深かった。

「たとえばとは、たとえば？」

「ねえ。こんなの、ばかげてる」

「推力もかかっていないのに、きみがしじゅう馬鹿なことに飛びこんでいくのは、見るに忍びない」

ナサニエルのズボンに手をすべらせ、発射条件がととのっているかどうかをたしかめた。まだだった。ということは、まず燃料電池に化学反応を起こさせなくてはいけない。

「だったら……いま報告といったわね。プライベート通信で報告するのはどう？」

ナサニエルは片ひじをつき、横向きにからだを起こした。

「プライベート通信で報告というが……」かぶりをふって、「そんなものはありえないよ。

きみたちが送信に使う帯域幅では、地球上のだれでも通信内容を把握できるんだから」

「暗号化してあればだいじょうぶでしょう」

「暗号化してあると知られたとたん、だれかがすぐに解読法を見つけようとしだすぞ」

「そうね……」わたしも片ひじをつき、半身を起こした。ナサニエルにキスをするためだ。暗号化自体は計算者であるわたしの得意分野でもある。今回のミッションで、テレタイプ・システムがどう働くかを知っている強みもあった。「でも、暗号化してあるとわからなければ、解読すべきものがあるとはだれにもわからないわよ。たとえば、テレタイプ本文の最初と最後のゴミデータに暗号文をまぎれこませておくのはどう?」

ナサニエルはつかのま、わたしを——というよりも、わたしの方向を凝視した。だが、眉間の縦じわから判断するかぎり——そして、目を落ちつきなく動かしているところからして、精神が思考の暗い回廊をめぐっていることはまちがいない。いまは十中八九、テレタイプの偽装方法を検討しているところだろう。ふいに、夫の目の焦点が戻った。ナサニエルはにっと笑い、わたしに顔を近づけてキスをした。ナサニエルの唇はあたたかく、まだすこしジンの味がした。

別の箇所では、もうエンジンの噴射準備がととのっており、わたしたちはふたりとも、打ち上げに向けて燃えあがった。

9

国連外交官に人種差別事件頻発

［カンザスシティ（カンザス州）発　一九六二年三月二十四日］　合衆国当局は、当市で発生したアジア系およびアフリカ系外交官らに対する一連の無分別な人種差別事件に関し、誠意をもって慰撫《いぶ》に努めている。非白人系の外交官らに対する心ない行動には、当地の国際コミュニティも怒りが収まらない状況だ。もっとも新しい事件は、モーリタニア代表団の一等書記官ユスフ・ゲイエに加えられた暴行である。

フランス語を話す同外交官は、夕べの散歩に出ていたところ、白人青年の集団に取り囲まれた。手ひどく罵倒されたあげく、ビール瓶で殴られた同氏は、病院での治療を必要とする傷を顔面に受けている。

玄関まで出迎えに現われたヘレンは、ミントグリーンのデイドレスを着ており、こわばった笑みを浮かべていた。

「ありがとう、きてくれて」

おたがい、ハグはしない。

「会えてうれしいわ」

もちろん、仕事中にはヘレンを見かけているが、火星計画で交替してからというもの、交流はなくなっていた。それだけに、ブリッジの夕べにこないかと誘われたのはうれしい驚きだった。

「飲みもの、なにがいい?」

短い廊下を通り、リビングルームへ通された。ソファにはフローレンス・グレイがすわっていた。目の前のテーブルにはウイスキー・ソーダのグラスが置いてある。

奇妙なことに、カード・テーブルも椅子もセットされてはいなかった。ヘレンが歩いていった先にある樺《カバ》材のサイドボードには、銀のトレイの上に氷入れ《アイスペール》が置いてある。ヘレンがいった。

「マーティーニはいる?」

「めんどうでなかったら、作ってくれるとありがたいわ」ハンドバッグをサイドテーブルに置く。「こんばんは、フローレンス」

「ヨーク」

フローレンスはソーダを取ってすすり、グラスの縁ごしにわたしをじろりと見た。

どうやらすばらしい夕べになりそうだ。おりしも、ドアベルが鳴った。アイダがきたにちがいない。これは一時しのぎの口実になる。

「わたしが出るわね」

ピッチャーに入れるベルモットをサイドボードの上で量りながら、ヘレンがうなずいた。わたしは廊下を引き返し、玄関ドアをあけた。大きな笑みを浮かべたアイダが、カルムーシュ家の小さなポーチに立っていた。手にはイチゴの籠を持っている。

「エルマ！」アイダはわたしを軽くハグして、「いつになったら〈99s〉の飛行場に戻ってきてくれんのさ？　たまには飛ばしにきなって。みんなさびしがってるよ」

「ミッションの準備がたいへんなことは知ってるでしょ」わたしはけっしてにこやかとはいえない笑みを浮かべ、リビングルームにふりかえった。それから声を低めて、「ただね、ミッションのことは話したくないの。ほら……ヘレンのことが。ね？」

アイダは眉をひそめた。

「ごめん。忘れてた」そこで、顔に笑みをたたえ、わたしの横をすりぬけて廊下を歩いていき、リビングルームに入った。「さあみんな！　イチゴとショートケーキを持ってきたよー！」

「女性の中の女性……というか、女神さまだわね、もう」

フローレンスがテーブルの前から立ちあがり、ハグと晴れやかな笑みでアイダを迎えた。

「イチゴ！」カットグラスのピッチャーでマーティーニをかきまぜていたヘレンが肩ごしにふりかえり、アイダに満面の笑みを向けた。「これでシャンパンがあればいうことなしなんだけど」

「ハニー、マーティーニを作ってるんなら、それ以上は贅沢ってもんじゃない？」

わたしは部屋の隅にそろそろと歩いていった。両手をうしろに組む。自分がこの部屋にいるたったひとりの白人であることに気づいたのだ。肌の色を隠せば無用の注目を浴びずにすむかのように。ほどなく、ヘレンがマーティーニのグラスを持ってきたので、うしろにまわしていた手を前に出さざるをえなくなった。ともあれ、これで両手を使うことはできる。

2、3、5、7、9……なにもかもだいじょうぶ、うまくいく。

「カード・テーブルの組みたて、わたしがやろうか？」

カードをはじめてしまえば緊張もやわらぐだろう。

「じつは……」ヘレンはつぎのジンを量り、ピッチャーに入れながら、「カードは口実。あなたにきてもらうための」

なんてことなの。わたしはごくりとつばを飲んでから、マーティーニをすすり、それもまた飲みこんだ。腹部にうごめく不安は去る気配がない。

ヘレンがベルモットを注ぎはじめた。その間《かん》、わたしはまずアイダと、つぎにフローレンスと視線を交わしあった。どうやらふたりとも、わたしと同じくらい困惑しているようだ。ヘレンはことばをつづけた。

「エルマ。あなたにはもう、なんの話か見当がついてるでしょう?」

「ついてない。けど、つづけて」

「前回、レナールがほかのご夫君たちとポーカーをしたとき、ウォーギン知事が例の往還船不時着事件について話をしたの」つづきを待つわたしたちの前で、ヘレンはピッチャーに角氷を二個放りこみ、かきまぜようと銀のスプーンを手に持った。「なんでもＦＢＩが捜査しているそうなのよ、レナード・フラナリーがあの事件に関与してるんじゃないかと見て」

わたしはマーティーニを下に降ろした。

「あの連中、わたしのことも取り調べたわ」

氷がピッチャーの内壁にぶつかる音がゆっくりになった。ヘレンがかきまぜるのをやめ、わたしに視線を向けたのだ。

「あの連中？」

「ＦＢＩよ。二週間前だったわ。無重量環境プールで訓練中だってていうのに、レナードが呼びだされてね。訓練終了後はわたしも呼びだされて。レナードが船内からロケットを不時着させられたかどうかとか、馬鹿なことばかりきかれたわ。そんなことはしていないし、そもそも、そんなことに関与できるはずがないと答えたけれど」

「それがね、関与していたと主張する証人がいるみたいなのよ」

ヘレンはスプーンをピッチャーの内側にコンコンと打ちつけ、ジンを切ってから脇に置いた。

「冗談じゃないわ」フローレンスがソファで気色ばんだ。「だれ？」

ヘレンは肩をすくめて、

「レナールはきこうと思わなかったそう」

ナサニエルもその場にいたはずなのに、その話はいっさいしようとしなかった。わたしはいった。

「取り調べのとき、捜査官たちね、だれかが問題含みの会話を報告したといっていたわ。証人――というからには……船内にいただれかね。そうでしょう？」

アイダが小さく毒づき、サイドボードに歩みよった。

「早くマーティーニを作っとくれ。この話、なんだかきなくさい方向にいきそうだ」

わたしはアームチェアの一脚に腰をおろして、

「レナールはほかになんといっていたって？」

ヘレンが眉根を寄せているのは、マーティーニをグラスにつぎわけるのに集中しているからだろう。

「ウォーギン知事が心配しているのは、ＦＢＩの捜査が表面化すれば、議会はレナードをチームから除外するかもしれないということ」ヘレンはピッチャーを置き、室内の一同に顔を向けた。「それに、フローレンスもよ」

「なんですって!?」

異口同音に反応したあとで、わたしたちはそれぞれに、長さのまちまちな罵倒を吐いた。フローレンスにいたっては、ウイスキー・ソーダをグラスの縁からテーブルにこぼしてしまったほどだった。

紙ナプキンでテーブルを拭きながら、フローレンスはいった。

「どんな理由で？」

「あなたたちふたりとも、全米有色人種向上協会《NAACP》のメンバーでしょう。宇宙船に乗りこんできた六人もよ。全員がメンバーだったって」

ヘレンはそういってかぶりをふり、わたしたちのそばまでやってきた。

アイダがそのあとを受けて、

「それ、あたしもだわ。というか、黒人の宇宙飛行士はほとんどそう」

「パイロットのこともきかれたわ」わたしはマーティーニをサイドテーブルの上、ハンドバッグの横に置いた。「オーケー、じゃあ問題点を洗いだしていきましょう」

「賛成」アイダはマーティーニをがぶりと飲んでから、宇宙で異常に遭遇したさい、宇宙飛行士が決まってする質問をした。「で――つぎにあたしらを殺すものは？」

「わたしとしては、だれかを殺してやりたい気分ね。たしかなのはそれ」フローレンスはソファの背にもたれかかった。「だけど、問題のひとつは、わたしの口の悪さにありそうだわ」

「世論よ」ヘレンがフローレンスの横に腰をおろした。「わたしたちを殺すのは」

すでに世論は、火星ミッションでヘレンが残る機会を〝殺して〟いる。わたしはハンドバッグに手を伸ばし、手帳を取りだした。

「オーケー。世論。ほかには？」

「偽証ね」フローレンスはかぶりをふった。「レナードについて、だれが偽証してるのか探りださなきゃ」

わたしはそれも書きとめた。そのあとも、四人で問題になりそうな要素をかたはしからあげていった。そして、ヘレンがマーティーニのおかわりを作るころには、解決策が見えはじめていた。

自宅に帰りついたときには深夜をまわっていたが、ナサニエルはまだ寝ていなかった。というより、目が冴えたようすで本を読んでいた。ありったけのクッションをマーフィー・ベッドの上に載せ、そこにもたれかかって脚を投げだし、腰から下だけ上掛けをかけた格好だった。上半身ははだかになっていた。読書灯が放つ黄色い光を浴びて、淡い金色の胸毛が日暮れどきの雲のようだ。わたしを見てナサニエルは顔をあげ、笑みを浮かべた。

「わたし、怒ってるんだからね」これは三杯めのマーティーニがいわせたことばだ。ハンドバッグをキッチンテーブルに置き、足を振って靴を脱ぐと、新しいラグの上にストッキングを履いた足で立つ。うっとりするほどいい感触だった。だが、ふさのついた東洋の驚異もわたしのいらだちを和らげてはくれなかった。「というか、むかついてるの」

ナサニエルは上体を起こし、本を脇に置いた。

「どうしてだい？」

「黙ってたからよ、ＦＢＩのことも、レナードのことも、フローレンスのことも」

「ああ、それか」ナサニエルは上掛けを横にのけた。パジャマのズボンもはいていなかった。気をそそられはしたものの、だからといって本題から注意をそらされはしない。ナサニエルはベッドの前に立った。全裸だった。「それでヘレンに招《よ》ばれたのか」

「あのね。いまはどうして話してくれなかったのかってことをいってるの」

ナサニエルはためいきをつき、小さく肩をすくめた。

「いつ？」

「いつって、なにが」

「いつ話すひまがあったんだ？」ナサニエルは片手で髪を梳《す》きあげた。それで髪が逆立ち、そこだけ重力が消えてしまったように見えた。「きみの帰りはいつも遅い。ぼくが起きたときにはもう出かけてる。そんな毎日で、どうやって？」

「けさは寝ているうちに出かけたでしょう。いっしょに教会堂《シナゴーグ》へいったじゃないの。お昼もいっしょに食べたし！　きょうはずっといっしょにいたわよね、わたしがヘレンの家に出かけるまでは」

「そうだったな。ゆるしてくれ。きょうは一日、仕事の話なんかしないで、妻とゆっくり過ごしたかったんだ」

わたしはすこし動揺した。

「いつもは仕事の話ばっかりしてるくせに」

ナサニエルはまたしてもためいきをつき、両手で顔をおおった。

「わかってる」顔から手を離したとき、夫の肩はがっくりと落ちていた。「ほんとうのことをいうと、週末にはもう忘れてたんだ、FBIのことを」

「忘れてたですって？　FBIがわたしのチームメイトをふたりも捜査しているのよ？　それを忘れてたっていうの？」

「うん」身をかがめ、リビングルームの椅子の背にかけてあった部屋着《ドレッシング・ガウン》をとった。

「信じようと信じまいと、考えなきゃならないことが山ほどあってね、ポーカーのときに交わした会話なんかより、ずっと優先すべきことが」

「会話なんかって――」

「わかってる！　もちろん、知らんぷりはしていない。クレマンスには話をした。それはわかってほしい」ガウンをはおり、ベルトをぎゅっと締める。あれだけ締めつけたら痛いでしょうに。「ただでさえきみはヘレンの件でいっぱいいっぱいだったからな。あれ以上、罪悪感をおぼえさせたくなかったんだよ」

わたしは愕然とした。

「罪悪感？ レナードとフローレンスの件はわたしの落ち度じゃないわ。なんでわたしが罪悪感を持たなきゃならないの？」

「きみはユダヤ人だろう。そして南部人だ。生きているだけで罪悪感をいだきかねない」

わたしは鼻を鳴らした。

「わかったわよ、わかった。そこは認めてあげる。そちらが一点先取」

ナサニエルは椅子に腰を落とし、ひじかけに片ひじをついた。

「その点はありがとうといっておこう」そこでわたしを見あげ、小首をかしげて、「いいかい、エルマ。この件について、きみにできることはなにもない。だから――」

「残念だったね！」

ナサニエルがぎょっとして背筋を伸ばした。

「なにかをたくらんでるのか？」

わたしは足の爪先でラグに円を描いた。ほんとうに豪華なラグだった。それに、たぶん、マーティーニは二杯めで打ちどめにしておくべきだったのだろう。

「わたしだって、秘密を持っててもいいでしょ」

「この件は秘密にしてたわけじゃ――待てよ、なにかを知ってるのか？　そうなんだな」

ナサニエルは両手を左右に広げてみせた。「ブリッジはだれが勝ったんだい」

「ブリッジなんてしなかったわ」

　ナサニエルはまじまじとわたしを見た。夫のこんな視線は前にも見たことがある。設計段階で抗力係数を考慮しなかったエンジニアに向けるときの眼差し――あれだ。わたしが冷徹ですこし傷ついたようなこの表情を向けられたのは、過去に一度だけ――洗濯のさい、タキシード用シャツをピンクに染めてしまったときのことだった（ええ、クリーニングに出すべきだったとは思うわよ、でも、新婚まもなくで、お金を節約したかったんだもの）。夫の視線は、母の視線ほどには鋭くなかったが、かなり迫るものがあった。

　咳ばらいをして、わたしはいった。

「ほんとうに知りたいからきいてるの？　それとも、たくらみの芽をつぶすためにききたいの？」

　ナサニエルは目をしばたたいた。三度か四度だ。

「泣けてくるね」

　そこでかぶりをふり、椅子から立ちあがると、部屋を大股にひとまわりして、それまですわっていた椅子のうしろに立った。両手を椅子の背もたれにかけ、体重をかける。

「ぼくがいままで、きみがやりたいことを邪魔した例《ためし》があったかい？――一度でも？」

分離時のロケット噴射のように、顔から火が出た。邪魔したことなんてない。ただの一度もだ。三年間、離ればなれになってでも火星に行きたいと望んだときも、反対されはしなかった。

「ごめんなさい」

「なあ。ぼくらはなんで口論なんかしてるんだ？」

「それは――」わたしはすわりこんだ。ソファの前の、コーヒーテーブルの上に。だが、このときは自分がどこにすわっているのか、まったく意識になかった。「わからないわ。わたしはただ、隠していたことを話しておいてほしかっただけ」

窓の外のレールを深夜便の路面電車がゴトゴトと走っていった。わたしは自分の両手を見つめてから、ぐっと握りしめた。かなり力をこめたので、甲の骨まわりが白くなった。やっぱり三杯めのマーティーニは飲むんじゃなかった。

「こういうことになってしまったのは、すまないと思うよ」

隠しごとをしていたことを詫びているのか、それともこの口論の原因を作ってしまったことを悔やんでいるのか、このことばだけではっきりしなかった。しかし、そんなことで食いさがるのは賢明ではないだろう。

わたしは吐息をつき、たまった緊張をすこしでも吐きだそうとした。

「あなたのいうとおりだわ。たしかに、いっしょに過ごす時間が足りていなかったわね」

「きみのスケジュールがきついことはよく知っている」部屋の向こうで衣《きぬ》ずれの音がした。椅子のうしろでナサニエルが姿勢を変えたのだ。「そのうえ、チームメンバーに追いつくために、きみがどれほどがんばらなきゃいけないかもだ」

「クレマンス、ＦＢＩの件でなんていってたの？」

「レナードをチームからはずしはしない――火星の地質と着陸場所は彼の独擅場だから、といっていた」

「ということは、フローレンスが――」

ナサニエルはふたたび姿勢を変えた。室内にたれこめた静寂は、路面電車の騒音にさえ妨げられることはなかった。

足の親指でラグに複雑なパターンを描く。

「フローレンスは帰還の往還船に乗ってさえいなかったのよ」

「ＩＡＣの不平等について、声が大きすぎたんだよ、彼女は」ナサニエルは咳ばらいをした。「それに、苦情も出ていた」

わたしははっとして顔をあげた。たしかにフローレンスとはうまくいっていない。だが、それに対する不満をナサニエル以外に漏らしたことはない。

「まさか、あなた――」

ナサニエルは渋面を作った。

「なあ――きみはいったい、だれと結婚したと思ってるんだ？」

「……ごめんなさい」

ナサニエルは頭をのけぞらせて天井を見あげ、ひどくゆっくり、大きく息を吸いこんだ。その息を、口をすぼめて、ふうっと吐きだす。クレマンスが紫煙の輪を作るときのように。

「エルマ。ぼくは夫婦のプライベートな会話を外で話したりはしない」

「あのとき、産婦人科の医師には話したでしょう？」

「話してないよ」ナサニエルはきっと険しい視線を向けてきた。「話したいのはやまやまだったが、断じて――話しては――いない。ふたりで誓いを立てただろう？　忘れてしまったのかい？　ドクターにきみの体調のことを話しはした。しかし、それだけだ。きみとフローレンスの不仲をだれかに話す？　冗談じゃない。かんべんしてくれ」

「ごめんなさい」自分でいったことの意味がずしりと心にのしかかってきて、頭がひとりでにうなだれていき、とうとうひざにくっついた。両手で頭をかかえて、わたしはいった。

「ほんとうに、ごめんなさい」

　頭を包みこんだ両腕の外で、ナサニエルの素足がラグを擦って近づいてくる音がした。つぎの瞬間、背中に片手をあてがわれ、その手の平が質量の集中《マスコン》となった。わたしの頭頂部にキスをして、ナサニエルはいった。

「きみはどうしてぼくに怒ってるんだ？」

なぜなら、怒っても許されるからよ。

そんな甘えに腹が立ったが、すでにもう、怒りをぶつけてしまったあとだ。

「それは……それは……」（あなたがそこにいるからよ）「心細いからだわ」

ナサニエルの吐息がわたしの髪とうなじをくすぐった。

「ぼくもだ」

「ごめんね」

「そればっかりだな」

　自分ののどの奥から笑い声が漏れた。それを梃子にして上体を起こす。涙を拭かないと。鼻水が流れていないのがせめてもだ。

「だって、悪いのはわたしだもの。あなたにやつあたりなんてしちゃいけないのに」

「ぼくも時間を見つけて、知っている情報を話しておくべきだったな」ナサニエルは渋面を作り、視線をすっと横にそらした。「きみがこういうことにどれほど敏感か、忘れていたよ。馬鹿だな、まったく――いや、きみが敏感なことがじゃないぞ、自分が忘れていたことがだ」

　夫の考えていることが――思考の連鎖が読めてきた。

「こういうことって？」

「〝不公正〟さ」ナサニエルはラグにすわりこみ、脚を組んだ格好でわたしを見あげた。「で、きみはなにをつきとめたんだ？　それに対して、ぼくらになにができる？」

　この人物と結婚できてどれほど幸運か、話したことがあっただろうか。ガウンがはだけて、胸があらかた見えている。脛《すね》もだ。わたしは手を伸ばし、ナサニエルの頬をなでた。

「わたしたちに考えがあるの。でも――ああ、そうね」

　わたしがほんとうに怒っていた対象はこれだったんだわ。

　どうしたんだい、といわんばかりに、ナサニエルは両眉を吊りあげてみせた。

「怒っていた理由がわかったの……」わたしのセラピストは鼻高々だろう。三杯めのマーティーニを飲んだ状態でさえ、ちゃんと理由に思いあたったのだから。「怒っていたのは、これからお願いするつもりだったことにうしろめたさを感じているからよ」

　ナサニエルはすっと目を細めたが、あえてなにもいわず、わたしが切りだすにまかせた。

「ＩＡＣはアメリカ国内にあるでしょう」ごくりとつばを飲んだ。「でも、〈ルネッタ〉

はそうじゃない」

ナサニエルはしばし、わたしをじっと見つめた。その顔を見ているうちに、夫の思考がたどる軌道が、一見脈絡のないわたしのことばに接続するのがわかった。顔から血の気が引いたからである。

「なんてことだ……きみたち全員でか？」

わたしはうなずいた。わたしたちが自宅を訪ねる前から、ヘレンは計略を練っていたのだろう。フローレンスとレナードをＦＢＩと議会の果てしなき質問攻めにさらされないようにするには、合衆国の支配権がおよばない場所へ送るしかない。火星探険隊の出発まで半年となったいまなら、クレマンスも予算問題を梃子にして論陣を張れる。いまここで、チームメンバーをひとりでも交替させたなら、ミッションの開始が二年二カ月も遅れることになり、莫大な予算超過となる——そういえるのだから。しかし、クレマンスがレナードとフローレンスだけを〈ルネッタ〉に送ってしまえば、チーム全体での訓練をつづけられないし、ふたりをチームに残す意図があからさまになりすぎる。したがって、行くなら第一次火星探険チーム全員で〈ルネッタ〉に行かねばならない。

「ヘレンはわたしも行くべきだと考えてるの。〈レディ・アストロノート〉として〝世論を誘導〟するために。全員が宇宙ステーションに滞在するべき理由を世間に説くのよ」

ナサニエルはうめき、背中からラグに寝ころがろうとした。が、マーフィー・ベッドを出していることを忘れていたため、スティール枠に思いきり後頭部をぶつけてしまった。

「ぐはっ！」

片手で後頭部を押さえ、横に倒れこむ。

「くそっ」

たがいのあいだに生じていた隔たりも忘れて、わたしは思わず夫の横にひざをついた。

「だいじょうぶ？」

「ああ」後頭部から手を離し、手の平を見た。血はついていなかった。「馬鹿をやっちまった」

「氷をとってくるわ」

「だいじょうぶだよ」

「氷をとってくる」立ちあがりながら、いまにも後頭部から血が噴きだし、ラグに飛び散るのではないかという眼差しで夫を見つめた。「こぶになっちゃう」

ナサニエルはためいきをつき、ラグに手をついて起きあがった。脚を大きく広げているので、ガウンがはだけてしまい、なにも隠せていないありさまになった。そう、わたしときたら、こんな状況だというのに、夫のからだのほうに目がいってしまうのだ。ナサニエルは後頭部を片手で探りつつ、くりかえした。

「だいじょうぶだって」

このひとは最高に頭のいいロケット科学者だ。それなのに、ときどきこんな馬鹿をする。

このワンルームはとても小さいので、冷蔵庫まではすぐに行けた。冷凍庫のドアをあけ、製氷皿を取りだす。冷たい金属に直接触れて指先が張りつきそうになりながら、レバーを引き起こし、角氷をはずした。ついで、きれいなキッチン・タオルを取り、その上にざらざらと角氷をあけた。

「帰ってきてくれるかい？」

「え？」氷をくるんだタオルを片手で持ち、ナサニエルにふりかえる。

「いや、なんでもない」ナサニエルは目をつむり、まだ後頭部をさすっていた。そして、ひとつ、ためいき。「火星から帰還したあとの話だよ。帰ってきてくれるかい？」

「あたりまえでしょ」

なぜこんなことをいうの？　わたしが火星に永住するとでも思ってるの？

ナサニエルがつらそうな笑みを浮かべた。これは後頭部を打ったからにちがいない――わたしたちはおたがい、そう思っているふりをした。

「よかった」とナサニエルはいった。

キッチンテーブルをまわりこみ、ラグにひざをついて、氷のタオルを夫にわたす。

「はい、これ」

「だいじょうぶなのに」

それでも、ナサニエルは氷を包んだタオルを受けとり、後頭部にあてがった。

「だって、ほら？」わたしは床にすわりこみ、ナサニエルにもたれかかった。「いやでも帰ってこなきゃいけないでしょ。ほっといたら馬鹿なことをしでかす人がいるんだもの」

ナサニエルはくすくす笑い、わたしの肩に腕をまわしてそばに引きよせた。

「ヘレンには腹案があるのかい？　それとも、ぼくに〈ルネッタ〉派遣の手配をしてほしい？」

わたしはうなずき、ナサニエルのガウンのシルクに頭をすりつけた。

「ごめんね」

「しかたないさ」ナサニエルはわたしの頭頂部にキスをした。「けどまあ、とにかく、働きかけるだけ働きかけてみるよ」

10

火星探険隊
宇宙で訓練

［カンザスシティ（カンザス州）発　一九六二年七月十八日］　いまから三カ月後、中部夏時間で午前九時三十二分、何世紀来の夢と過去十年間の技術の成果が、猛烈な炎と轟音の中で結実する。国際連合を代表する十四人の宇宙飛行士が、他の惑星にはじめて着陸するため、ロケットで出発するのだ。その惑星とは火星にほかならない。

　三年の歳月を費やし、火星と地球とを往復する偉業の達成に向けて、現在、さまざまな準備が、すみやかに、かつ予定どおりに進められている。39A発射台で打ち上げられる、火星探険隊隊長ステットスン・パーカー大佐とそのクルーは、宇宙ステーシヨン〈ルネッタ〉と火星探険船自体で訓練を継続する。これは地球の世事にとらわれることなく、大接近時には五六〇〇万キロにまで近づく火星への何億キロもの旅にそなえて、完全な準備態勢の確立に専念するためである。

ひとたび宇宙ステーションに着いてしまうと、どうして最初からこのような計画にしなかったのだろうと真剣にいぶかしんだ。つまり、無重量環境訓練施設のプールで擬似的に作るゼロG環境ではなく、本物のゼロG環境下で訓練をすべきではなかったのかということだ。もちろん、宇宙空間のほうが死ぬ確率はずっと高くなるが、この明白な事実を脇に置いてさえおけば、それ以外の点ではなにもかもがずっと簡単に運ぶではないか。

わたしは観測窓に六分儀を向け、本物の星々を天測した。隕石落下の前でさえ、星々の色の微妙な差異は地球の大気で覆い隠されていたものだが、ベルベットのような漆黒の宇宙空間では、それがくっきりと、驚くほど鮮明にわかる。地球で最良のプラネタリウムで表示できる星の数とくらべても、宇宙で見える星は何千も——いや、何十万も——多い。それでいて、星の海から特定の星を拾いだす仕事はむしろ簡単なのだ。

アルカイドとスピカの位置をつきとめたあとで、六分儀の向きを下方の地球に向ければ、さあ仕上げをごろうじろ、位置／速度ベクトルを確認するのに必要な座標がわかるという寸法だ。わたしは答えを書きとめた。

〝プラス〇七七一一四五、プラス二〇八五三四六、マイナス〇一一六一六七、マイナス一五一一五、プラス〇四五一四、マイナス一九五八七〟

「測定完了！」

背後でパーカーがストップウォッチを押した。

「ベストタイムだな」

うしろに浮かんでいるオブザーバーのひとりが鼻を鳴らした。南アフリカ共和国特有の間延びしたしゃべりかたを聞くまでもなく、それがファンデルビルト・デビエルであることはすぐにわかった。

「適当な測位を暗記して書きとめただけかもしれん。それでも鵜呑みにするのか」

〈ピンタ〉の航計士、ハイディ・フーゲリが、ノートをぱたんと閉じた。

「そのへんになさい、デビエル。そんなわけないことはあなたにもわかってるでしょう」

ハイディはリネンのハンカチでスイス製の高品質六分儀を持っている。認めよう。この美しいステンレス製の驚異には、うらやましさをおぼえずにいられない。補助器具の収納スロットも備えていて、ペンだけではなく、時間経過を測るための折りたたみ式ストップウォッチも収納可能だ。支脚にはみごとの一語につきる彫刻が施してあった。

「わかっちゃいるが、だれもまだ測定結果を検証してないだろう。だからいってるんだ。検証しなけりゃ、だれがインチキをしてもわからないからな」

わたしは固定バーから足をはずし、うしろに向きなおると、母仕込みの、丁重だが氷のような視線をデビエルに向けた。

「これは自分のチームを生き延びさせる技能を身につけるための訓練よ。インチキのイの字だって頭に浮かんだことはないわ。わからないわね……そもそも、なんでそんなことを考えるのかしら。そんなことをいうのはあなただけよ？」

頬に朱が差したところを見ると、ちょっぴり〝あなただけ〟を強調しすぎたらしい。

ベンコスキーがぽん、とデビエルの肩をたたいた。ベンコスキーは〈ピンタ〉の船長兼パイロットで、デビエルは副パイロットだ。

「ま、ヨークとのつきあいは、おれほど長くないからな。ヨークの計算結果を検証しないのにはそれなりの理由があるんだよ」

「ああ、あれ……〈レディ・アストロノート〉か」デビエルはにやりと笑い、小さく会釈してみせた。「知ってるよ、ようく知ってる……どうもおれは競争心が頭をもたげやすいたちなんでな。他意はない」

ハイディがわたしの視線を受けて、両眉を上下に動かしてみせた。いまみたいな調子でいつも突っこんできたなら、デビエルといっしょに訓練を受けるのはさぞかし楽しかっただろう。ハイディはこんな男と三年間もいっしょに過ごすわけ？　唐突に、パーカーへの認識が改まった。パーカーはいまだかつて、わたしの専門分野については一度として疑念を呈したことがない。

「つぎはだれ？」

わたしは壁を軽く押し、自分の所属する〈ニーニャ〉チームにただよっていった。

「グレイだ」パーカーはフローレンスに小さく合図した。「はじめてくれ」

理屈のうえでは、チーム全員が六分儀の使い方に習熟していなければならない。わたしかハイディになにかあった場合の用心である。

しかし、ここでフローレンスに六分儀の訓練をさせるということは、パーカーが彼女のふるまいをデビエルに――心底からフローレンスを忌みきらい、彼女がこのミッションに参加しているのを不快に思っている男に――注視させる意図があるということだ。両方のチームが宇宙で訓練をはじめてすでに三カ月、地球で別個に訓練していたときにくらべて、わたしもだいぶ〈ピンタ〉チームのことがわかってきている。

デビエルは南アフリカ共和国の出身で、人種隔離政策《アパルトヘイト》に意義があると頑迷に信じこんでいる。不時着した往還船にも乗っていた。大金を賭けてもいい、ＦＢＩに虚偽の証言をしたのはこの男だ。いまのこの状況で、フローレンスに六分儀の訓練をさせるということは……パーカーは彼女をしごくつもりなのか、それともデビエルへのあてつけなのか。わたしが知っているパーカーの性格からすれば、たぶんその両方だ。

レナードといっしょに訓練を見ていたフローレンスに、わたしは自分の六分儀を差しだした。フローレンスはひとつうなずき、器具を受けとると、〈ニーニャ〉チームを離れ、観測窓にただよっていった。口もとを引き締め、さっきまでわたしが足をかけていたバーに視線をすえている。

そのとき、ベンコスキーがパーカーと視線を交わしあった。どんな意思を通じあったのかわからないが、ここでパーカーはデビエルに顔を向け、うながした。

「そうだな……つぎはきみがやってみるか」

デビエルはうなずいた。が、同時になにかをつぶやいた。アフリカーンス語だった。

「裏庭のサルのとなりでか《ティエン・ディ・アハテルプラース・アープ》？」

パーカーは両足の爪先で軽く床を蹴り、部屋をふわりと横切ると、軍人ならではの正確さでデビエルの前に着地した。その声にはやはり、軍人ならではの正確な印象を与える、きびきびしたものが宿っていた。

「あまり無礼な物言いをするな《エク・フィント・ダット・オッフェンシフ》。あといちどでもいってみろ《セー・ディット・ヴィエル》、永久に地上勤務にしてやる《エン・エク・クライ・ヤイ・ペルマネント・ヘフ》ぞ《ロント》」

デビエルは愕然としてのけぞり、そのままもんどりうちそうになって、ぶざまに両手をうしろにばたつかせた。ベンコスキーがすかさず手を差しのべ、副パイロットを支えつつ、パーカーに向かってかぶりをふった。

「やれやれ、驚いたな。アフリカーンス語まで操るようになったか」

「言語が好きなんでな。そうとしかいえん」

パーカーは肩をすくめ、いつもの渋い英雄宇宙飛行士の顔——魅力的だが、わたしの目には鼻持ちならないものにしか見えない、ふだんアメリカの大衆に見せている顔に戻った。

ハイディが笑い、自分の六分儀をデビエルに差しだしながら、

「これで何カ国語になった《ヴィー・フィーレ・マハト・ダス》？」とたずねた。

パーカーは首をかしげ、数えているかのように指を小さく動かして、

「一一カ国語《エルフ》？　いや《ナイン》——一二カ国語《ツヴェルフ》だ。一二カ国語《ツヴェルフ》だが、会話できるのはせいぜい六、《アーバー・イッヒ・ビン・ヴィルクリヒ・ヌア・コンヴェアザツィオーン・イン》七カ国語だ《・ゼクス・オーダー・ズィーブン・フォン・イーネン》」

ハイディがふたたび笑った。その笑顔を見れば、なぜスイスが彼女を宇宙計画のイメージ・キャラクターに選んだのかがよくわかる。完璧な歯並び。非の打ちどころのない首。

金髪は一本編みにして、頭の上でまとめてある。そのハイディがいった。

「せいぜい六、七カ国語ですって？」

ここでデビエルが、フローレンスの横で固定バーに足をかけ、ハイディの六分儀で天測をはじめながら、パーカーにたずねた。

「アフリカーンス語を勉強しはじめて、どれくらいだ？」

「きみが火星ミッションに任命された時点からだ」

「そいつは光栄だね」

「勉強していない言語はそれだけだったからな」パーカーは肩をすくめた。「もちろん、台湾語も勉強したさ。理由は知ってのとおりだ」

ヘレンの件を露骨に思いださせられて、わたしはげんなりした。

「でも、イディッシュ語は勉強してないでしょう？」

「イディッシュ語か？　ユダヤ系スペイン語ではなく？　きみの家系はチャールストンに居ついたのではなかったか？」

わたしは目をしばたたき、パーカーを見つめた。脳がパニックを起こしている。いまのことばのどこにいちばん驚くべきだろう。パーカーがわたしの家族の出身地を知っていたこと？　それとも、チャールストンの住民の大半はスペイン＝ポルトガル系のユダヤ人《セファルディ》で、北方系のユダヤ人《アシュケナージ》ではないんだと知っていたこと？　でなければ、ユダヤ人だからといって、みんながみんな同じ言語をしゃべるわけではないと知っていたこと？

「ああ……ええ。先祖は一七〇〇年代にドイツから渡ってきたから。なぜ知ってるの？」

　どの疑問に答えてほしいと思っているのか、自分でもよくわからなかった。

「義母がユダヤ人でな。オランダ経由で入ってきたセファルディだったんだ」パーカーはわたしを通り越して、遠いところを見るような目になった。つかのま、渋面を作ったが、その顔にはすぐに、いつもの笑みを張りつかせて、「お客さんだ」

　それだけいうと、パーカーは床を蹴って宙に浮かびあがり、みごとな宙返りを披露してわたしの頭の上を飛び越え、隣接する展望ラウンジの戸口に近づき、ふわりと着地した。見ると、展望ラウンジにはベティが取材陣を連れて入ってきていた。まずいわ。予定より早いじゃないの。パーカーはガイドレールの一本に足をかけ、ゼロG環境だというのに、休めの見本のような姿勢で立っている。わたしのまわりで、一二人の宇宙飛行士全員が、即座に営業用スマイルを浮かべた。

　地球を離れてしまえば、周囲をめぐるマスコミの軌道から逃れられる——実情を知らない人はそう思うかもしれない。それは大きなまちがいだ。火星探険に資金を提供しているすべての国は、その進捗状況を知りたがっている。ナサニエルとクレマンスが早々にわたしたちを地球外へ送りだすという悪だくみを成立させたおかげで、議会の公聴会から逃げることはできたものの、それでもＩＡＣの金庫に資金を供与させつづける努力は欠かせない。取材陣が宇宙旅行をするにあたり、どれほどの手続きと費用を要したのかは、知りたくもなかった。

わたしは床を蹴り、パーカーのそばに立ってマスコミを出迎えた。わたしたちが矢面に立つことで、チームのほかのメンバーが六分儀の訓練をつづけられればいいと期待してのことだった。結局のところ、わたしがこのミッションに加わった理由は、広告塔になることなのだから。

ベティのすぐうしろで取材陣の先頭に立っているのは——よりによって、この男か——ＢＢＣのカメラマン、ジェリーだった。このさい、パーカーがパンチカードを持っている写真を撮らせてやろうか。ベティはうしろに向きなおり、取材陣にほほえみかけた。報道を伝えられる先の民衆に向かって、わたしたちはいつもほほえんでばかりいる。

「ちょうどよかった！　運がいいわ。みなさん、宇宙最初の男、ステットスン・パーカー大佐をご紹介します」ベティに指し示されて、パーカーはにっこりと笑い、手をふってみせた。「そしてもちろん、エルマ・ヨーク博士も——〈レディ・アストロノート〉として有名ですね」

（わたしもにっこりと笑い、手をふった。はい、にーーっこり、手をふってー）

　わたしの仕事は、宇宙を可能なかぎり魅力的でエキサイティングな場所に見せることだ。うんざりする仕事ではある。レポーターのうち、すくなくともふたりは、宇宙酔いの初期症状でいまにも吐きそうな顔色をしていた。わたしの運がよければ、もしもあのふたりが吐いたなら、どちらかひとりは嘔吐の原因を、むかしながらの古きよきめまいではなく、〝宇宙細菌〟のせいにするだろう。わたしはフライトスーツのポケットをたたいて、嘔吐袋が入っていることをたしかめ、にこやかに声をかけた。

「〈ルネッタ〉へようこそ！」

「みなさんをお迎えできてとても光栄です」パーカーはいつもどおり、手慣れたようすで控えめな笑みを浮かべながら、「ここまでのフライト、安全無事に楽しんでいただけたでしょうか」

「ベティ、報道各社のみなさんは、どういうご予定なの？」わたしはたずねた。

「真っ先に展望ラウンジを見学なさりたいかと思ったの、手荷物が降ろされてくるあいだにね。まさか、チームの全員がとなりの部屋で訓練中だとは思わなかったわ」

　これはうそだ。月曜朝のスタッフ・ミーティングで、このツアーの進め方は詰めてある。この小芝居の目的は、たまたま訓練に出くわしたと取材陣に勘ちがいさせ、チームが協力的だと思わせることにあった。人の心というのはおもしろい。

「いま六分儀の使用訓練をしているところなんですが、どうぞごらんになってください」パーカーが向きなおり、訓練室の観測窓に手をひとふりした。いまはフローレンスが六分儀を使っているところだ。「すこし刺激を持たせようとして、コンテスト方式をとっているんです」

ここで疑問なのは――パーカーが意図的にフローレンスを撮影対象に選んだのか、それともたまたまなのかということだった。本心は量りがたいが、いまこのとき、フローレンスがスポットライトを浴びていることはうれしい。ロケット発射センターですわりこみが行なわれたという地球発のニュースが届いたいまは、とくにそうだ。

「おもしろそうだけれど、これは取材でお見せすると約束した場面ではないわね。ごめんなさい、みなさん」ベティの巻毛がゼロG下で大きく上下した。まるで水中にいるかのようだった。「ひとまず客室で休まれたい方がいらっしゃったら、クルーのだれかがお部屋までご案内します」

ここで有料《キャッシュ》バーに案内するといったら、レポーターの何人かは去っていたかもしれない。だが、そんな餌もなしに、スクープを逸する危険を冒して休憩しにいく者などいはしない。それはベティも承知のうえだ。全員、すでにカメラを出し、撮影の準備をはじめている。

「では、コンテストをお目にかけるとしましょう」

パーカーがわたしについてくるよう、目顔でうながした。わたしはパーカーのあとにつづき、〈ニーニャ〉チームに合流した。チームのすぐそばに足をとめた時点で、パーカーは上下さかさまになっていた。無重力エリアでは〝上〟や〝下〟になんの意味もないが、地球や回転リングでは重力下で訓練をすることになるため、上下の概念はずっと維持している。エンジニアたちは、微小重力ながら、Gのかかる方向に合わせ、上下を示すラベルを貼っていた。照明器具が設置されているほうが〈上〉だ。上下を決めて、ふだんから全員が足を下に向け、さかさまになる者がいないようにしておけば、ほかの者の表情を読みやすくなるというメリットもある。いうに足る重力がないのに〝上〟と〝下〟を維持しているのは、そういう理由からだった。

わたしはパーカーに目を向けた。

「そんなふうにさかさまになっていたら、取材の方たち、たちまち上下がわからなくなってしまうわよ」

「いやなに、取材のみなさんに、あっと驚く写真を撮らせてあげようと思ったのさ」

カーミラ・シャモウンが――〈ニーニャ〉チームの医師だ――あきれたという顔をした。

「そこでおならでもしたら、神に誓って、ガスに火をつけてやるからね」

「それはまた恐ろしい推進機関だな」パーカーはストップウォッチを取りだした。「さて。コンテストでなにを競う？　ベンコスキー？」

〈ピンタ〉チームの正パイロットはかぶりをふった。

「ヨーク、前回の優勝者はきみだ。きみが選んでくれ」

「それはいい。では、ヨークに展望ラウンジへ戻ってもらって、特等席の面々に説明してもらうとしよう」

パーカーはベンコスキーにうなずき、わたしに期待の目を向けた――さかさまになったまま。

わたしはすこし考えてから、

「では、デネブとアルデバランを基準にして、〈ルネッタ〉の位置／速度ベクトルを割りだしてもらいましょう」

チームのメンバーたちが準備に取りかかっているあいだに、わたしは床を蹴り、取材陣のいる展望ラウンジの戸口まで移動した。取材陣はすでにせっせと写真を撮影している。いや、正確には、撮影しようとして悪戦苦闘しているというべきか。ほとんどの者は足を固定バーにひっかけることを忘れており、ある記者にいたっては、動作を抑制して動くべきことを理解しておらず、宙をただよっているばかりか、くるくる回転していた。わたしはその男、ブロンドの痩せた記者の腕をつかみ、床に引き降ろしてやった。

そして、その男のからだを押さえたまま、ほかの報道関係者たちにほほえみかけた。

「なにかご質問があればお答えしますよ」

映画スターばりの、たてがみのような黒髪を伸ばした男が手をあげた。

「サンパウロ新聞《フォーリャ・ジ・サンパウロ》のジュスチーノ・コロネウです。いまはどこの上を通過しているんでしょう？」

「いい質問ですね」わたしは戸口に立ったまま、ドアの右手に並ぶ展望窓を指し示した。

「ガイドレールをつたって、みなさん、ここまできてください。地球がよく見えますから。〈ルネッタ〉は九〇分で地球を一周します。赤道面と軌道がずれていますから、一周するたびに通過する場所はすこしずつずれていくんです」

爪先で床を蹴り、近くの展望窓に近づくと、窓に手をついて向きを変え、報道陣に向きなおった。

「そんなことして……だいじょうぶですか？」

タイムズ紙の記者がきいた。腰が引けている。

「だいじょうぶ、絶対安全です」流星体がそばを通過すれば別だが、警戒心をあおってもしかたがない。手すりをつかみ、からだを固定して、「各展望窓はガラスの四層構造になっていて、各ガラスはそれぞれ厚さが三センチあります。宇宙空間とみなさんのあいだは都合一二センチ相当のガラス壁で隔てられているんです。ここが地球だとして、体重九〇キロの人間がこの上で飛びはねても、ガラス壁はびくともしません。ましてゼロG環境下では、わたしはずっと軽くなります」

タイムズ紙の記者が、もうがまんしきれないというようすでカメラをかまえた。

「流星がぶつかってもだいじょうぶですかね？」

「むしろ、だれかのランチボックスがぶつかる可能性のほうが高いですね」そういって、わたしはほほえんでみせた。例のごとく、こんどもにっこりと笑う。ついで、眼下で自転する地球に視線をおろした。地球は輝かしい青と銀灰色に包まれて回転していた。ところどころで、雲のとばりの合間をぬって、茶色や緑色の陸地がひそやかな秘密のように顔を覗かせる。「いまはアフリカの上空を通過中です」

痩せたブロンドの男が、ほかの者たちをかきわけて前に進み出てきた。

「おお、故郷だ！」この強い訛《なま》りは、この男がアフリカ大陸南端部からきたことを示している。男はカメラをかまえ、地球の写真を撮りはじめた。「南アフリカをバックにして、ファンデルビルト・デビエルの写真を撮れませんかね？」

「彼の測定が終了したときには、アフリカはもう通りすぎてしまっているでしょう、残念ながら」そういって、フローレンスとデビエルを含むチームを眺めやった。「もっとも、つぎの周回でもアフリカの上を通るはずですが」

「じゃあ、いまはあきらめましょう」

男は顔からカメラを離した。その動作で、全身が展望窓から離れ、後方にただよいだす。

わたしは急いで男の足をつかみ、レールの一本に引きよせた。

「気をつけていないと危ないですよ。ゼロGに慣れるまでは、いつもなにかにつかまっているように心がけてください」

「慣れるまで、どれくらい時間がかかりました？」

これはさっきの、ブラジルの新聞記者だ。見ると片手で手すりを握り、片手でカメラをしっかりと持っている。

わたしは肩をすくめて、

「二日めか三日めには快適に過ごせるようになっていましたね。といっても、個人差がありますから」というと、宇宙飛行士たちのグループを指し示した。「たとえば、あそこにいるグレイアム・ステューマン――〈ピンタ〉チームの地質学者ですが、地質学の世界に入る前はダイビングの選手で、オリンピックに出たこともありました。それもあって、水中を泳ぐように、自由自在に宇宙空間を泳ぎます。デリク・ベンコスキーは〈ピンタ〉のパイロットで、空軍時代にスカイダイビングをしていた経験を無重量環境に活かしています」

「もうひとりの地質学者はどうです？」

南アフリカの新聞記者が〈ピンタ〉チームにカメラを向け、フォーカスを合わせたが、シャッターは切らなかった。

「フラナリー博士は平均的ですね。もっとも、じつをいうと、火星探険隊の候補を選ぶにあたってIACが重要視した要素のひとつは、宇宙酔いへの耐性なんですよ」

たちまち、全員の顔がわたしに向けられた。例の蒼白になっている男の片方がいまにも吐きそうになり、はたから聞こえるほど大きく、ごくりと音を立ててつばを飲んだ。それから、

「宇宙酔い？　それは不時着したロケットに乗っていた宇宙飛行士たちがかかっていたという、あの病気ですか？」

ときどきわたしは、質問者の面前で、あきれかえって大笑いしそうになることがある。そういうときは、苦労してそれをこらえなくてはならない。いまがちょうどそれだった。正直にいわせてもらえば、報道に携わる人間は、もっとものを知っていていいのではないか。

「病原となる微生物のようなものを考えてらっしゃるのでしたら、そのようなものは存在しません。宇宙飛行士を悩ます宇宙酔いは、内耳の前庭系《ぜんていけい》に狂いが生じることで起こるものなんです。わずらわしくはありますが、危険なものではありません。船酔いみたいなものとお考えください」

　レポーターの大半が、ほぼ同時にカメラをしまって手帳を取りだし、いそいそといまの説明を書きつけた。おそらくそれは、こんな形で記事になるだろう。

〈エルマ・ヨークいわく、宇宙酔いは船酔いみたいなもの〉

　いや、もっと悪いかもしれない。

　つぎの質問が飛んだ。

「不時着したロケットといえば、レナード・フラナリーがまだ探険隊にいますが、平気なんですか？　シグナス14号が不時着したあと、彼は取り調べを受けたでしょう？」

　これもまた、例の南アフリカの記者だった。

　長年、心に不安をかかえていた経験から、心臓が早鐘のように鳴っているときでさえ、わたしはごく自然に平静を装い、ほほえむ能力を身につけている。しかし、今回の動悸は怒りによるものだった。

「たしかに、レナードはあのロケットに乗っていましたし、わたしもすぐそばの席にいました。ですが、彼が不時着に関与するということはありえませんし、そもそも不可能です。彼には絶対の信頼を置いていて、チームに不可欠の人材であるとも思っています。あげた業績は多いですし、火星の地形に関する本を書いたのも彼なんです」

「船外活動《EVA》については？」

わたしは目をしばたたいた。驚愕したとき、わたしはよくこれをやるらしい。もういちど目をしばたたく。

「失礼、いま、なんと？」

「さる情報筋によれば、レナード・フラナリーは、シグナス14号が地球に帰還する前の朝、EVA訓練をしていたそうじゃありませんか。それでロケットになにかあった可能性はないんですか？」

「〝さる情報筋〟？」

この空騒ぎで唯一得るところがあったとすれば、FBIに密告をしたとおぼしき人物が大きく絞りこまれたことだ。南アフリカの記者がFBIと情報源を共有しているとすれば……その情報源は南アフリカの宇宙飛行士と見るのが自然だろう。

ファンデルビルト・デビエル。

あの男とは、きわめて興味深い話しあいをしなければならないようだ。

11

宇宙飛行士ってどんな人？
火星探険隊のクルーに迫る

［タイム誌　一九六二年七月十九日号］　部屋に入ってきたステットスン・パーカー大佐の第一印象は、ああ、これは洗練された都会人だなというものだった。身長百八十センチ。均整のとれた体を包むのは、落ちついた格子縞のスポーツ・ジャケットだ。かつてはふさふさしていたが、いまは後退したブロンドの髪を短く刈り、それが力強いあごをきわだたせている。片頬をよどませてほほえむのは、歴史的な人物として自分の役割を自覚しつつ、人々に自分がただの男であることを思いださせようとしているからかもしれない。初めて宇宙に出た人間という立場に眩惑《げんわく》されて、つい見落とし

てしまいがちだが、その魅力的な外見の下には、第二次世界大戦で八十回以上ものミッションをこなした凄腕戦闘機パイロットとしての顔が隠れている。

余人のいないところでデビエルをつかまえようと努めて丸一日、その間《かん》に頭も冷えて、まずはフローレンスとレナードに話をしておくべきことに気がついた。レナードは自分の実験室にいて、なにかの実験をしていたが……なんの実験かはわからなかった。いたるところに岩石がある。そしてドリルも。声をかけづらかったので、先にフローレンスを探しにいった。フローレンスはエクササイズ・ルームにいて、〈ルネッタ〉の回転ドーナツで生みだされる弱い遠心力のもと、トレッドミルで走りこんでいるところだった。

わたしはゆるやかにカーブした床を歩いていき、ウェイトマシンを使っているテラサスの横を通りぬけ、エアロバイクをこいでいるハファエウの横を通りすぎた。〈ルネッタ〉の常駐クルーも何人かいる。クルーが着ているのは国連支給のトレーニング・スーツだ。ひとりの記者が隅にうずくまり、腕立て伏せをするデビエルの写真を撮っていた。

フローレンスは肩にタオルをかけ、しきりにそれで顔を拭いている。回転セクションに遠心力の人工重力がかかっているとはいえ、地球上ほど速くは汗が流れ落ちていかないからだ。

わたしに気づき、フローレンスは小さくうなずいたものの、走りこみを続行した。

「すこし時間をもらえるかしら？」わたしはフローレンスに声をかけ、周囲に目を配った。こちらに注意を向けている者はだれもいないようだった。「こんどの通信系の訓練でね、ちょっと教えてほしいことがあるんだけど」

フローレンスは顔をぬぐって、

「あと二〇分、トレッドミルを使ったらね」

わたしはうなずき、ちらとデビエルを見た。依然として、記者相手に訓練ぶりを披露している。

「じゃあ。それまで実験室で作業してるわ、レナードと。あとできてちょうだい」

フローレンスはわたしの視線をたどり、両の眉を吊りあげた。それから、唇をすぼめて、こくりとうなずいた。

「わかった、あとで」

実験室に入っていったとき目に飛びこんできたレナード・フラナリー博士の姿は、まごうかたなきマッド・サイエンティストそのものだった。白衣を着て保護ゴーグルをかけ、防音イヤーマフをつけている。保護ゴーグルの上には、さらに一対の拡大レンズをつけ、その曲面に隠れて目はほとんど見えない。なんの実験をしているにせよ、ドリルと素材は金切り声をあげて、空中に火花を飛び散らせていた。宇宙で純酸素の使用をやめた理由はこの火花にある。それと、もうひとつ……あまり長く純酸素に触れていると、酸素中毒を起こしてしまうのだ。

入ってきたわたしに気づいて、レナードは顔をあげ、勢いよく装置のスイッチを切り、ほほえみを浮かべた。

「ヨーク！　なにか役にたてることがあるかな？」

レナードがイヤーマフをはずして首にぶらさげるまで、問いに答えるのを待った。そうやってぶらさげていると、奇妙なネクタイのように見える。

「ちょっと話しておきたいことがあってね。だけど、フローレンスがくるまで、その話はおあずけ」

「というと……？」

「FBIの件よ」

レナードの顔が曇った。ゴーグルを額に押しあげ、実験台のぼろ布で両手をぬぐう。

「実験は中止しよう」

手にしたバインダーをかかげて、わたしは肩をすくめた。

「フローレンスがくるまで時間をつぶすものは持ってきてるわ、自分用に。あと二〇分はこられないそうだから」

「なるほど。しかし、たった二〇分では、なんにもできないからね」レナードはぼろ布を実験台に放り投げた。「あの件、あのまま沙汰やみにはなりそうにないのかな？」

「なんともいえないわね」

レナードはイヤーマフを首からはずすと、工具ラックの所定の場所にかけた。ゴーグルと拡大レンズもはずしてラックにかけ、実験台に注意を戻す。

「なんの実験をしているの？」わたしは実験台の横にあるスツールの一脚に腰かけた。

「新しい岩石採取器《コア・サンプラー》の試験をしていたんだ」レナードはドリルで穴をあけていた岩石からサンプラーを引き抜いた。「あまりいい感触はないな。火花が出すぎるし、きれいな孔もあかない。しかし、某社がミッションを支援するかわりに、これを使ってもらいたいといってきてね。きみもこの手の売りこみはおなじみだろう。〝わが社のドリルは火星でも使われています！〟というあれさ」

わたしは鼻を鳴らして、

「まあね。こんどの探険で、なんと、口紅を使ってほしいという会社もあったわ」

「冗談だろう？」ドリルをしまおうとしていた手をぴたりととめ、レナードは首を左右にふった。「いいや、答えなくてもいい。聞かなくてもわかる」

そのとき、背後からフローレンスの声がたずねた。

「なんの答えを？」

わたしはうしろをふりかえった。

「火星に化粧品を持っていってくれ、とたのまれたことはある？」

すでにトレーニング・スーツから着替えていたが、髪の毛はまだ頭の上できつくまとめたままだった。わたしの問いに、フローレンスはあきれかえったという顔になって、

「縮毛矯正液の売りこみならね。わたしが宇宙で灰汁《あく》を使うとでも思ってんのかしら。あれは重力のあるところでないと髪になじまないし、どっちみち沁《し》みるのよ」

「ちょっと待って――あなた、灰汁なんかで髪を伸ばしてるの？」

フローレンスはわたしの問いを消し去ろうとするかのように、手を横にひと薙ぎした。

「早めに切りあげてきたの。だから、呼んだわけをいって」

「わかった」わたしはバインダーを実験台の上に置き、深呼吸をした。宇宙飛行士になる前のわたしであれば、露骨な表現を避けるため、遠まわしに話そうとして時間をかけていただろう。しかし、いまは？ 問題に対処するため必要な情報以外を持ちだして、チーム

メイトに時間を浪費させるようなまねはしない。それは彼らを侮辱することになる。

「あの南アの記者ね……情報源があるといったのよ。それはＦＢＩの捜査官たちも同じ。その情報源とは……デビエルかもしれないと思うの」

「そんなの、あいつに決まってんでしょ」フローレンスはスツールの一脚に腰を落とし、水のスクイズボトルを実験台に置いた。「あなたが話したいことって、それだけ？」

「だから……どう対処するつもり？」

レナードとフローレンスは顔を見交わしあった。ついで、レナードが首を左右にふって、

「いままでどおりだよ。頭を低くして、トラブルの種にならないようにするだけだ」

「でも――でも、デビエルはあることないこと密告してるのよ、たとえば……たとえば、あの記者、例の往還船が地上へ発進する前、あなたが船外活動《EVA》をしていたといってたわ」

「事実だからね」

わたしはあんぐりと口をあけた。

レナードは額をさすりながら、

「いいかい、ＥＶＡのことをＦＢＩに話したのはわたし自身なんだ。そのときいっしょにＥＶＡをしていたマルーフにも、ＦＢＩはその点を確認している。ミッション管制センターにもだ。そして、われわれが往還船のそばにいかなかったことも確認ずみだ」

「よかった」そこでわたしは、ふたたびふたりに事態を理解させようとした。「でもね、デビエルはいまも、あなたたちをミッションから追いだそうと画策してるのよ」

「知ってるわよ、わたしもレナードも」フローレンスが嘆息した。「だからわたしたち、あまり長くいっしょにいないようにしてるわけ。それをいうなら、カーミラやテラサスともだけど。わたしたちふたりが――〝黒い連中〟が――ほかの人間と共謀してるとか思われないようにさ」

「だったら、ミッション管制センターに報告して――」

「それはだめだ！」レナードが居ずまいを正した。「後生だから、ミッション管制センターには報告しないでくれ。ＦＢＩとのごたごたのあと、ミッションを追いださないでくれとクレマンスを説得するのに、多大な時間を費やしたんだ。いまになって波風は立てたくない」

わたしは同意を求めてフローレンスを見た。彼女もかぶりをふるばかりだった。

「善意でいってくれてんのはわかるよ。だけど、レナードのいうとおり。わたしも機嫌が悪いときは、いつもあけすけにものをいいすぎるけどね、この件をミッション管制センターに訴える気はさらさらないわ」

わたしはスツールの上でうなだれた。しかし、この件についてはなにかできるはずだ。

ふたりがいうことには、ヘレンのあきらめに通じるなにかがある。ヘレンがミッションを抜けることに同意したのは、ＩＡＣがわたしを代わりに行かせたいと判断したからだった。それをいうなら、母がつねづね、いい子で礼儀正しくしていなさいといっていた理由と、そう大きくちがわない。うら若いユダヤの娘には、世間の注意を引かないようにするのがいちばんの安全策だったのだ。わたしは下唇をかんだ。

「もしもよ……もしも、あなたがたを巻きこまない形でわたしがＩＡＣに働きかけたら、どうする？　わたしが〈レディ・アストロノート〉として背負っているものをすべて懸けて、デビエルが問題だと指摘したら？　つまり……わたしなら波風を立てられるということよ。ミッション管制センターだって、わたしにはなにもしないわ」

　レナードは首を横にかしげ、目を細めた。鉛を透かして見ようとするスーパーマンのようなしぐさだった。ついで、背筋を伸ばし、左右に首をふった。

「だめだな。やはり揺り返しはこちらにくる。力になりたいといってくれているのはわかるよ。その気持ちはありがたいと思う。しかし、わたしとしては、なにもしないでくれといわざるをえないな。どのみち、出発してしまえば、デビエルはもう一隻の船に乗るんだ。接点はなくなる」

　フローレンスが陰のある笑みを浮かべた。

「こればっかりは、アパルトヘイトがいい方向に働いてくれたね」わたしのけげんな顔を見て、フローレンスは肩をすくめた。「わからない？　〝分離すれども平等に〟よ。分離はしても、差別はしないってやつ」

ポスト隕石時代の思いがけない僥倖《ぎょうこう》のひとつは、通信衛星の出現により、電話サービスのレベルが格段に向上したことだ。電話会社はもう、合衆国じゅうに電話線を引きまわす必要も、大西洋に長い海底ケーブルを敷設《ふせつ》する必要もない。かわりに、パラボラアンテナで電波信号を宇宙に送り、それを通信衛星に受信させ、地球の別の場所にあるパラボラアンテナへ伝送する。

この技術は、月へ行く途中であっても宇宙船が地球と交信できるようにと開発されたもので、それはさらに発達して〈ルネッタ〉との交信を可能にし、いっそう発達して、飛行中の火星探険隊とも通信ができるようになっていた。以上をまとめれば——わたしは週に一度、軌道上のプラットフォームにいるにもかかわらず、夫と話ができるということだ。

わたしは〈ルネッタ〉の通信モジュールに並ぶブースのひとつに入り、テザーでからだをフックにつないだ。通信モジュールは宇宙ステーションの無重量棟のひとつに付属していて、〝アンテナでできたフジツボ〟という趣《おもむき》のしろものだ。わたしは内壁の側面にかけてあるヘッドセットを取り、そばに引きよせた。ほかのブースから偶然に聞こえてくる会話には、なるべく耳をふさぐように心がける。いま現在、通信モジュールにあるもう四つのブースのうち、ふたつは〈ルネッタ〉の常駐クルーが、ひとつはレポーターが、ひとつは月面に向かう途中の採掘者が使っていた。

ヘッドセットを頭にかぶると、ほかのブースからの声は小さなノイズに埋もれてしまい、聞こえなくなった。このブースに人が入ったことをオペレーターに知らせるため、トグル・スイッチをオンにして待つ。ほどなく、ノイズを破って、オペレーターの声が応えた。今回は英国ふうの発音だった。

「番号をどうぞ」

「カンザス・ウェスト６‐５３０９」

これはナサニエルのデスクの直通番号である。いまのカンザスは午後早めの時間だから、ナサニエルはオフィスにいるはずだ。

「すこしお待ちください」

オペレーターが回線を切り替えるカチリという音がしてから、ジーという音がつづき、一拍おいて呼出音が鳴った。

最初のコールが鳴りおわらないうちに受話器をとる音がした。

「ナサニエル・ヨークです」

「ハイ、ハンサムさん」

「やあ」

たったのひとことに、どうすればこうもうっとりする響きをこめられるのだろう。この声を聞いただけで、全身がとろけてゼリーになってしまいそうだった。仕事で電話応対をするときと、わたしと電話で話すとき——この両者のちがいは、実用一点張りの計算尺を使うときと、仔猫を相手に遊ぶときのちがいに似ている。こんなに妙ちくりんなアナロジーは、もう二度と使わないだろうが、言いえて妙ではあった。

ヘッドセットのマイクを口もとに引きよせて、ブースの壁を夫の肩に見たて、頭をもたせかけて、わたしはいった。

「さみしかった」

「ああ……ぼくもだ」夫の声の背景で、デスクの扇風機がまわる音がしている。「そっちはどう?」

デビエルのこと、レナードとフローレンスに話したことを打ち明けたくはあった。だが、ほかのブースにも人がいるし、これは公共のオープンな回線だ。

「うまくいってるわ」

夫はわたしのためらいを聞き逃さなかった。

「ほんとうかい？」

「まあね、こっちにきて長いし、レポーターもここまで押しかけてきたわけだしね」そう、この程度のぐちならいってもいいだろう。「わたしがレポーターにまとわりつかれて大喜びするたちなのは、あなたもよく知ってるでしょ」

　ナサニエルは小さく笑った。

「知ってるとも。ただし、これは認めざるをえないな。ときどき新聞雑誌にきみの写真が載っていると、うれしくてしかたがなくなる」

「すくなくとも、パンチカードを持ってポーズをとってくれというカメラマンはいないわ。今回はね」

「きみが通路を〝飛んでいく〟写真、あれはかっこよかったぞ！」身動きしたのだろう、電話からガサガサという音が伝わってきた。「訓練のほうはどうだい？」

「訓練はそろそろ総仕上げの段階。正直な話、火星遷移軌道に乗るタイミングの問題さえなければ、デビエルは自分のチームを率いて、こちらのチームを尻目に、さっさと火星探険へ出発していきそうな勢いよ」咳ばらいをした。「彼は、なんというかね……興味深い人間だから」

「ふうん？」その口調を聞いただけで、夫が両の眉を吊りあげて考えこんだ顔になり、シャープペンシルでこんこんとデスクをたたく姿が目に見えるようだった。「なあ、エルマ……私的なコールで仕事の話はしたくないんだが、あすあたり、テレタイプの試験をする必要はないかい？」

さすがナサニエル。こちらから切りだそうと思いつつ、第三者に聞かれても疑いを持たれない表現に窮して切りだせずにいたのに。統括エンジニアと結婚しているということは、折にふれて、相手がわたしのスケジュールを柔軟に調整してくれるということでもある。とはいえ……デビエルにまつわる状況を包み隠さず話せば、ナサニエルはなんらかの手を打つだろう。それではフローレンスとレナードの意向を無視し、ミッション管制センターに公然と通信を入れるのと変わらない。わたしは息を吐きだし、頬の内側をかんで、夫に答えた。

「だいじょうぶよ、そんなことをしなくても」

「ほんとうに？」

「うん」ほんとうではなかった。向こうもそれは気づいている。それでもナサニエルは、わたしを困らせることは絶対にしない。「約束するわ。テレタイプの試験が必要なときはかならず連絡する」

「かならずだぞ、いいね」

ナサニエルの声には不承不承という気持ちが色濃くにじんでいた。なにもかもだいじょうぶ——そう請けあってやりたかった。じっさい、わたし自身については、なにもこまることはない。こまった立場にあるのはチームメイトたちだ。

わたしは声に笑いを含ませようと努めながら、話題を変えた。

「あなたはどうなの？　ポーカーでまたオリーブをせしめられた？」

「ああ、いや、残念ながら。それどころか、このあいだはレナールに巻きあげられたよ、タマネギのピクルスをひと瓶。ところで、ヘレンとレナールがきみによろしくとさ」

「わたしからもよろしくと伝えておいて。ここではだれもが、ヘレンがいないことを残念がってるって」この一年間、わたしもそうとうにがんばってはきたが、だからといって、ヘレンが長いあいだチームで訓練をしていた事実は変わらない。ヘレンが交替を余儀なくさせられたさいの不公正さについてもだ。おりしも、回線にノイズが走った。ときどき、夫と会いたい気持ちが強くなりすぎて、ことばが出てこなくなることがある。会いたいという気持ちばかりではなく、わたしの思いのすべてが絡みあい、やっとまとまって口から出てきたのは、このひとことだった。

「会えなくてさみしい」

「ぼくもだよ」ためいきが聞こえた。「そうだ——来年の夏、インターンがくることになったんだ」

「えー？　インターンなんていやがってたじゃないの。どういう風の吹きまわし？」

「それが、賢いし、熱心なやつがいてね。その男の叔母さん、たまたまぼくの妻なんだ」

驚愕のあまり、勢いよく顔をあげてしまい、その反動で、ブースの中でからだが回転しだした。急いで壁に手をついて回転をとめ、わたしは笑った。

「ひっどーい。ずっと隠してたのね？　いつ？　どんなふうに決まったの？」

ナサニエルは笑った。ふいに太陽が顔を出したかのように、わたしたちを隔てる空間をぬくもりが満たした。

「トミーが非常に好感の持てる、ばかていねいな手紙を書いてきたんだ——なんと、ぼくのことをヨーク博士とまで呼んでたんだぜ」

「どうしてあなたのことってわかるのよ。わたしのことかもしれないでしょ」

「ははん！　残念、封筒の宛名はナサニエル・ヨーク博士になっていて、それでぼくのことだとわかったんでした。いずれにしても——いまは願書を出す大学を検討中なんだが、願書には実地の経験を積んだことを記入したいそうでね。志望分野は天文学だといってる。だから、志望校はバークリー校、ワイオミング大、ハワイ大だ」

「ハワイだったら、喜んで訪ねていくわよ」

ナサニエルが笑って、

「ぼくの答えとおんなじだ！　ともあれ、トミーはしばらくうちに泊まって、ソファで寝ることになる」

その光景を想像して、思わず小さく口笛を吹いた。トミーはいい子だが、まだティーンエイジだ。わたしたちのアパートメントはこぢんまりとして、ふたり住むのにぎりぎりの広さしかない。もちろん、そのふたりのうちにわたしは入らないわけで……。

「男所帯に蛆《うじ》が湧きそうね」

「まあ、そうなるだろうな」

「目に浮かぶわ、そこらじゅうに脱ぎちらかされた靴下。テレビ・ディナー。ポーカーの夕べ」

「ぼくは踊り子に葉巻のイメージだ」

「わたしの甥っ子を堕落させちゃだめよ、ナサニエル・エズラ・ヨーク」ヘッドセットのコードを片手に巻きつけた。ごわごわして冷たい布の被覆を夫の手のかわりにしたのだ。

「ただでさえ、あの家はレイチェルのことで手いっぱいなんだから」

「ああ、だろうな。あっちはその後、どうなってるって？」

「このまえハーシェルから届いた手紙では、レイチェルを全寮制の学校に入れたそうよ」ほかのブースが満室の状態で、手紙の内容を洗いざらい話したくはない。もっとも、その話でそそられる関心は、火星探険チームに関する話とはまったく異なるものだろうけれど。「どうもね、エスターおばさんの指輪を盗んで、質《しち》に売ったらしいの」耳にヒューッという音が響いた。ナサニエルが驚きの口笛を吹いたのだ。

「さいわい、買いもどせはしたけれど。それでまた、レイチェルは外出禁止。それなのに、例の男の子に会いにこっそり出かけたみたいで。レイチェル自身がなにを考えているかはわからない。ただ、ハーシェルの手紙だと、ドリスはレイチェルにかんかんだそう。母親失格だって落ちこんでもいるらしいわ」

「トミーを見れば、そんなことはないと一発でわかるのにな」ヘッドセットを通して聞こえるためいきは、ナサニエルがどれほど遠くにいるかを思いださせた。「人はときどき、説明のつかない決断を下すものだが、レイチェルは一個の独立した人間だし、なにをどうするかはレイチェル自身が決めることだからなあ。全寮制の学校に入ったら、もっといい選択をする余地が生まれるよ、きっと」

ナサニエルはとてもいい父親になれただろう。わたしは目をつむった。ふいにあふれてきた涙をこらえるためだ。ゼロGで泣けばたいへんなことになる——涙が下に落ちずに、しょっぱい水の半球となって目にまとわりつき、視界をさえぎってしまう。

「とにかく。トミーがきたら、しっかり面倒をみてあげて」

「もちろんさ」のどの奥で笑って、ナサニエルは請けあった。「インターンとしてここにきたら、トーマスと呼ぶようにいわれてるけどな。大学に入ろうかという年齢の男子には、〝トミー〟という呼び名が子供っぽすぎると心配してるんだ」

わたしは片手を持ちあげ、シャツの袖を目にあてがい、たまっていた涙を吸いとった。

三年間――。三年ものあいだに、みんなはどうなっているのだろう。

12

反人種差別活動家の組織的工作か
シグナス14号、コース逸脱の陰に

［ヨハネスブルグ（南アフリカ）発　一九六二年九月十九日］　合衆国の穏健的な指導者のあいだでは、シグナス14号往還船が目標地点を大きくはずれて不時着した裏に、全米有色人種向上協会（ＮＡＡＣＰ）のすくなくとも二十人からなるグループの関与があったとする見方が広がっている。国際航空宇宙機構（ＩＡＣ）内部の情報源によれば、工作への関与者には宇宙飛行士たちも含まれる。匿名を条件に、ＩＡＣのさる職員が語ってくれたところでは、不時着ののち、黒人の宇宙飛行士たちは、連邦捜査局の捜査官から厳重な取り調べを受けた。その職員いわく、

「いちばんやっかいなのは、相当数のＩＡＣ職員が、これが破壊工作だという事実と

向きあいたがらないことです。あれは断じて事故なんかじゃない」

〈ルネッタ〉の無重量エリア中心部にある就寝区画をあとにして、梯子《はしご》をつたいおり、宇宙ステーション外周部で回転するリング・エリアへ向かう。ゼロGから重さのある区画に入るさいには、地球に帰還するときほど劇的な変化はない。梯子をすべりおりるにつれて、全身が重くなっていくのがわかるが、といっても、せいぜいがバスタブにつかったまま湯を抜き、浮力を失ったからだが重く感じられていくのと同程度だ。まあ、バスにつかったままそんなことをするのは、わたしくらいかもしれないけれど。

いずれにせよ、わたしはいつも梯子を降りきったあと、いったんそこで足をとめ、重力に感覚をなじませてから歩きだすようにしている。きょうはこれから月曜朝のスタッフ・ミーティングだ。

ところが、梯子を下まで降りないうちに、会議室のほうから怒鳴り声が聞こえてきた。足がゴムの床を踏むと同時に、急いで会議室に向きなおる。その動きが急すぎて、コリオリの力をもろに受けたため、あわてて手を伸ばして梯子段をつかみ、姿勢を安定させねばならなかった。宇宙で〝急がばゆっくり〟がお題目になっている理由はいろいろあるが、そのひとつがこれだ。

「――おれのせいだという証拠があるのか！」

ファンデルビルト・デビエルの声が会議室の外に響き、湾曲した長い通路にこだました。答えたのはパーカーの声だった。ここまで届く程度には大きいが、内容がわかるほどではない。

いったいなにごと？　会議室へ急ぐ。わたしのうしろからも、ほかのだれかが梯子を降りてきて床に立つ音がした。

「こいつは新聞記事だ。南アフリカ発のニュースは、なにもかもおれのせいなのか？」

「ファン、おちつけ」わたしが戸口に立ったとき、ベンコスキーの冷静な声がうながした。「パーカーがいってるのは、そういうことじゃない」

宇宙飛行士の何人かはすでに会議室にきており、コーヒーのカップと地球から持ちこまれたドーナッツの皿が各自の席に置いてある。パーカーはテーブルの上座に立ち、説明資料の両端に手を置いていた。

その顔は真っ赤で、首筋には血管が太く浮き出ていたが、それでも、抑制のきいた声で、パーカーは答えた。

「わたしがいっているのはこれや――」一枚の紙をデビエルのほうへすべらせて、「――

同類の記事のせいで、ミッションが中止されるか後退するか、どちらかになりかねないということだ。いまの経済状況を考えれば、どちらも同じことだがな」

「おれはいっさい関係ない」

デビエルは腕組みをし、あからさまに挑戦的な態度をとった。

「だったらなぜ、わたしが申しわたした指示に異議を唱える。わたしがいったのは、以後、いずれかの報道関係者と接触するさいには、かならずＩＡＣの代表立ち会いのもとで行なえというものだぞ」パーカーは室内を見まわした。一瞬、その視線がわたしをとらえた。

「これは全員に適用される。わたし自身にもだ」

「じゃあ、同国人に話しかけることもできないのか？　そういうことか？」

「その同国人が報道関係者ならな」

デビエルはいまにも床につばを吐きそうな顔になった。

「断固、ＩＡＣに抗議する」

「この指示はクレマンスからきたものだ」パーカーは肩をすくめた。「抗議したければ、勝手にすればいい。だが、おまえの期待どおりにはならんぞ」

「だろうな、あの男なら安直な道を選ぶだろうさ、この記事で告発されてる病巣の根絶に正面から取り組むべきときにもな」

デビエルはそういって、レナードに指を突きつけた。レナードは部屋の奥で、うつむきぎみにすわっている。両手はひざの上で握りしめていた。

ここでテラサスとハイディが部屋に入ってきた。ふたりとも、〝いったいなにが――〟といわんばかりの顔になっている。

なにが起きているにせよ、この件はナサニエルとはなんの関係もない。わたしともだ。そうであってほしい。わたしはたずねた。

「その告発というのは？」

デビエルは勢いよくわたしに向きなおり、皮肉っぽい薄笑いを浮かべた。

「IACが隠蔽《いんぺい》しようとしているということさ。ク――黒人の宇宙飛行士がシグナス14号往還船の不時着に関与していることをな」

「隠蔽なんてできるはずないでしょう、そもそも、そんな関与なんてなかったんだから」わたしは腕組みをし、デビエルを見すえた。「あのとき、あなたもわたしも船の中にいたじゃない。関与なんてありえなかったことは、あなたも知っているはずよ」

薄笑いが消えた。自分が話している相手がだれなのか、急に思いだしたらしい。

「ああ。ああ、たしかに乗っていたさ。おたがいな。しかし、あんたは客席の前のほうにいたから、フラナリー博士がずっとテロリストどもとこそこそ話をしていたのを知らんだろう」

「だれも知らないわよ、そんなこと。そんな事実はないんだから」じっさいには、デビエルのいうとおりである可能性もある。レナードが抗議者たちのだれかと話をしていたとしたら、仲介役として搭乗口のそばにいたわたしには気づきようがない。しかし、レナードがそんなまねをしていないことには絶対の確信があった。わたしはデビエルに背を向けて、

「ドーナツ、まだある？」

ハファエウが作りつけのプラスティック・カウンターにかがみこみ、真空パックされたペストリーを指さした。

「ついこのあいだの補給船で運ばれてきたやつだ。できたてみたいに旨いぜ」

話題を変えようとするハファエウの意を汲んで、テラサスが短く笑った。

「ここに長くいすぎだな、こんなのをできたてと思うようじゃ」

パーカーが腰をおろし、クレマンスがよくやるように、資料をとんとたたいた。

「では、仕事の話に入ろう、諸君。出発まであと一カ月だ。すぐにでも出発できる態勢を作っておかねばならない」

一カ月。出発可能な時期は七日間しかない。その機をのがせば、地球と火星がふたたび最接近するまで、もう二年二カ月待たなくてはならなくなる。この期におよんで、レナー

ドをフライトから締めだそうとするなら、デビエルはそうとうの大馬鹿だ。そうでないことを心から祈ろう。

　わたしは真空パックされたドーナッツと、コーヒーをついだカップを手にとった。人間が宇宙に滞在しはじめた当初、よく問題になったのは、容器がパック式なのと鼻の鬱血《うっけつ》とで、コーヒーの香りが味わえないということだった。これではコーヒーの楽しみの半分が失われてしまう。香りがなくては、ただの苦い湯でしかない。カフェインこそ入っているが、それでもただの苦い湯だ。だが、遠心力による人工重力のおかげで、その状況は一変した。これがたいした問題ではないと思う人間には、宇宙産業がどれだけコーヒーに依存しているかわかっていない。わたしはコーヒーの馥郁《ふくいく》たる香りを味わいつつ、ハファエウとカーミラのあいだの、あいている席についた。

〈ニーニャ〉のクルーはテーブルの左側に、〈ピンタ〉のクルーは右側につく傾向がある。べつにそんな決まりがあるわけではないが、各人は相手チームの、自分と同じ役割を担うメンバーと向きあう席につくことが多い。だから、いまわたしの向かいの席にすわっているのは航計士のハイディ・フーゲリだ。わたしはすわりながらハイディに会釈した。

　ハイディも会釈を返し、テーブルの上座のほうにすわるデビエルにあごをしゃくって、ためいきをついてみせた。そのためいきには、それなりの哀れみも読みとれた。

テーブルの上座では、パーカーがコーヒーを飲みながら、一同が席につくのを待っている。全員が着席すると、こくりとうなずき、カップを置いて、パーカーははじめた。

「今週は補給品の目録作りに注力し、物資の状態を確認する。探険船へは〈ルネッタ〉のクルーが物資を運んでくれたが、遺漏なく確実に積みこまれていることは自分たちの目でたしかめておきたい」

「火星へ行く途中で店に駆けこんで、一ガロン《四リットル》入りのミルク一本ください、とはいかないもんな」

ベンコスキーがそういってウインクをした。

パーカーは茶々を無視して先をつづけた。

「〈ニーニャ〉チームは、テラサス、アヴェリーノ、フラナリーが検品にあたってくれ。シャモウンには医薬品のチェックをたのみたい。グレイとヨーク、きみたちは厨房だ」

厨房のチェックを女性だけにまかせることには、心底から驚いた。いったいどういう考えでわたしたちにこの仕事をさせるのだろう？

「〈ピンタ〉チームは、デビエル、シェーンハウス、ステューマンが検品を。医療用品庫と医薬品の確認はドナルドスンにたのむ。厨房のチェックはサバドスとフーゲリに」

ドナルドスン、フーゲリ、サバドスは、〈ピンタ〉側の席でとなりあってすわっている。

まるでミッションの男性陣に対し、女性だけで結束するかのようだ。フーゲリがサバドスに顔を近づけ、なにごとかをささやきかけた。サバドスが唇をすぼめたのは笑いを隠すためだろう。

「ベンコスキー。きみとわたしは〝働き蜂《ビジービー》〟でチームメンバーを探険船まで運んだのち、二艇の状態を徹底的に検査する」パーカーは手元の書類から顔をあげた。「ミッション管制センターはこの作業が六時間ですむと見て、今夕の記者会見には全員が〈ルネッタ〉に戻っているよう求めてきた」

テーブルの下座のほうでハファエウが鼻を鳴らした。その意図はわたしにもわかった。重力環境下ですべての作業を行なうなら、六時間は妥当な線だろうが、〈ルネッタ〉から探険船まで働き蜂で人員を送りとどけるには、一隻につき三〇分はかかる。宇宙服を着用する時間は考慮に入れずにだ。そのうえ、一日じゅう目録チェックをしたあとで、さらに記者会見ですって？　冗談じゃないわ。

わたしはドーナツをかじった。発泡スチロールでできているのかと錯覚する感触だった。パッケージングのせいで、ドーナツにまぶされた砂糖が少々プラスティックじみた食感に変わっていたのだ。記者会見ではドーナツ以外のものを出したほうがいいだろう。

パーカーはわたしたちにぼやく時間をすこしだけ与えてから、片頬をよどませて笑った。

「そんなのは理不尽だとセンターにはいっておいた。だから、二日仕事になる。ただし、記者会見が今夕なのは変わらない」

〈ピンタ〉の医師を務めるルビー・ドナルドスンがコーヒーカップをかかげた。

「最高よ、ボス」

パーカーはかぶりをふって、

「忘れないでほしい。IAC代表立ち会いのもとでないかぎり、どの報道関係者とも口をきいてはならない。取材されそうになったらベティを呼んでくれ」

デビエルがアフリカーンス語でなにごとかをつぶやき、バインダーのページに鋭く線を引いた。

パーカーが身を乗りだした。

「いまのは聞こえたし、意味もわかった。チームのみんなにもわかるように、英語でいいなおしてみてはどうだ?」

デビエルは怒りで顔を赤く染め、ぎりっと歯噛みしてから、肩をすくめた。

「〝ホーア——ベティを呼ぶときは、あんたの寝台を探しにいけばいいのか?〟」

室内がしんと静まり返り、それまで人声でマスクされていた換気ファンの音が聞こえるようになった。ファンの音は、〈ルネッタ〉では絶えることのない背景音なのだ。ふたりの情事のことはだれもが知っている。パーカーとベティの関係が宇宙ステーションにきてからもつづいていることを知らない者はない。しかし、ふたりには人目をはばかるだけの慎みがあった。だから、だれも露骨に口に出したりはしない。あっちのほうで満たされていれば、パーカーの当たりが柔らかくなることでもある。

デビエルに視線をすえたまま、パーカーはいった。

「クラスのみなにアフリカーンス語の意味を教えてくれて礼をいおう。記録のために指摘しておくが、アフリカーンス語のｈｏｅｒは、英語のｗｈｏｒｅとほぼ同じ発音になる。意味もな。しかし、どんな相手であれ、広報担当の女性をつかまえて〝売春婦《ホーア》〟呼ばわりするのは、非礼の度が過ぎるのではないか。いくら記者会見が不愉快なものであってもだ。広報も報道関係者も果たすべき仕事を果たしているにすぎない――きみやわたしと同様に。協調的な態度で臨めば、記者会見が長びくこともあるまい」

「はたして協調的といえるのかしらね、あいつらが――」フローレンスは途中でことばを切り、咳ばらいをして、最初から言いなおした。「協調的といえるのかしら、有色人種のメンバーについて質問するときの、ジャーナリストたちの態度や質問内容は」

「この件はこれまでとする」パーカーは資料に注意を戻した。フローレンスが憤然と鼻を鳴らしたが、見向きもしない。「これは来週の予告になるが、諸君も心にとどめておいてほしい。出発前の最終チェックのため、ミッション管制センターから検査チームがやってくる。そのメンバーに少々変更があった。われらが統括エンジニアが加わったんだ」

ナサニエルが……！

室内が騒然となった。だれからも視線を向けられて、テーブルの下で融けてしまいたくなった。出発に先だって家族に会える者は、ほかにひとりもいないのだ。ナサニエルも、こんな変更をするべきじゃなかったのに……。そう思うかたわらで、うれしくてうれしくてしかたない気持ちもあった。

「ヨーク。検査チームの往還船はきみとベティで出迎えてくれ。報道関係者が群がるはずだから、ベティとよく話しあい、マスコミ対策上のアドバイスを受けておくよう勧める」

ここでパーカーは、サメの笑みを浮かべて、「参考までに——働き蜂は防音だ」

ほんとうに、いやなやつ。わたしはフィボナッチ数列にしがみついた。テーブルをまわりこんでいき、ひっぱたきそうになるのをこらえるためだ。1、1、2、3、5、8、13

……

テーブルの向かいでは、ハイディが怒りもあらわにわたしをにらんでいた。ああ、ナサニエル……ようやく広報活動のための闖入者《ちんにゅうしゃ》ではなく、チームの一員として受け入れられはじめたところなのに。どうしてクレマンスはこんなことを了承したの？　これが士気に影響することが、どうしてわからないの？

顔から火が出る思いのわたしをよそに、デビエルがベンコスキーに顔を近づけた。

「ほうらな。あっちは宣伝船だといったろう？」

何年も前からわたしとつきあいのあるベンコスキーは、こちらに険しい顔を向けないようにするためか、複雑な笑みを浮かべ、笑いながらこういった。

「そうだな。まあ、ヨークはいつも宣伝活動でがんばってきたから」

「われわれにはそれぞれになすべき仕事がある」パーカーはまだサメの笑みをへばりつかせたまま、完璧な歯並びを見せて語をついだ。「ヨーク、当日朝は身づくろいに専念しろ。ご夫君を出迎えるため、目いっぱいめかしこむんだ。マスコミも喜ぶだろう」

〈ルネッタ〉には無重量セクションがいくつもある。そのひとつにあるエアロックの前に浮かんで、わたしはじっと待機していた。いましがた地球からの往還船が到着したという。ステーションで訓練をつづけるうちに、この身にはクルーメイトの生活リズムがすっかり染みついていた。だから、夫がくるとパーカーにいわれたときにも、訪問日がなんの日かぴんとこなかったが……。

ナサニエルは新年祭《ローシュ・ハッシャーナー》のためにやってくるのだ。

いまはだれもが探険船の出発に向け、予行演習に忙殺されていた。しかし、例外もいる。わたし、ベティ、報道関係者だ。わたしの背後にはすっかりゼロGに慣れたようすで報道陣が浮かんでいた。何度も宇宙ステーションにあがってきた結果、もはや本職の宇宙飛行士も顔負けなほどだ。

ステーションの常駐クルーのひとりが爪先で床を蹴り、エアロックの内扉《ないひ》に近づくと、内部の気圧をダブルチェックしたのち、状況を目視確認するため、窓から中を覗きこんだ。〈ルネッタ〉の標準気圧は一気圧だが、この区画は〇・三気圧に調整されている。とはいえ、差圧計が三三八ミリバールを示していても、エアロック内で異常が起きていないとはかぎらない。差圧計の誤作動かもしれないからだ。ほどなく、クルーがラチェット式のハンドルをまわし、エアロックの内扉を手前に開いた。

エアロックの外扉《がいひ》はすでに開いており、見ている間《ま》にも接続している往還船のハッチが開いて、そこから一瞬、地球のにおいが流れこんできた。いや、これはきっと錯覚だろう。宇宙に出ると嗅覚がおかしくなるからだ。もっとも、地球から着いたばかりの船の空気は、宇宙ステーション内で再循環させている味気ない空気とくらべて、やはりにおいがちがうだろうとは思う。ハッチから乗客らがあふれてきて、ステーションのクルーが顔見知りとあいさつしだした。ほとんどの者は月面に向かう寄港者か、〈ルネッタ〉の交替要員だ。

月面要員と交替要員が出てしまうと、エアロックからふわふわと出てくるのは、ミッションの管制センター・チームの番だった。〈浮き足くん《バブルズ》〉がいる。マイクル・バウンディも、ケン・ハリスンも、ハワード・トンもだ。トン以外はみんな白人だった。

そして、最後の最後、いちばん最後に、満面の笑みをたたえ、いまにも感涙にむせびそうな表情で出てきた人物こそ、わたしの夫だった。

背後に居ならぶカメラマンたちの手前、わたしははちきれんばかりの喜びと、自分だけが身内に会うことへの懸念を押し隠して、営業用スマイルを顔に張りつけた。

「みなさん、ようこそ〈ルネッタ〉へ。手荷物はスタッフがお運びします。〈ニーニャ〉と〈ピンタ〉へは、わたしが働き蜂の一隻でお送りしますので」

わたしのうしろから、英国式の発音で深く響く声が質問した。これは例のタイムズ紙の記者だ。

「ヨーク博士！　奥さんに再会できて、いまのご気分は？」

「最高！」

ナサニエルは報道陣の前にいこうとして床を蹴った。が、動きがぎこちない。以前にも宇宙にきたことがあるにはあるが、あれはもう二年も前の話だ。床近くのガイドレールに足を引っかけようとして失敗し、もういちどやりなおさねばならなかった。

ここで〈浮き足くん〉が、手すりにつかまりつつも、あいかわらず上下に全身をゆすりながら、ナサニエルにうながした。

「早くキスしてやんなよ。キスしないうちは仕事にならないんだから」

おそらくこれは、全生涯を通し、夫とキスをする気になれない唯一の瞬間だったと思う。ナサニエルがわたしにキスをすると同時に、たちまちカメラというカメラが立てつづけにシャッターを切るだろう。いまはもう、ものごとの仕組みをよく知っているので、あすの朝刊では地球の主要各紙がこぞってキスの写真を掲載することがわかっていた。とはいえ、パーカーがご親切にも指摘してくれたように、わたしたちにはそれぞれになすべき仕事がある。わたしの仕事は、地球の女性に対して、宇宙と火星が魅力にあふれる場だと思ってもらうことだ。

わたしの肩書きは航計士かもしれないが、世間一般には、人々を星の世界に誘《いざな》うポスター・ガールなのだから。

なおもほほえんだまま、わたしは爪先で床を蹴り、夫のそばにふわりと着地して、ガイドレールに足をかけた。すこし離れていてもナサニエルのぬくもりが伝わってくる。においも味わおうとしたが、ゼロG特有の鬱血《うっけつ》のおかげで、夫のにおいがよくわからなかった。ともあれ、わたしは新婦のように恥じらいながら、ほほえみを浮かべ、結婚して一二年になる夫を見あげてこういった。

「やあ、ヨーク博士。また会えて心からうれしいよ」ナサニエルがわたしの手をとった。

中指の胼胝《たこ》が懐かしい。夫はそのまま顔を近づけてきて、わたしの耳にささやいた。

「貴女にとって新年がすばらしい年でありますように《ルシャナー・トヴァー・ティカテヴィ・ヴタイハテミ》」

正式の晩餐をとることもなく、牡羊の角笛《ショファール》が吹き鳴らされることもなく、蠟燭《ろうそく》に灯《ひ》がともされることすらないが、すくなくとも、ふたりで顔を合わせて新年を祝うことはできる。

わたしもささやきかえした。

「貴男にとって新年がすばらしい年でありますように《ルシャナー・トヴァー・ティカテヴ・ヴタイハテム》」

ナサニエルがほほえみ、背後の報道陣にあごをしゃくって、わたしにたずねた。

「いいかい？」

わたしは唇をかみ、うなずいた。３・１４１……

ナサニエルが身をかがめる。エアロック、レポーターたち、エンジニアたち、ベティ、地球、そのほかのすべてをからだで隠した。夫の口はさわやかなミントの味と、奥の深い人柄の味がした。頬は赤ちゃんのそれのように柔らかい。ただ一カ所だけ、例外があった。いつもと同じ、唇の下の剃り残しだ。

そこでわたしは身を引いた。エンジニアたちが拍手をし、ひやかしの声をあげるなか、頬が真っ赤になっているのがわかった。取材陣は盛んにフラッシュを焚き、わたしたちを閃光で包みこんでいる。わたしはもう一瞬だけ、ナサニエルの手をぎゅっと握ってから、吐息とともに放そうとした。

３・１４１５９２……

何年も前、セラピストから教わったように、意識して息を吐き、肺をからっぽにする。からになった肺には、ごく自然に息が吸いこまれた。ナサニエルはあいているほうの手をわたしの腰にあて、咳ばらいをした。

「さあてと。ＩＡＣが再会のあいさつに割りあててくれた時間は四・五分だったと思う。そして、われわれにはこなすべき予定がぎっしりだ」

ギャラリーから笑い声があがった。ナサニエルを見にきた〈ルネッタ〉のクルーにも、笑っている者が何人かいる。夫の手を放し、あとずさって、わたしはいった。

「ついてきて、働き蜂《ビジービー》はこっちよ。火星探険隊チームは、エンジニアのみなさんにお目にかかれるのを楽しみにしているわ」

ほんとうは、ローシュ・ハッシャーナー中は仕事をするべきではない。しかし、すくなくとも、この期間中に仕事をしているユダヤ人は、わたしひとりではない。

ナサニエルはエンジニア・チームをふた手に分けた。だれが決めたのかは知らないが、ナサニエルの担当は〈ピンタ〉——わたしが乗らないほうの船だった。〈浮き足くん〉も同様だ。そのほかのエンジニアは、わたしが乗る〈ニーニャ〉に割りあてられた。これもだれが決めたのかわからないが、トンが割りあてられたのも、やはりわたしが乗っていく、〝分離すれども平等に〟船のほうだった。

検査の一日は長く、検査というもののつねで退屈なものだった。もっともエキサイティングだった瞬間は、ハファエウが隠していたチョコレートをトンが発見し、〝検査する〟といったときだった。わたしたちのチームは結束が固い。すくなくとも仕事に関しては。ようやくナサニエルとふたりきりになれたのは、検査が完了し、検査グループでの食事をおえ、もういちど記者会見に応じてからのことだった。すべてをひととおりこなすと、わたしは夫を働き蜂に引っぱりこんだ。連絡艇はかなり小型で、エンジンと座席だけ積んだ気密の円筒というしろものだ。たしかに生命維持装置を積んではいる。が、空気のない宇宙空間で人員を運ぶために設計されたものだから、大気圏突入にはとても耐えられない。

客室の空気を循環させるファンのスイッチを入れ、ハッチを閉じ、気密にした。背後に浮かぶナサニエルが、すぐさまわたしを胸に抱きよせた。わたしの腹部を両腕で抱きしめ、うなじに顔をうずめる。長らくナサニエルに会えなかったことで、わたしの全身は狂おしいほどに疼《うず》いていた。

吐気がわたしの頬にかかり、うなじの産毛を震わせている。

「デビエルの状況、どのくらいひどい？」

わたしは抱かれたまま、くるりと向きなおった。その動きで、ふたりして働き蜂の中をゆっくりと回転しだす。

「そのためにきたの？」

ナサニエルはおなじみの笑みを浮かべ、わたしのフライトスーツのジッパーを探った。

「まあね……もちろん、ほかにも理由はあるが」

わたしはあきれたという顔をしてみせた。そのあいだにも、すでに身内のエンジンには火がついている。

「ここへはローシュ・ハッシャーナーのためにきたんだと思ってたわ」

「それはむしろ、歓迎すべき偶然の一致だな」ナサニエルの親指がわたしの鎖骨の端をなぞりだした。「知ってるだろう。ぼくは不届きなユダヤ人だからね」

「三年間、どうやって生きていくつもり？」

「さあなあ」ナサニエルがためいきをついたとき、足が座席の一脚に触れ、夫のからだの回転がとまった。「それはさておき、デビエルのことを話してくれ」

わたしのほうはまだ回転がつづいていたため、ナサニエルのそばを通りすぎた。すかさず手を伸ばし、ナサニエルの二の腕をつかんで、からだを固定する。

「出発してしまえば問題にはならないと思うわ。見さげはてた男ではあるけれどね、いま起こしているような問題は、飛行中には起こしようがなくなるから」

「そうか……南アフリカも、ああいう手合いじゃない人間をよこしてくれればよかったんだがな」ナサニエルがわたしのスーツのジッパーを引っぱった。心地よくひんやりとした空気がスーツの中に入ってきた。「〈ピンタ〉の正パイロットではなく、副パイロットでしかないのが、もっけの幸いかな」

「ベンコスキーなら、ちゃんと目を光らせてくれるでしょう」そうであってほしかった。二の腕をつかんでいないほうの手をナサニエルの胸元に這わせ、シャツのボタンを探る。

「わたしのことならだいじょうぶっていったのに」

「ところが、あのあと、南アフリカの新聞記事が出て、黒人宇宙飛行士の問題が再燃したんだ。クレマンスは――」

「まさか、デビエルの話、クレマンスにはしてないわよね？」

ナサニエルは顔を近づけ、むきだしになったわたしの鎖骨に鼻を押しつけた。

「なんのためにわざわざ手をまわして、ぼくを検査チームに復帰させたと思うんだい？」

「わたしとしては、あなたに――待って。どういう意味、〝復帰〟って？」

ナサニエルははだけたフライトスーツを横に脱がして、わたしの肩をむきだしにした。ブラの肩ひもに指を一本差しこみ、すこし渋面を作る。

「ああ、そのことか。きみが火星ミッションに参加することが決まったとき、夫婦という関係に鑑《かんが》みて、ぼくがミッションに関する優先順位をまちがえるんじゃないかと懸念する声が広がってね。当初予定されていた検査チームからはずされたのさ」

「おえらいさんたち、あなたのことを知らないのね」

「いいや、知っているからこそだよ。きみの安全を確保するためなら、ぼくは二隻の全員を犠牲にすることもいとわない」

　ブラの肩ひもを横にずらし、そのひもをたどってカップの内側に片手をすべりこませ、乳房をそっとつかむ。

「わたしだけ特別あつかいはこまるわ」

「心がけはするが、じっさいには無理だ。ヘレンがミッションに選ばれたとき、関係する仕事の大半からカルムーシュをはずしたのも、そういう理由だったんだから」

「おねがい」ナサニエルにからだを押しつけ、首筋にキスをする。こうして夫の首に顔をうずめると、やっとのことで懐かしいにおいがかすかに感じられた。「身内びいきをされたら、チームでやっていくのがむずかしくなるわ」

　ナサニエルはフライトスーツの反対側の袖を引っぱった。美しさも繊細さも、かけらもない引っぱりかたで、反動でわたしたちは回転しながら座席を離れ、働き蜂の中央通路にただよっていった。

「ぼくがここにくることを許されたのは、ぼくにとって探険隊がぶじ火星へ行って戻ってくること以上に大切なことはない――そうクレマンスが承知しているからさ。もちろん、最優先なのはきみの安全だがね」

　わたしは両手を袖から引き抜いた。ひんやりした空気の中で、からだが小さく震えた。あるいは、その震えは、わたしの背中をなでおろした夫の両手が、そのまま脇腹にそって前にまわり、乳房をなであげ、その軌道をくりかえし何度もたどったせいかもしれない。寒く感じると同時に、からだが火照る経験をもできるのだから、人体とはなんて不思議なものなのだろう。

「そこは意見が合わないところね。わたしとしては、探険隊がぶじに火星へ行って戻ってくることのほうがたいせつ。わたし個人の安全よりも」

　ナサニエルが顔をあげた。

「それがぼくの安全だったら？」

いやなことをきいてくれるわね。わたしは返答に窮した。

ナサニエルは目を見開き、ついで笑った。

「そうかそうか。それは覚悟してくるべきだった」

「ちが――」わたしは夫の両手をとって、自分の唇に持っていった。「そういうんじゃないの。そういう選択をしなきゃならない状況が想像できないだけ。あなたの命か、クルー全体の命か、どちらかを選べなんて……。あなたは選べるかもしれないけど」

「うん」ナサニエルのブルーの目がわたしの目を覗きこんだ。なにを探っているのかはわからない。「ぼくなら選べる。ゆるしてくれ」

ローシュ・ハッシャーナーは赦免と贖罪《しょくざい》の時だ。そして歓喜と内省の時でもある。そこから先の交流は、ことばを使うことなく、赦免と贖罪、歓喜と内省のうちに行なわれた。

もっとも、声も音も出ないとはかぎらない。

すくなくとも一点においてパーカーは正しかった。働き蜂は防音なのである。

13

14人の宇宙飛行士、火星へ
速度は時速五万八千キロ

ジョン・ノーブル・ウィルフォード
ザ・ナショナル・タイムズ特電

［カンザスシティ（カンザス州）発　一九六二年十月十九日］　第一次火星探険隊の宇宙飛行士十四人は、今夜、宇宙空間という暗い虚空に向かって出発した。目的は人類初の火星着陸である。地球から見あげれば、火星探険隊の宇宙船三隻が強力なエンジンを噴射させる瞬間には、緊密なシンメトリーを描いて夜空を翔《かけ》る三つの明るい星が見えたはずである。三隻のエンジン点火こそは、かつて人類が到達したことのない遠方への旅の、第一歩を告げる合図にほかならない。おおむね二回の地球周回を通じ

て、時速五万八千キロという圧倒的な速度にまで加速した時点で、三隻はブースター・ロケットを噴射し、地球周回軌道を離脱して火星をめざす。宇宙飛行士たちが赤い惑星へ到達するのに要する期間は、三百二十日である。

第一次火星探険隊が地球周回軌道を離れたときどこにいたのか、あなたは憶えているだろうか。あとになって聞いたところによると、このときは地球人口の四分の一が、テレビ中継を見るか、望遠鏡で軌道を見るか、ラジオ中継を聴いていたという。月面では居住者全員がそのいずれかの状態にあったそうである。有人船の司令モジュール内には、次回以降の後続船のため、船内の状況を記録するカメラが設置されていた。出発後、遠くまで離れてしまうと、船が送りだす映像は不鮮明になるが、出発直後のうちは、地球の視聴者もわたしたちの作業ぶりを見ることができる。それも、名アンカーマン、ウォルター・クロンカイトの解説つきでだ。

航計士席につくのは今回がはじめてではない。出発してまもなく、わたしは窓際の席にすわり、星図を参照して六分儀を使いながら、シャープペンシルでグラフ用紙に書きこみをしていた。舷窓の外に見えるのは……まず暗黒だ。

暗黒と、そして地球。自転する巨大な球体は青と銀灰色の輝きを放っている。雲のとばりの隙間に、ところどころ都市がきらめき、それがまるで地上に降った星のようだ。あの雲海の下のどこかにナサニエルがいる。

通信機がザッと鳴り、声がいった。宇宙船通信担当《CAPCOM》を務めるマルーフの声だった。

「〈ニーニャ〉1《ワン》、こちらカンザス」

パーカーが通信機のトグル・スイッチをオンにした。

「つづけてくれ、カンザス、こちら〈ニーニャ〉1」

「オーケー。フライトプランどおりに推移して、まもなく三時間四五分になる。このままプラン継続を許可する」

「了解。許可を確認」パーカーはにっと笑い、司令モジュールのわたしたちを見まわした。たしかにわたしたちはプロフェッショナルだ。しかし、今回ばかりは顔がほころんでもしかたない。これは地球圏からの離脱を認める通信なのだから。マルーフはつづけた。

「S-ⅣBブースター分離《SEP》時の衝撃で、船体姿勢が上下《ピッチ》方向に一〇度ずれた可能性がある。といっても許容範囲内だ。とくに問題はない」

「了解」パーカーはマイクのトグル・スイッチをオフにし、わたしの席にふりかえった。

「聞いたな？」

「ずれた可能性を確認」

航法マニュアルへの書きこみをすませた。進行方向に上下一〇度程度のずれなら微小といえる範疇《はんちゅう》で、想定内だが――そもそも訓練でなら、もっと大きなずれを経験させられたこともある――現時点でずれを考慮に入れておかないと、このエラーが原因となり、以降のデータ流に狂いが生じてしまう。地球およびミッション管制センターの計算者たちとの連絡が絶たれた場合にそなえ、船内でも計算できる態勢を作っておくのがわたしの役割だ。周囲でほかのクルーが各自の役割をこなすなか、わたしは宇宙での航路計算に専念した。手にしたシャープペンシルの下では、無数の数字が天の星々のように躍っている。

ふたたび、通信機からマルーフがいった。

「〈ニーニャ〉1、こちらカンザス。実行系コード《VERB》66を入力・実行したか、念のためききたい。計算機のメモリー・スロットを仮想的に火星船司令《MSM》モジュールから火星着陸船《MLM》モジュールに切り替えて、位置／速度ベクトルの基準を変更した形跡がないので」

フローレンスが計算機から顔をあげた。いまの彼女の仕事は、わたしと同じく、航法計算をすることだが、向こうは計算機を使う。

「実行してないわ」

パーカーは眉をひそめて、

「していない」

「オーケー」

オーケー？　いいの？　わたしはシャープペンシルで数字を記していた手をとめた。

「マルーフはどうしてほしいのかしら。スケジュールでは──」

「カンザス、いま実行してほしいか？」

「そちらさえよければ」

「了解」パーカーはマイクのトグル・スイッチをオフにした。「聞いたな、グレイ」

「実行することを確認」

トグル・スイッチが並んだ計算機の側面には、メモ用の書字板がある。フローレンスはそこに数字を書きこんだ。

地球との連絡が途絶え、わたしになにかあった場合、わたしのバックアップは計算機が行なうことになっているが、そのメモリーでは約三〇のオペレーションしか実行できない。こうしてメモを書きこむのは補助的な措置だ。着陸船は二隻とも〈サンタマリア〉に収容されているので、なぜこのような処理を実行するのか、わたしには説明できなかったが、ミッション管制センターはときどき不可解な判断を下すことがある。

わたしはフローレンスのほうへ身を乗りだした。

「手伝い、いる？」

　フローレンスはかぶりをふって、

「超短波《VHF》の試験を要求されるまで、通信のほうはひと息つけるわ。訓練のときの記憶だと、むしろあなたのほうが、これから——」

「〈ニーニャ〉1、こちらカンザス。ブースター分離時《SEP》までのおおまかな地上経過時間《GET》を照合したい。天体位置追跡データに使う」

　これにはあきれてしまった。地上はときどき、なにかを実行するのにどれほど時間がかかるものかを忘れてしまう。じっさい、ミッション管制センターが計算機にたよっているとしたら、フローレンスはまだデータをキー入力している最中だから、すぐには状況をつかめないだろう。フローレンスを差しおいて口を出したように聞こえないよう留意しつつ、わたしはパーカーに答えをいった。

「三時間四〇分〇秒よ」

　パーカーが片眉を吊りあげた。

「計算もせずに即答できるのか」

「そのために高い賃金をもらってるもの」

　パーカーはいまの数字をマルーフに伝えた。地球ではミッション管制センターの係員たちが、すべて時間どおりにきちんと運ぶよう、いまのデータをもとに検証をはじめたはずだ。

マイクのトグル・スイッチをオフにして、パーカーが目の前の計器群に目を走らせた。

「カンザスに伝えることはあるか、ヨーク？」

「速度変化と船体姿勢の値は計算ずみ。燃焼状態の報告も可能よ」手元のグラフ用紙を見ることなく、わたしは答えた。気の毒に、フローレンスはいまも計算機に数字をキー入力しつづけている。機械のほうが計算自体は速いかもしれないが、それは計算プログラムの入力時間を考慮しなければの話だ。「速度変化量《DELTA.V》X、マイナス〇〇〇一、速度変化量《DELTA.V》Y、プラス〇〇〇二、速度変化量《DELTA.V》Z、マイナス〇〇〇二、船体姿勢は、横転方向《ロール》〇、上下方向《ピッチ》一八〇、左右方向《ヨー》〇」

パーカーが以上のすべてを地上にくりかえすあいだに、わたしは航法計画の最新計測値更新作業に戻った。たしかに最新の計測値は地上の管制センターから送られてくる。だが、わたしとしては、つねに最新のデータを自力で確保できるようにしておきたかった。万一通信が途絶したときの用心だ。

「ええい、くそ」テラサスが顔を舷窓に近づけ、かぶりをふり、またシートに腰を沈めた。

「慣性め。切り離したS-ⅣBがぴったりくっついてきやがる」

S－ⅣBというのは、火星へ旅立つ探険船を最大速度まで加速させたブースター・ロケットのことである。わたしは眉根を寄せてテラサスの視線をとらえた。

「月ロケットのときの二の舞になりそうね。パーカー、あれを引き離せる？　離せないと、ブースターから漏れた燃料がじゃまになって星を観測できなくなるわよ」

「最高だな」パーカーは首を左右にふった。「S－ⅣBを引き離すとなると、本船を二度、小さく動かさねばならん」

「もうすこし早く動かしておけば楽だったのにね」

舷窓の外で〝星々〟が増殖し、何十万ものホタルが群れ飛びかいだしたように見えた。凍てついた推進剤が太陽光を受け、星々のようにきらめいているのだ。わたしの仕事は、突如として何十万倍も困難になった。月着陸ミッションのときとまったく同じだ。だが、さいわい、星の観測にはたっぷり訓練を積んでいる。

パーカーはためいきをつき、ミッション管制センターに報告した。

「カンザス、こちら〈ニーニャ〉1。S－ⅣBから燃料が撒《ま》き散らされている。しかも、ブースターは本船の直後にくっついたままだ」

「了解。状況を把握した。排出されたのはおそらく推進剤以外のものだ。大々的な燃焼は04：44：55にスタート、排出は05：07：55に行なわれた」

テラサスが鼻を鳴らした。

「推進剤以外だかなんだか知らないが、間欠泉みたいに盛大だぜ」

マルーフが問いかけてきた。

「S‐ⅣBからどれだけ離れているかわかるか？」

「一五〇メートルないし三〇〇メートル」

「オーケー、パーカー。引き離し行動では、現軌道の上方向に動径噴射することを推奨する。プラスX軸を地球に向けて、マイナスX側に〇・九一メートル毎秒で噴いてくれ。オーバー」

「それは避けたい。S‐ⅣBを見失う」

「オーケー。われわれが動径噴射を推奨する理由は、主推進《SP》システム《S》を使ってコースを修正できるようにするためなんだ。待機してくれ」

わたしは顔をあげた。

「SPSを使用するまでもないわ。現時点で当船の遊動環《ジンバル》角は……横転《ロール》方向に約一九〇、上下《ピッチ》方向に約三二〇、左右《ヨー》方向が約三四〇。現コースをはずれずに距離をとれるわよ」

「〈ニーニャ〉1、こちらカンザス。S‐ⅣBとの相対位置は？」

パーカーはわたしをちらりと見やり、地上に応答した。

「本船の位置はS‐ⅣBの直前だ。太陽はS‐ⅣBの右手にあり、左舷1号舷窓から見えている」パーカーはマイクを切り、すぐさまわたしに向きなおった。「数値をいつでも提供できるようにしておいてくれ。すぐにきかれる」

「了解」わたしはうなずき、頭の中にある船の位置関係図を紙に描きはじめた。ほかの人たちがわたしと同じ形で数字を把握できないと知ったのは、それなりの年齢に達してからのことである。ふつうの人にとって、数字とは紙に記された抽象的記号であり、どれほど理解力があっても、対象となる物体の物理的な数値を表わすものでしかない。ところが、わたしの場合、数字を見れば、対象の形状、質量、質感、色彩までもが、鮮明にわかる。したがって、宇宙船、S‐ⅣB、火星、地球の位置関係を頭の中で把握し、無用の要素を取り除けば、そこに残るのは純然たる空間の計算要素だけだ。

　地球からマルーフがいった。

「オーケー、状況を理解した。太陽はS‐ⅣBの右にあり、左舷1号舷窓から見えている、と。貴船は現在――この角度を伝達してきたということは、貴船のプラスX軸はその角度でS‐ⅣB方向に向いているということだな。確認されたい」

「そのとおりだ。船首はほぼ真うしろを向いている。しかしヨークは、現在のジンバル角を変更することなく距離をとれると考えている」

わたしはバインダーの参照ページを開いた。といっても、たんに自分の数字とつきあわせ、クロスチェックするためだ。

「P52再調整プログラムを使えば無用の機動をしなくても距離をとれるわ。S-ⅣBとのずれは……重力スリングショット直後の姿勢とくらべて、上方向へ約一〇度になるはず」

フローレンスが自分の部署で計算機の実行キーを押した。たちまち、真空管独特の音を発して、計算機が猛然と動きだした。

パーカーは唇をすぼめ、テラサスにうなずきかけた。

「二・四メートル毎秒は適正な値に思えるか？」

「それなら、現在のコースを維持したままで距離をとれるだろうな」テラサスが舷窓に顔を近づけた。「いまもS-ⅣBは同じ位置につけている」

うなずきながら、パーカーはマイクのスイッチをオンにし、ミッション管制センターに伝達した。

「カンザス、本船は以後のささやかな機動を終了するまで、所定の火星往路《シス・マーズ》航行を中断する」

「確認した、パーカー。管制センター、了解」マルーフのことばの背後には、ミッション管制センターで交わされるくぐもった会話がかすかに聞こえていたが、いくら耳をすませても、その中からナサニエルの声は拾いだせなかった。センターからマルーフがつづけた。

「プラスX軸をS－ⅣBに向けた状態での、ジンバル角最新データを送れるか？」

「待ってくれ」パーカーは肩ごしにふりかえった。「非推進剤の雲ごしにクルー用光学視《COA》準器《S》を使えそうか？」

「使えることを確認」

現状では、地球の地平線はとらえられないが、六分儀にシェードをかければ太陽は参照できそうだ。

「〈ニーニャ〉1、こちらカンザス」

「聞こえている、カンザス」

「機会があれば、パーカー、ジンバル角を送ってもらえるか」

センターにせっつかれて、パーカーはやれやれという顔をした。この反応にはわたしもうなずける。宇宙ではなにをするにも、ミッション管制センターが考えているより時間がかかるのだ。しかし、応答するパーカーの声は冷静そのものだった。

「ヨークがいまCOASで測定している。だから送るデータは正確だ」「ご高評に感謝」

なおも測定をつづけながら、わたしは小声でつぶやいた。

それから、これはパーカーにもはっきりと聞こえる声で、

「正しくなければ、やりなおす。これ、うちのだんなの口癖よ」

最後のジンバル角を測定し、舷窓から顔を離す。

「オーケー。S-ⅣBにCOASを合わせた――横転《ロール》方向一〇五、上下《ピッチ》方向二七五、左右《ヨー》方向三二五」

パーカーは以上のすべてを復唱したうえで、マイクに向きなおり、マルーフにジンバル角を伝えた。マルーフはそれを、宇宙飛行士特有の、呼びかけと応答の連禱《れんとう》で復唱した。

それを受けて、パーカーはつづけた。

「これより動径噴射を行ない、二・四メートル毎秒で増速する」

船底スラスターが作動し、わたしは背中を背もたれに押しつけられた。いきなり重さが戻ってきたのだ。一Gよりうんと小さいとはいえ、この九時間、大半を無重量状態で過ごしてきたため、また地球に戻ったような錯覚をおぼえた。パーカーがスロットルを開き、船を斜め上方へ加速させるにつれて、からだが座席に押しつけられていく。船の機動中、つねにストラップを締めているのは、こうした急な動きにそなえてのことだ。

「カンザス、スラスター噴射により、七・七メートル毎秒増速した。速度変化量《DELTA-V》Xはプラス〇〇〇一、YとZはともに〇。ジンバル角度は、横転《ロール》方向一八〇、上下《ピッチ》方向三一〇、左右《ヨー》方向〇二〇」

「確認した。S-ⅣBは現在、どう見えている？　急速に離れているか、どうだ？」

パーカーは身を乗りだし、舷窓から外を覗いた。

「テラサス、見えるか？」

「ちょっと待った」テラサスも同じようにした。「見えた。本船のX軸に対する角度九〇、S-ⅣBは三〇〇メートル後方に離れていて、なお距離が開きつつある」

パーカーはテラサスごしにわたしを見た。

「ここまで離れれば、視界は晴れたか？」

わたしは舷窓に頭を押しあて、暗黒の宇宙を覗きこんだ。S-ⅣBから撒き散らされた雲は人工の星々となり、その周囲にはっきり視認できる後光となって広がっている。だが、そこを除けば、わたしたちを取りまく宇宙は暗く、星々が鮮明に見える。

「天測可能であることを確認」

「カンザス、こちら〈ニーニャ〉。視界は晴れたと思う。P23プログラムには少々遅れているが、このまま同プログラムを実行すべきと考える」

「報告内容を確認した、パーカー。感謝する。都合のいいとき、人体放射線被曝線量計《PRD》の数値を教えてくれ。P23プログラムは実行してくれて問題ない。最初の基準となる恒星、ナンバー31は、地上経過時間《GET》05：15ごろまで有効だ」

ナンバー31。

つまり、〝弧を描け《アーク・トゥ》、アークトゥルスに〟が朝までは有効な指標ということね。

14

アナウンサー　〈ア《A》メリカン・ブ《B》ロードキャスティング・カ《C》ンパニー〉がお送りする一九六二年十一月二日の『ヘッドライン・ニュース《エディション》』、アンカーのテイラー・グラントがお伝えします。

グラント　本日カンザスシティにおいて、ブラッドリー将軍が講演を行ないました。これは合衆国の軍事防衛に関する興味深い報道対象のひとつといえます。講演の会場は〈女性のための全米記者クラブ〉。集まった淑女たちに将軍が語った内容はこうでした。合衆国は、現時点で予測できるかぎり遠い未来を見すえて防衛体制を構築しなければならない、経済成長の安定した基盤を確立するには、合衆国内外で不安にさいなまれている市民に秩序をもたらすことがなによりも重要である——。

最初に機器の故障が発生したのは、旅をはじめて二週間しかたっていないころだった。司令モジュールに向かう途中のことである。宙に浮かんだままゼロGトイレに入ろうとしてドアをあけ――すぐにドアフレームをつかんで急ブレーキをかけた。小部屋の中央に、回転する小水の球体がふわふわと浮かんでいたのである。そのまわりには小さな排泄《はいせつ》物の衛星群もただよっている。

「なに、これ……」

思わず身を引き、まだそのへんに犯人がいないかと、芯廊《スピンドル》を――これは〈ニーニャ〉の中心を縦貫する細長い通路のことだ――眺めやったが、このものを残した不届き者がだれであれ、すでに立ち去ったあとだった。

遠心力リング・エリアには重力トイレがひとつあるが、司令モジュールの当直者が使うよう、ここにもゼロGトイレが設置されている。これは建前上のもので、実用上、ゼロG環境で悪戦苦闘するよりも、回転リングに行って用を足したほうがずっとてっとりばやい。が、だからといってこのトイレをこのまま放置していてよいはずがなかった。知らんふりをしたいのは山々だが、発見者でもあり、時間もある以上、わたしが処理するしかない。なにしろ、船内にはたった七人しかいないのだ。わたしがいやであるように、ほかのどのクルーも、自分の責任ではないトイレの清掃などしたがらないだろう。それに、発見しておきながら放置しようものなら、みんなの風当たりが強くなる。かつてのように。

本来ならば、これを片づけるのは、この惨状をもたらした人間であるべきだ。しかし、そのだれかに怒りの矛先《ほこさき》を向ける前に、まずは宙に浮かぶ尿を処理しなくてはならない。固形排泄物の汚さには辟易《へきえき》するが、ほんとうにやっかいなのは、中央に浮かんだ大きな小水の球体だった。なにはともあれ、小水の球体が循環空気の流れに乗り、スピンドルを〝疾走〟していく事態は避けねばならない。汚いのはもちろんだが、これほどの量の液体がかかった場合、電気系統に支障をもたらしかねない。それに、空気循環の吸入口にでも入ったらおおごとになる。なにより、汚い。

微細な飛沫の球をよけつつ、トイレット・ペーパーを大量に引っぱりだした。優先的に処理すべきは尿の小滴だ。これを先に始末しないことには、トイレにからだをつっこんだだけでも尿まみれになってしまう。わたしは一種異様なダンスをくりひろげながら、トイレット・ペーパーを空中に動かし、小滴をつぎつぎに吸いとっていった。ペーパーはたちまちびしょびしょになった。

他人の排泄物を始末するほど気の滅入るものはない。わたしは濡れたペーパーを汚物袋に入れ、さらにペーパーを引っぱりだした。肌にはすでに固形物もへばりついており、気持ち悪いことおびただしい。しかし、ペーパーで小水の球体をまるごと吸いとるわけにはいかなかった。そんなことをすれば、一日分のペーパー割り当て量をたちまち使いきってしまう。このトイレは真空吸引で排泄物を下部のタンクへ吸いこむ仕組みになっており、ペーパーは用を足したあとで必要最低限の量を使うものなのだ。

トイレの奥に入りこみ、小さな棚の扉をあけ、きれいな汚物袋を取りだした。袋の口をあけ、吸収材とするためにペーパーを押しこむ。それから、両手で袋の口を大きく開き、小水の大きな球体にかぶせた。

蝶々を網でつかまえるのに似ているが、なにしろ相手が相手だ。汚い。

袋の中のペーパーに触れたとたん、小水の表面張力が破れ、一部がペーパーに吸いこまれていき、飽和状態になったところでとまった。残った小水が袋の中で回転しだす。急いで袋の口をひねり、別の袋に押しこんだ。それから、またペーパーをとり、それを手袋のようにして小滴の群れを追いたて、同じ袋の中に追いこんだ。

やれやれ。使用後はきれいにとお願いするのは、そんなにたいへんなことなのだろうか。

汚さ満点の仕事ではあったが、作業にさほど長い時間はかからなかった。袋は汚物処理スロットに押しこむ。月曜朝のミーティング前にこんなことになるなんて……。この件、ディナーのときに持ちだそう。わたしはアルコールのウェット・ティッシュを抜きとり、手を拭きにかかった。手が汚物の膜でおおわれているような感がある。爪の下にも汚物が詰まっているようだ。

そのとき――便器が〝げっぷ〟をした。小水がピューッと個室の中に弧を描く。まるで長くて黄色いゴムひもだ。便器からの吐出は収まり、やがて新たな小球が形成された。

「冗談じゃないわよ」

つぎの汚物袋を取りだして、またペーパーをつっこむ。

その袋を小球にかぶせたとき、またしても便器が〝げっぷ〟をした。反射的に、小さくのけぞった。ほんのちょっとした動きだったが、それで袋の縁が小球の端にひっかかったため、尿がわたしの手にこびりつき、生ぬるい球となって手全体を包みこんだ。ごくりとつばを飲み、歯を食いしばる。汚い。ほんとにもう。汚い。慎重に動き、尿がくっついていないほうの手でペーパーを引きだして、片手についた尿を袋の中に誘導しようとした。ペーパーの一端を袋に入れ、もう一端を片手を包んだ液体にへばりつかせる。表面張力で尿がペーパーに吸いこまれていき、かなりの量が袋の中に入った。

この時点で、もはやペーパーを浪費してはいけないなどという意識は念頭から消えていた。ひたすら手をきれいにすることしか頭にない。

なにより、早々に排泄物の処理をすませ、便器自体の問題を調べる必要があった。またもや〝げっぷ〟をされてはたまらない。両手をほぼぬぐいおえ、汚物袋に小水を封じると、ただちにそれを汚物処理スロットに放りこんだ。ついで、通路に足を浮かせ、便器に顔を近づけた。

深呼吸をし、急な動きはしないよう心がける。

「急がばゆっくりよ、エルマ」

急《せ》いては両手がまた排泄物まみれになるだけだ。

姿勢を低くしたおかげで、トイレのメンテナンス・ハッチに片手を伸ばすことができた。さいわい、プラスティック・キャッチ式のハッチなので工具を使う必要はなく、引っぱれば簡単にはずしてしまえる。はずしたふたは便器の上に置き、用を足すときにからだを固定するストラップで押さえた。完全にふたをできるわけではないが、こうしておけば、便器がまた〝げっぷ〟をしても、トイレじゅうに小水が飛び散る恐れはなくなるはずだ。そうであってほしい。

最低限の予防措置を講じてから、メンテナンス・ハッチの中に手をつっこみ、真空吸引機構の停止スイッチを押した。なにも起こらなかった。もういちど押す。

ファンが動いていなかったことに気づいたのはそのときだった。この瞬間にいたるまで気づかなかったことが、われながら不思議でならなかった。停止スイッチがきかないのは、すでに真空吸引機構が停止しているからに決まっているではないか。

よいニュースは、このトラブルの原因が乱心したクルーのだれかのせいではなかったということに尽きる。悪いニュースは、責任を問うべき相手がいない以上、発見者の自分が対処すべき問題だということだ。

ためいきをつき、床を蹴って、いったんトイレの外まで後退してから、空中で回転し、司令モジュール《CM》を眺めやった。ガイドレールをたよりに、からだを押しやり、スーパーマンのように宙を飛んでＣＭへ向かう。途中、左手をばたつかせて全身を横倒しにし、どこにもひっかかることなく戸口を通りぬけると、両ひざをかかえて運動量の重心を移動させ、宙返りをした。床に足が向いたところで全身を伸ばし、ＣＭの床に走るガイドレールの一本に片足をかける。

操縦席にはテラサスがつき、〈ピンタ〉および補給船〈サンタマリア〉双方との距離をモニターしていた。なにか劇的なことでも起こらないかぎり、各船は慣性により、相互の位置関係を変えることなく宇宙空間を進みつづける。もうすこしすれば、ＣＭに自動航行させられるようになるが、まだ航行の初期段階なので、ミッション管制センターは慎重な姿勢を崩さず、かならず有人で航行するようにと指示していた。

操縦席の向こうで宙に浮かんでいたハファエウが肩ごしにふりかえり、咳ばらいをした。

「ヨーク。なにかあったのか？」

「トイレが詰まっちゃってね」補給品の棚に近づきながら、わたしは答えた。「工具キットを取りにきたの」

「手がいるかい?」ハファエウはフライトスーツのジッパーを首まで引きあげ、テラサスの肩に手をつき、完全にわたしのほうへ向きなおった。「こっちは非番になったとこ」

「いる、といいたいところだけれど、せまいスペースだからね。自力でやるわ」

「さすがだね」ハファエウはにっと笑い、片手で髪を梳《す》きあげた。「手がいるときは大声で呼んでくれよ」

〝わかった〟と答えるべき局面ではあった。だが、わたしの場合、南部育ちで身についた遠慮がときどき自己主張をしすぎて、自分の首を絞めることがある。いまもそうだった。ハファエウはエンジニアだから、トイレの修理はわたしより向いている。しかし……だがしかし、それはためらわれた。波風を立てないようにとのしつけが身に染みついているからだ。

ハファエウが南部人なら、〝やっぱり手伝うよ〟ともういちどいってくれたことだろう。そこでやっと、こちらもありがたく好意に甘えられる。しかし、ハファエウは南部人ではなく、ここは社交の場でもないので、そこまで気をまわしてはくれない。これは仕事なのだから。わたしは心の中で毒づいた。自分はときどき、どうしようもなく馬鹿になる。

なにはともあれ、棚の工具キットをつかむと、床を蹴ってスピンドルを引き返し、トイレに向かった。トイレに着いたところで、まず内壁に設けられた窪みにキットを固定し、ふたをあけ、作業用手袋を収めたボックスを引っぱりだす。なんと美しい光沢をたたえたゴム製品だろう。これから行なう作業を考えれば神々しいほどだ。

ゴム製品を見てこれほど安心したことはない。つまり……あっち方面以外では。

コホン。手袋をはめおえると、便器の上に載せていたハッチのふたをすこし持ちあげ、中を覗きこんだ。うわっ……。便器はまた〝げっぷ〟をしていたのだ。

ＣＭに行っているあいだに、なにが原因かは考えてあった。この旅の訓練を受ける前も、飛行機の修理はできたし、自動車のエンジンをワイヤー直結で始動するくらいのことならできたが、配管工のスキルはなかった。しかし、徹底した訓練を多分野にまたがって施すＩＡＣの方針により、いまではクルーの全員がパイロットでもあり、地質学者でもあるし、配管工事もこなせる。すくなくとも基本的なレベルでは。

わたしの見るところ、原因は排泄物の一部が真空ポンプに詰まったことだ。その結果、過負荷で電線が焼け切れないよう、ファンが自動停止したのだろう。したがって、ここはまず、詰まっている排泄物を除去し、ファンを再始動しなくてはならない。そうすれば、すべてが元どおりに動きだす。理屈のうえでは。

間にあわせのふたをその場に残したまま、個室の奥のメンテナンス・ハッチに近づいた。ハッチの中に手をつっこみ、排泄物収容タンクの入口を閉じる。さいわい、このタンクは作りつけで、タンクから先には詰まる要素がない。入口を閉じたのち、排出機構を作動させ、タンクの中身を処理装置に送りこんだ。これですくなくとも、便器が排泄物をトイレに吐きもどす恐れはなくなった。

じっさい、もっと早くこの処置を講じておくべきだったのだろう。わたしがときどき、どうしようもなく馬鹿になるのは、さっきもいったとおりだ。

「どんなぐあいだい？」

いきなり、背後からハファエウの声がかかり、わたしはぎょっとして素っ頓狂な悲鳴をあげてしまった。宇宙の暮らしについては、ひとつ知られていないことがある。空気循環のためのファンがつねに動いているので、宇宙船やステーションの中はけっこううるさい。移動するときには宙に浮かぶから、足音がすることもない。そのため、だれかにそうっと忍びよることは、たとえ当人が意図していなくとも非常に簡単なのである。

壁に手をつき、からだが浮きあがりそうになるのを押さえた。

「だいじょうぶ。いま排泄物を処理装置に排出したところ。これで真空ポンプを取りはずせるようになるわ。たぶん、排泄物が詰まっていて、それで逆流が起きたんだと思う」

「理屈は通ってる」ハファエウは体勢を変えて、トイレの中に頭をつっこんだ。その結果、わたしたちふたりは床に対して上下水平に並び、脚を通路に突きだしている格好となった。

「ファンは停めたかい？」

「もう停まってた」もういちどメンテナンス・ハッチに手をつっこみ、真空ポンプの固定をゆるめる。心の中でＩＡＣに感謝した。いろんなものをモジュラー化してくれたおかげで修理がやりやすい。これはとてもありがたいことだ。船の中にはあらゆる機器と部材の交換パーツが用意してあるし、補給船〈サンタマリア〉にはさらにたくさんのストックがある。「汚物袋、とってくれる？」

　ハファエウがいてくれるのなら、このさい、手を貸してもらったほうがいい。最後まで手伝ってくれるというなら、ありがたく厚意に甘えよう。上でガサガサという音がして、目の前に一枚のビニール袋が降りてきた。すでに口をあけてある。

　それを受けとり、できるだけ真空ポンプの口をおおうようにあてがった。そうすれば、真空ポンプをはずして詰まっていた中身があふれだしても、多少は袋で受けとめられる。ゼロＧのいい点は、液体がしたたり落ちる心配をしなくてもいいところだ。そのかわり、液体が宙に浮かんであちこちぶつかるじゃないかって？　そのとおり。それでも、したたり落ちないほうがずっとありがたい。

真空ポンプを引き抜いてハッチの外に出し、明かりのもとで内部を覗いた。たしかに、なにかが詰まっている。だが、予想に反して、それは排泄物ではなかった。トイレで排出するものといえば、人間の排泄物以外にありえないはずだ。しかしこれは、白くて透明で、まるでゴム手袋のような形状をしていた。ただし——ある特定の用途のために作られた、一本指のゴム手袋だ。

手袋をはめたままコンドームを引っぱりだす。

(パーカーね)

船内にはほかにも男性がいる。しかしパーカーには前科があった。戦時中、パーカーに言いよられて断われずに泣いていた娘たち——わたしが涙をぬぐってやらねばならなかった若い陸軍航空軍婦人操縦士隊《WASP》隊員は、ひとりだけではない。わたしはためいきをつくと、つぎの汚物袋をとろうと上に手を伸ばした。フローレンスやカーミラがパーカーの毒牙にかかっていないか、あとでそれとなくたしかめなくては。

ハファエウはすでに袋を開いて持っており、その中にコンドームを捨てさせてくれた。そして、袋の口をひねりながら、こういった。

「参ったな。きみにこんなものを片づけさせるわけには——あとはおれがやっておこう」

もうすこしで——もうすこしで、また断わりそうになった。自力で処理するからいい、コンドームはべつにショックではないといいかけた。そもそも、ナサニエルとわたしは、日常的にこれを使っているのだから。いや、使っていたというべきか。また使うだろうというべきか。時制はなんでもいい。つまるところ、ハファエウはこの船のエンジニアなので、技術的な作業はまかせるのが筋だろう。わたしは息を吸いこみ、うなずいた。

「ありがとう。おねがいするわ」

ハファエウは袋を汚物処理スロットに押しこんだ。

「すまないな、こんな仕事をさせちまって……」

「コンドームなら前にも見たことがあるもの」からだをうしろに押しやってトイレの外にすべりでると、スピンドルの中に浮かび、手袋をはずしにかかる。「でも、この件、男性諸氏にはいわないでくれると思っていいわよね？　このあと気まずくなりそうだから」

ハファエウは鼻を鳴らした。

「承知した。これがだれのかはわかってる。話をしておくよ」

「ありがとう」

男性諸氏には黙っていてもらうとしても、カーミラとフローレンスには話をしないといけない。なにしろ、詰まりの原因を処理したこと自体は、問題のいちばん小さな部分でしかないのだから。

15

アナウンサー　〈ア《A》メリカン・ブ《B》ロードキャスティング・カ《C》ンパニー〉がお送りする一九六二年十一月九日の『ヘッドライン・ニュース《エディション》』、アンカーのテイラー・グラントがお伝えします。

グラント　地球ファースト運動の活動家数千人が、国際航空宇宙機構のカンザス本部前に押しかけました。彼らのいう〝無用の浪費〟に抗議するためです。グループは敷地の各出入口前でスクラムを組み、職員の出入りを妨げたため、国際連合は警備兵を派遣し、抗議者らの排除を余儀なくされました。

カーミラが獲れたてのラディッシュを持ち、歩いて厨房に入ってきた。ラディッシュは葉つきで、左右の手に数個ずつ、葉の根元を握って持っている。フリーズドライでもなく、紫外線殺菌された真空パックでもない食べもの――。考えただけでつばが出てきた。そこでカーミラは、手にしたラディッシュを戦利品のごとく頭上にかかげ、ポーズをとって、

「貢ぎ物を持ってまいりました」

「あなたの尊い犠牲に感謝します」

じつをいえば、カーミラがちょっぴりうらやましかった。カーミラは今週の菜園当番で、その菜園モジュールは、わたしが〈ニーニャ〉でいちばん好きな場所なのである。かたやわたしは今週の厨房当番。本来、各当番は日替わりと決まっていたが、それが週替わりに変更されたのは、じっさいに運用してみたところ、一週間単位で交替したほうが効率がいいとわかったからだ。わがままなようだが、わたしにとって、自分が厨房当番となる一週間は、多少とも清浄《コーシャ》な食品を食べられる週でもある。わたしはいった。

「カウンターに置いといて」

「手伝い、いる？」

カーミラは赤くて丸い根菜をカウンターの上に置いた。重力というもののありがたみは、たとえそれが遠心力による擬似重力であっても、料理をしてみないことには実感できない。とくに強くそれを感じるのはパンを焼くときだ。パンを酵母で膨らますには重力がいる。今夜はユダヤの安息日《サバト》に食べるパン、ハーラを出すつもりだった。

「いまは間にあってるわ、とくに――」またもや馬鹿をさらすところだった。いま厨房にいるのはカーミラとわたしだけ。男性陣はディナー休憩まで厨房へこないから、いまこそパーカーの話をする絶好のチャンスではないか。「あ、せっかくだから、ラディッシュを洗ってもらおうかな。わたしがポテトの処理をしているあいだに」

「もう菜園で洗ってきちゃった」カーミラはそういって、一個をかかげてみせた。「土は菜園に蓄えておきたいからね。葉を落としとく？」

「完璧。ついでにスライスもしてもらえるかしら」カーミラがラディッシュの葉を落としているあいだに、わたしはおろし器をボウルに入れ、ポテトを擂《す》りおろしにかかった。これはプディング状のクーゲルにする。「ありがたいわぁ、計画初期の構想とくらべて、食の事情が大きく変わってくれて。三年間もチューブ食だけだったら、はたして耐えられたかどうか」

　カーミラは、うえー、という顔をしてから、笑った。

「腹をくくって〝ミートローフ〟のチューブを試してみたんだけどね。まさか、病院食のほうがずっとまともに思えるとはねえ」

「アップルソースはそう悪くなかったわよ。たぶん、擂りおろしだからじゃないかしら」指までおろさないように気をつけつつ、ポテトをおろしつづける。「そういえばキブルはストックにないわね」

「それ、本気でいってるの？」外科手術のように正確にラディッシュの葉を落としていたカーミラが、驚き顔で手元から顔をあげた。「キブルって、ドッグフードのあれよね？粗碾《あらび》き穀物の意味じゃないわよね？」

「そうそう、ドッグフード。キブルはカップ一杯ですむ完全食なの。軽量だしね。それで、U‐MORSの開発中、これを常食にできないかと真剣に検討されたわけ」U‐MORSというのは、上層大気分子状酸素再補給ステーション《アパー・アトモスフィア・モルキュラー・オキシジン・リフュエリング・ステーション》の略である。「国連の航空宇宙委員会に頭のいい人がいて、軍の栄養指導をしていた義理の兄弟を助言者として推薦したんですって。ところが、その兄弟、なんと獣医だったのよ」

カーミラは吹きだし、顔をゆがめ、黒い目を糸のように細めて大笑いした。カーミラは宇宙飛行士仲間で文句なしにいちばんの美女だ。艶のある長い黒髪は首の付け根で束ねてある。

「なに考えてたのよ、その連中」

「男なんてそんなもんよ」

「そうともいいきれないでしょう。ハファエウはたいした料理人じゃない？」

「それは同感」つぎのポテトを手にとり、話題を変えるタイミングを見はからった。直球でパーカーのことを切りだすのはむずかしい。カーミラのことをその手の女だと見ているとは思われたくないからだ。「それに引き替え、パーカーときたら」

　カーミラは鼻にしわを寄せたものの、パーカーの名が出ても、格別いやそうなようすは見せなかった。

「ミッション管制センターに直訴したら、パーカーを食事当番からはずせるかしらね？　二度と厨房に立たせないようにって」

「焦げたホットドッグに生焼けポテトはおきらい？」

「やっぱり、毎日当番を交替するのはいいことなんじゃないかしら。だって……一週間もぶっつづけであんなもの食べさせられた日には……」背筋を伸ばし、庖丁を振りまわして、「じっさいの話、船医として、その方向で説得力ある直訴ができると思うのよ。クルーの健康と安全のためにって」

　これだ！　話を振る糸口ができた。ごくごくさりげなく、おろし器をカウンターに置き、わたしはその糸口をつかんだ。

「健康と安全といえば……芯廊《スピンドル》の後ろ端にあるゼロGトイレでね、詰まってた異物を取り除かなきゃならなかったの」

「うわ……。ちゃんと手袋をつけてやった？　切り傷はこさえなかったわね？」

「だいじょうぶ、そこは安心していいわ、おかあさん」うしろを向いて食器棚の扉をあけ、オーブン皿をつかんで取りだし、また前に向きなおった。重要な部分を切りだしたのは、そうやってカーミラの顔を正面から見られるようになってからだ。「異物というのはね、コンドームだったのよ」

カーミラはラディッシュをスライスする手をとめ、顔をあげた。驚きのあまり、口が半開きになっている。

「そんな……。もう？」

「もう？　〝もう〟って、どういう意味？」

「出発してから、まだたった三週間よ。それなのに――」カーミラは左右に首をふった。

「ああ、ごめんね。性行為というのは、船医のあいだではよく話題にのぼるテーマなの。クルーを全員男性にするかどうかという議論があって、その方向は広報上の理由から否定されたんだけれど。それと、あなたのおかげね、〈レディ・アストロノート〉。あなたがいなかったら、わたしはこの船に乗れなかったわ」

わたしの顔はラディッシュのように赤く染まっていたと思う。そう、たしかにわたしは既婚の女であり、夫と〝ロケット発射〟に興じもするが、そういったことがらについて、会議で話しあう？　母ならきっと、〝はしたない〟と評しただろう。

「じゃあ、あのコンドームはIAC支給のものなの？」そこではっと、別の考えに思いあたった。「まさか、IACは——もしかして……わたしたちに使えと……？」

カーミラは笑った。

「ちがうちがう、それはないわよ。もっとも、非公式ながら、こんな方向で意見の一致を見ているの——いずれかの時点で、クルーにペアができるだろう、そして、だれもその組み合わせに異論を唱えず、とくに問題も起きないのであれば、計画全体に支障をもたらすことはないだろうとね」ウインクをして、「わたしの医療キットにはマッサージ器具も入ってるのよ。もしもあなたが、その、どこかが凝っているのなら、使ってみるといいわ」

一瞬、なんの反応もできず、わたしはひたすらクーゲル用のオーブン皿にオイルを塗りつづけていた。われながら、バイブレーターなど聞いたことがないかのような反応だった。ニコールは月面にひとつ持ってきていて、そうと知って唖然《あぜん》とするわたしを笑ったものだ。わたし自身は使ったことがない。ナサニエルと会えなくて、狂おしいほどにさみしいにもかかわらず。咳ばらいをして、わたしはたずねた。

「男性の場合、どう処理するの？」

カーミラは左手であるしぐさをした。顔が火照った。これ以上はないほど真っ赤になっていたにちがいない。

わたしはどぎまぎした声で、

「すぐに忘れちゃうわ、あなたが軍医だったってこと」

「ところが、この行為、子供のころから知っていたのよね」カーミラは下を向き、切ったラディッシュをまとめた。「兄がふたり、弟が三人いれば、そういうシーンに出くわすこともあるものなの、まだちっちゃいうちにね。みんな同じ寝室で寝てたから、猥談《わいだん》もしっかり聞こえてたわ」

「それ、ほんとう？　六人でひと部屋？」

「ふた親もよ」カーミラは肩をすくめた。「うちの家族、裕福なほうじゃなかったから」

ひとつの寝室に八人。隕石落下のあとはそれもあたりまえだった。住宅が決定的に不足していたからである。被災者たちは親戚の家や、自宅を開放してくれる親切な他人の家に、それこそぎゅう詰めで住むことを余儀なくされた。しかし、カーミラはわたしと同い年だ。

「ご兄弟、いまはなにをしてるの？」

「朽ち果ててるわ、モロッコのどこかで」カーミラは庖丁を拭き、カウンターに置いた。

「このラディッシュ、どうすればいい？」

「レタスの入ったボウルがあるから……そこへ入れてくれる？」

この手のミッションにともなう訓練でだめなのは、こういうところだ。一年間、一日に何時間も同じメンバーと顔をつきあわせていても、メンバーのごく一部のことしか知りえない。カーミラが反骨的なユーモア感覚を持っていることは知っている。アルジェリアの首都アルジェ出身のムスリムであることも知っている。わたしに負けず劣らず、ニンジン料理がきらいであることも。しかし、兄弟全員が第二次世界大戦で戦死していたことは、このときにいたるまで知らなかった。

カーミラがラディッシュをボウルに入れているあいだに、わたしは粉末卵を水で戻した。

「それで……フローレンスにもいっておくべきだと思う？」

「なんのために？」

粉末卵を処理するわたしの横にボウルを置きながら、カーミラが眉根を寄せた。

「その……つまりね」わたしは唇をかみ、自分の愚かさにかぶりをふった。ここで良識を問おうとしている相手は、ほんとうはだれなの？　「パーカーには前科があるのよ。だから気をつけておきたいの、フローレンスが、その……無理強いされないように」

カーミラはカウンターにもたれかかり、小首をかしげてわたしを見た。

「ふうん。どっちの質問を先にするべきなのかわからないから、同時にきくわ。どうしてパーカーとフローレンスだと思うの？　前科って、なに？」

「あなたでもわたしでもなければ、残る船内の女はひとりしかいないでしょう」

カーミラはまじまじとわたしを見つめ、唇をすぼめた。そこで、なにかをいおうとするかのように口を開き——左右に首をふった。

「じゃあ、前科というのは？」

「戦時中……わたしは陸軍航空軍婦人操縦士隊《WASP》にいて、パーカーの配属された基地に航空機を輸送していたのよ。そのとき、パーカーが……。基地の若い女の子たちはパーカーの誘いを断わりきれなくて、こまっていたわ」スパイスの引きだしをあけた。各スパイスはすべてオイル漬けで小瓶に密封され、磁石で底面に固定してある。この容器は月面仕様を流用したものだ。月面には人工重力のように贅沢なものはなく、粉末を振ると宙にただよってしまうため、それを防ぐ目的で考案されたものである。わたしは大きく息を吸い、オイルに漬けた黒胡椒の小瓶を引きだしから取りだした。「父はそのとき、将軍でね。パーカーの件を報告したの。その結果、パーカーは軍事法廷にかけられたわ」

カーミラは長々とためいきをついた。

「それでなのね。あなたをあんなに毛ぎらいしているのは」

はた目にもそれほどはっきり見えていたと知って、心の痛みをおぼえながら、わたしはこくりとうなずいた。

「それに加えて、彼、宇宙飛行士隊の女性メンバーに好感を持った例《ためし》がないのよ」

「それはそうだけど、ＩＡＣの男性職員は大半がそうだったでしょう」カーミラは乾いた笑い声をあげた。「男に生まれてたらよかったのにと思う理由のひとつがそれね」

「いずれにしても、そんなわけで心配なの、パーカーが……フローレンスにむりやり因果を含めたんじゃないかって」

「そんなまねをされて、あのフローレンスが黙っていると思う？　本気で思う？　自分の意志に反してそんなことをされるはずがあるかしら？」

　わたしは眉根を寄せて、そんな場面を想像してみようとした。ついで、かつての知りあいだった女性たち、そんなまねをされても泣き寝入りした女性たちのことを思い浮かべた。率直で勇敢だった彼女たちは、辱めを受けても、そのことをおおっぴらにしようとはしなかった。あるいは、信用されないことが怖かったのかもしれない。それで思いだしたのが、フローレンスが見せたデビエルへの対応である。あれだけのことをされながら、フローレンスは頭を低くしてやりすごし、ほほえんでいただけだった。

「黙っていることはありうると思うわ。相手がミッション指揮官《コマンダー》なら、誘いを断わったら、以後、なにかと気まずいでしょう。三年間も同じ船に閉じこめられているんだもの」

　カーミラは嘆息し、かぶりをふった。

「ま、せいぜい目を光らせておくわ。でもね、フローレンスはまったく関与してないかもしれないわよ」

　いったいどういう――？

「あっ！　男同士？　ほんとうにそんなことが？」

　カーミラはふたたび肩をすくめた。本心を雄弁に物語るしぐさだった。

「男性ばかりの環境では、これはそうめずらしいことでもないの。寄宿制の学校。潜水艦。塹壕《ざんごう》……。たしかに、おおっぴらに語られることはないし、白い目で見られもするけれど、ひそかに知られていることではあるのよ」

「でも……コンドームを？　つまり――男同士なら妊娠なんてしないでしょう？」

「エルマ、エルマ、エルマ……あのねえ、そういう行為には潤滑《ルーブリケーション》というものが必要であって――」

「酒《ルーブリケーション》なんかなくても、ここはあったけえだよ」

　わたしは南部訛《なま》り丸出しで、ぱちぱちとまばたきしてみせた。

　カーミラが吹きだした。わたしもいっしょになって笑いだし、おかげでこれ以上、この話題で知らなくてもいいことを知らずにすんだ。興味はあったのか？　あるにはあった。けれど、すでに知っていること以上にくわしくは知りたくない。

　カーミラが額をさすりながら、笑みを消してこういった。

「それより気になるのは、パーカーの前科というやつね。医療関係の会議では、そんな話、いままで一度だって出てきてはいないのよ」

「軍事法廷では無罪が言いわたされたもの。被害女性はだれひとり、証言しなかったの」

練った粉末卵と粉に胡椒少々を加えて、黒い粒々が渦巻くようすを見つめた。黄色い地に黒い点が散ったさまは、まるで太陽黒点のようだ。「わたし以外には」

カーミラは低く口笛を吹いた。

「唖然とするばかりだわ。こういってはなんだけど、よくIACは、あなたたちふたりが同じ船に乗りあわせるのを認めたものね」

すくなくともこの点については、答えの持ちあわせがあった。

「ふたりそろえていたほうが、広報上、効果が大きいからよ」

テーブル・セッティングには、宇宙にいてさえ心浮き立つものがある。この点ひとつをとっても、わたしが母の娘であることがわかるというものだ。母はテーブルの華麗なセッティングに大いなる誇りをいだいていた。とりわけ安息日《サバト》のディナーには。

宇宙に安息日というものはない。一日でも宇宙船のメンテナンスをせずに過ごそうものなら、乗員全員の命が危険にさらされる。公任指導者《ラビ》たちは、宇宙飛行士にかぎり、ユダヤ人でも安息日に必要な仕事をしてよいと定めた。すくなくとも、わたしのラビはそうだ。わたしの理解しているところでは、まだまだ議論があるようだが。

ともあれ、できるかぎりユダヤの作法を守るように心がけはした。わたしに厨房当番がまわってくるときは、決まってポテト・クーゲルを作る。それに、安息日に食べるパン、ハーラも焼く。そして、これはいわせてほしいのだが、水で戻した粉末卵の使用と折り合いをつけるのは、なかなかのチャレンジなのである。ともあれ、宇宙での安息日におけるチャレンジを、わたしはそれなりに楽しんでいた。

もっともそれは、美味しい料理が作れれば、みんなの機嫌がよくなるからかもしれない。そんなときには、パーカーでさえ当たりが柔らかくなる。

いま、夕食の席で、レナードがラテン語でいったなにかに対し、パーカーが笑いながらこう応じた。

「最近気に入っているラテン語の罵倒はこれだな。〝ウティナム・バルバーリ・スパティウム・プロプリウム・トゥーム・インウァダント〟」

レナードが破顔して、

「ぼくもだよ！」というと、テーブルにつくほかのメンバーを見まわした。「訳せばこんな意味になる。〝野蛮人があなたのパーソナル・スペースを侵略しますように！〟」

片手でテーブルの表をぴしゃりとたたいて、パーカーは皿の上に身を乗りだした。

「というわけだ。これは最重要課題だぞ。ミッション《M》管制《C》センターを相手にするさいには、もっと広範な罵倒表現がいる。どんどんアイデアを出してくれ」

「おお、愛しきMCよ」テラサスがやれやれという顔になり、ラディッシュ・サラダを突き刺して、フォークをふりまわした。「こんなのはどうだい。〝ポーヤス・エン・ビナーグレ〟――直訳すると〝摩羅の酢漬け《ディックス・イン・ヴィネガー》〟」

「〝この性病野郎《ピクルド・ディックス》〟か！」パーカーはにやりと笑い、両手をぴしゃりと打ち合わせた。

「そいつはいい」

テーブルの向かいで、こんどはハファエウが身を乗りだした。

「〝ヴァイ・ペンテアール・マカッコス〟はどうだい？　〝ほっとけ。あっちにいって、サルに櫛《くし》でもかけてろ〟」

「だめだめ」カーミラが手にしたハーラをハファエウに突きつけて、「MC相手に、それじゃぬるすぎるわ。わたしがどれだけ無理難題をはねつけてきたと思ってるの。MCなんて〝コス・オマク・ヨーム・エル・ハミース〟よ」

カーミラがなんといったのか見当もつかなかったので、わたしはパーカーに目を向けた。

パーカーは声に出さずにそのことばをくりかえし、爆笑した。

カーミラが鼻にしわを寄せて、わたしたちにいまの意味を教えた。

「おまえのかあちゃん、腐れマンコ」

「ほんっとに口が悪いわね」

「と、少女は兵士にいいましたとさ」

そういって、カーミラはウインクしてみせた。息苦しい場所で酸素を供給されたかのように、室内は笑い声に包まれた。

紙ナプキンで涙をぬぐいながら、パーカーがわたしに顔を向けた。

「きみはどうだ、ヨーク？　イディッシュ語の罵倒はないか？」

「あなたに向けて？　それともミッション管制センターに向けて？」

「どちらでもいいが、どぎついほうがいい」そういって、パーカーはにんまりと笑った。これはたぶん、本心だろう。「であれば、わたしに向けてだろうな」

わたしは笑い、唇を指先でたたきながら、すこし考えた。じつをいえば、イディッシュ語はちゃんと話せない。すくなくとも、祖母に話しかけるときの片言しか憶えていない。

「それじゃあ、こんなのはどう？　アレ・ツェイン・ゾルン・ディア・アロイスファルン、ノル・エイナー・ゾル・ディア・ブラーブン・アフ・ツォンヴェイティーク」

パーカーは目を見開いて、

「もういちどいってくれるか？　もっとゆっくりと」

「アレ・ツェイン・ゾルン・ディア・アロイスファルン……」〈ルネッタ〉にドッキングするときのように真剣な目で聞いていたパーカーがうなずくのを待って、わたしは先をつづけた。「……ノル・エイナー・ゾル・ディア・ブラーブン・アフ・ツォンヴェイティーク」

「うーん……ひとこともわからん」椅子を引いて立ちあがった。「テラサス。席を替わってくれ」

テラサスは笑って椅子を引き、立ちあがりながら自分の皿を手にとった。

「やれやれ、最重要課題はどうなったんだい」

「まったく理解できないことばに遭遇したんだ。これは攻略しない手はない」パーカーは両手をふりあげ、悪魔を召喚する魔導師のように指を曲げてみせた。「なんとしても！　攻略しなくては！」

冷や汗がうなじを流れ落ちた。パーカーは以前にもこんなふうに態度が急変したことがある。それまで愛想がよくても、あとになって急にきつく当たりだすから油断できない。今回の言語の例にかぎらず、わたしに対する憎しみが収まっているかと思えば、急に怒りがぶりかえしたのか、一転してきつい態度を取りはじめることがある。

わたしが紙ナプキンで手をぬぐっているあいだに、パーカーはテーブルをまわりこんできて、テラサスがどいたばかりの席にどすんとすわった。その顔には、新しいおもちゃを見つけた子供のような笑みが浮かんでいた。

「どういう意味なんだ？」

「〝歯がぜんぶ抜け落ちてしまえ、虫歯で痛む歯を除いて〟」

「おお、それはいい……もういちどくりかえしてくれるか？　できるだけゆっくりと」

一語一語を区切って、ゆっくり、はっきりと発音した。

「アレ・ツェイン・ゾルン・ディア・アロイスファルン、ノル・エイナー・ゾル・ディア・ブラーブン・アフ・ツォンヴェイティーク」

パーカーはゆっくりと味わうかのように、単語のひとつひとつをいっしょに口にした。

「ツェインと……ツォンヴェイティーク。これは〝歯〟と〝痛む歯〟か？」

こんなに驚いたことはなかった。

「そのとおりよ」

「語学の天才！」レナードが使いおえた紙ナプキンを丸めてパーカーに投げつけた。

ナプキンはパーカーの頭にあたり、テーブルに落ちた。

「ふたつの単語を憶えた。それだけだ」パーカーはテーブルに落ちたナプキンを拾うと、レナードに投げ返し、ラテン語でつづけた。「どうしようもない馬鹿だな《スップリメ・トゥーム・ストゥルティロークウィウム》！」

おりしも、メイン・スピーカーからノイズが流れ、室内の動きがすべてとまった。

「〈ニーニャ〉1《ワン》、こちらカンザス」

パーカーが即座に椅子から立ちあがり、壁に組みこまれたマイクに駆けよった。

「カンザス、〈ニーニャ〉1だ。どうした」

ミッション管制センターは、いつでも船内じゅうのスピーカーで通信してこられるが、きょうにいたるまで試験以外で使用したことはない。訓練ではなにか異常が起きたという想定のときに使われていた。わたしは椅子をうしろに押しやり、テーブルの皿を片づけにかかった。急激な機動を行なう必要があるなら、なにひとつ動かないよう、あらゆるものをしまっておかねばならない。

五秒後、地球から宇宙船までのタイムラグを経て、ミッション管制センターから連絡が流れた。マルーフの声は、きょうはいいピクニック日和だねといわんばかりの、冷静そのものの声だった。

「〈ニーニャ〉1、〈ピンタ〉から報告がきた。火災が発生したそうだ」

16

アナウンサー　〈ア《A》メリカン・ブ《B》ロードキャスティング・カ《C》ンパニー〉がお送りする一九六二年十一月九日の『ヘッドライン・ニュース《エディション》』、アンカーのテイラー・グラントがお伝えします。

グラント　本日は国際連合の月面コロニー設立五周年にあたります。居住者六人の仮施設でスタートし、人口三百人の小さな町にまで発展したアーテミス基地は、地球が一丸となって行なった努力の賜物といえるでしょう。五周年を記念して、居住者たちは記念の岩石庭園を建設しました。庭園の中央に建てられたガラスのオベリスクには、十年前に隕石が落下した日時が刻まれています。

ミッション管制センターから指示が届く前に、クルー全員ができることをすませていた。

はたから見るかぎり、わたしたちは整然とディナーのあとかたづけをすませ、出発の前、さまざまな状況を想定した訓練で何度となく行なってきたように、さりげなくそれぞれの態勢を整えたように見えただろう。火災はつねに宇宙でいちばんの懸案対象だ。コストを切り詰め、船外活動《EVA》をしやすくするため、船内の気圧は三三八ミリバール、つまり三分の一気圧に抑えてある。この気圧下で酸素の割合を七〇パーセントに増やしてあるのは——地球の標準空気では、酸素は二一パーセントしかない——肺に必要な酸素の分圧を確保するためだ。空気自体が薄いので、酸素量は標準空気よりやや多い程度だが、しかしそれは、ひとたび火災が起これば、より高温で、より速く燃焼が進むことを意味する。

　したがって、〝火災発生〟のひとことは破滅を意味しかねない。

「ランデブーしてもらう可能性がある。準備されたい。クルー配置は以下のようにたのむ。テラサスとアヴェリーノは働き蜂《ビジービー》の空気排出準備を。シャモウンは負傷者が搬入された場合にそなえて医務室に待機。ヨークとパーカーは司令モジュール《CM》に詰めていてくれ」

「カンザス、指示を確認した。全クルーはこれより指定された部署につく」

　パーカーが壁からふりかえったときには、早くも全員がしかるべき位置につこうとして動きだしていた。わたしもすでに芯廊《スピンドル》へあがる梯子の最下段に足をかけている。

　奇妙なのは、パーカーからイディッシュ語を質問されたときに動悸を打っていた心臓が、いまは落ちついていることだった。火災もおおごとだが、それならわたしも対処はできる。しかし、パーカーの相手はむりだ。

　レナードがたずねた。

「われわれはどこにいたほうがいい？　医務室か、格納庫か？」

梯子を昇るわたしの下で、パーカーもスピンドルにあがろうと梯子段に手をかけ、首をふって答えた。

「きみとグレイは厨房の物品固定状況を確認してくれ。緊急機動を余儀なくされた場合、ものが空中を飛びまわるとまずい。ヨーク、早く梯子をあがれ、下から押しあげられたくなかったら」

　わたしは急いで梯子を昇った。遠心力が弱まるにつれ、宙に浮かべる状態になっていき、とうとう体重を感じなくなると、横木を蹴って上に飛び、腕を伸ばしてさらに上の横木に手をかけ、いっそう高みへと浮かびあがった。スピンドルに飛びだすと同時に、ガイドレールをつかみ、からだの向きを変える。わたしにつづいてパーカーも昇降シャフトから上に飛びだしてきた。そこからはふたりして司令《CM》モジュールをめざし、ハーシェルの蒐集《しゅうしゅう》しているコミックブックのスーパーヒーローよろしく、スピンドル内を飛翔した。

　ＣＭに飛びこむなり、パーカーは即座に通信機のスイッチを入れた。〈ピンタ〉からの通信が聞こえるようになった。彼我の船を隔てる空間ごしに聞こえてきたベンコスキーの声は冷静そのものだった。

「……生活区画で発生。第四および第五隔壁を閉鎖した」

「〈ピンタ〉1《ワン》、こちらカンザス。第四および第五隔壁の閉鎖を確認。火災発生区画からの空気排出を許可する」

マルーフの口調も会計検査を論じる会計士のように落ちついている。

わたしは自分の席にすべりこみ、〈ピンタ〉の位置確認のため、舷窓に顔を近づけた。永遠の夜空をバックにして、〈ピンタ〉外殻の航行灯と舷窓ごしの照明が見えた。

「目視距離、約一・五キロと推定」わたしはパーカーに報告した。

ここでスピーカーから、ベンコスキーの声が流れた。ミッション管制センターの指示に対する応答だった。

「指示を確認した。空気排出手順を開始する。全クルーに告ぐ、空気排出にそなえて身体を固定せよ」

わたしは六分儀を使い、〈ピンタ〉の自転リング上で回転する位置表示ライトの輝線に焦点を合わせた。正確な距離はその角度と船体サイズから割りだせる。

「一・三七キロ」

「了解。一・三七キロ」パーカーはすでに操縦席に収まり、ストラップも締め、計器類をにらんでいる。「接近の必要があれば〈ピンタ〉の船首方向からとしたい。〈ピンタ〉の周辺に破片の雲ができていた場合の用心だ」

「指示を確認。接近する場合は〈ピンタ〉の船首方向より。コースをプロット中。計器にたよらず飛行するのでないかぎり――あっ！」

　小さく叫んだのは、〈ピンタ〉が空気を排出するのが舷窓ごしに見えたからだ。空気はたちまち凍結し、星々を思わせる雲と化した。

　スピーカーからベンコスキーの声が報告した。

「カンザス、こちら〈ピンタ〉1。空気排出完了。計器の表示によれば、エクササイズ・モジュールは真空になっている」

　一〇秒後、ミッション管制センターがいった。

「確認した、〈ピンタ〉1。こちらの計器も真空を示している」

　マルーフの声の背景に聞こえるミッション管制センターのざわめきを通し、ごくかすかに夫の声が聞こえた。ナサニエルはこういっていた。

「再与圧まで三〇分待つようにいってくれ。完全に鎮火するまで、ようす見だ。なにかに引火する可能性があるうちは空気を入れたくない」

荷電粒子に心臓を貫かれ、自分と地球がホットラインで結ばれたような錯覚をおぼえた。夫への会いたさがつのり、大きなためいきが漏れた。

パーカーがすわったままでうしろに腕を伸ばし、わたしの肩に手をかけた。いったん、ぐっと力を入れてから、その手を放し、また計器パネルに注意を戻す。

「コースが確定ししだい、座標をまわしてくれ、いいな？」

パーカーが部下にこれをやるのは何度も見たことがある。こうしてじかに触れあって、たがいの心を通わせるのだ。パーカーにいらだつ理由のひとつはこういうところにあった。この男は人の心を読むのに長《た》けている。どのボタンを押せば相手が自分の思いどおりに動くかを知りつくしている。そして、ときにそれは、相手につらい思いを味わわせるボタンでもある。

しかしいまは、肩をつかまれたことによる心の交流に加え、ナサニエルの声が聞きとりにくく、聞きとれても対話ができないというあきらめによって、即座に意識を切り替え、職務に向きあうことができた。わたしは椅子の収納ポケットから航計士用のグラフ用箋を取りだし、ぱらぱらとめくって、なにも書きこんでいないページを出した。

「計算に着手する。船同士をドッキングさせるか、脱出者を受け入れるだけのコースか、どちらを？」

「脱出者を受け入れるだけのコースだ。われわれは――」

「〈ニーニャ〉1、こちらカンザス。緊急事態は回避できた、貴船は全員、もう肩の力を抜いていい」安堵のためいき混じりに、マルーフの声がいった。「ただし、衣類乾燥機の糸くずを取り除く手順は、来週から変わると思ってくれ」

わたしは計算用のグラフ用紙から顔をあげた。

「冗談でしょう?」

パーカーは笑い、かぶりをふって、

「今週の洗濯当番はだれだったんだ? ああ、〈ピンタ〉の話だが」

「グレイアム・ステューマンだ」マルーフの返答がきた。「衣類の乾燥中、機械のそばを離れたそうだ。それについても手順を変える。なぜ離れたのかと、ルビーがグレイアムを叱りつけていたよ。真空中でも音が伝わるくらいの剣幕だったから、そっちにも聞こえていないのが不思議なくらいだ」

その光景が目に浮かんできて、思わず顔がほころんだ。〈ピンタ〉の船医、ルビー・ドナルドスンは、宇宙飛行士になれる資格ぎりぎりの背丈しかなく、ブロンドの髪をおさげにしている。そんな外見だから、イメージとして浮かんできたのは、『オズの魔法使』のドロシーがグレイアムをこっぴどく叱りつけている図だった。

「あまり替わってあげたい状況ではないわね」

「まったくだ」パーカーはのどの奥で笑った。わたしのことばでパーカーが笑うなんて、珍しいこともあるものだ。「カンザス、クレマンスに伝えてくれ、洗濯当番を女性だけに限定するべき理由はそこにあるとな。女性を宇宙に送りだすのなら、すくなくとも得意なことを受け持ってもらわなくては」

（そうらきた）

ほんとうに最低な男。わたしは航計士用のグラフ用箋をぱたんと閉じ、収納ポケットにしまった。

「いまのは、わたしがもう厨房に戻ってもいいという意味ね？　女がいるべき場所に？」

パーカーはうんざりした顔になり、ミッション管制センターにつながったマイクをいったん切った。

「いまのはジョークだ。額面どおりにとるもんじゃない」

わたしはさっと敬礼をして、

「指示を確認しました。額面どおりにとりません」

ＣＭを出ていこうと背を向けたとき、パーカーがわたしの背後でためいきをついた。

「いつの日か、その度しがたい頑迷さが抜けて、すこしは当たりが柔らかくなるといいのだがな」

　ＣＭを出る前に、わたしは戸口でふりかえった。

「わたしが？　人を見くだしたことばかりいうのは、あなたのほうじゃない」

「あれはジョークだ」

「笑えるジョークだったかしら？」

「笑うためにはユーモアのセンスがいる」パーカーはストラップをはずした。「ときどき試してみることだ。笑いを潤滑油にすれば、いろいろなことがスムーズにいく」

「笑いというなら、あてこすりなんてしないほうが笑えるわね」

「〝あてこすりしない〟ときたか……自分が日ごろ、どんな言動をしているのか、自覚がないのか」パーカーは操縦席をぐっと押し、その運動量を利用して向きを変え、戸口に向かってきた。「あきれたお姫さまもいたものだな」

「まあすてき。こんどは〝高慢なユダヤのプリンセス〟呼ばわり？　ステレオタイプもいいところね。レパートリーに反ユダヤも加えたの？」

　パーカーは戸口に手をかけて停止し、わたしに向きなおった。たがいの距離は腕の長さ程度しかない。

「妻はユダヤ人だ」

「それで説明がつくわね、奥さんをあんなに恥だと思っていることの」

つかのま、パーカーがこぶしをふりあげそうなそぶりを見せたので、これは殴られると思った。しかしパーカーは、いろんな悪徳の持ち主ではあるが、けっして暴力的ではない。ぐっと歯を食いしばり、首の両脇に血管と腱を浮きあがらせたまま、必死にこらえているようすでこういった。

「妻はおれが知るかぎり、もっとも勇敢で、もっともすばらしい女性だ」

ほんとうは、ここで詫びをいうべきだったのだろう。すくなくとも前言を撤回するべきだったのだろう。だが、わたしはそうはしなかった。〈ピンタ〉の件でなおも全身を駆けめぐっていたアドレナリンのせいかもしれない。あふれていたエネルギーのはけぐちを、きっと必要としていたのだろう。わたしは首をかしげ、パーカーの眼差しを受けとめた。

「それなのに、表に出さずにいるわけ？　汚いものでも隠すように」

「妻はな、ずっと〝鉄の肺〟に入ってるんだ！」

鉄の肺。首から下をすっぽり収める、鉄製の人工呼吸器。パーカーはいったんことばを切り、怒りをこらえてぐ《い》っと顔を近づけてきた。彼我の距離はもうほとんどない。いまにも切れる寸前の押し殺した声で、パーカーはつづけた。

「前にもいったな、家内のことは放っておいてもらおうと。おれのことなら気がすむまで悪しざまにいうがいい。だが、絶対に、断じて妻の悪口はいうな。さもなければ、どんな手を使ってでも、かならずおまえを破滅させてやる」

それを最後に、パーカーはドアフレームの左右をつかみ、スピンドルの先まで勢いよく飛んでいった。わたしはCM内に浮かんだまま、みるみる遠ざかってゆくパーカーの姿を見送った。心の中では、パーカーと知りあって以来、何年間ものあいだに蓄積されてきた何十ものパズルのピースが一挙にはまろうとしていた。ハーシェルの松葉杖に奇異な目を向けなかったのもうなずける。奥さんが火星行きを激励してくれたといったときの、あのつらそうな顔の意味も。なんてことなの。このミッションに関してわたしがナサニエルと交わした会話がつらいものだったように、パーカーと奥さんにとってもこのミッションの話はとんでもなくつらいものだったにちがいない。ミリアム――。そう、それが奥さんの名前だ。〝死亡体験〟のさいに憶えた。

もっと早く口にしておくべきだった謝罪のことばは、のどまでは出かかっているのに、そこでつっかえてしまい、ますます気持ちが落ちこんだ。

鉄の肺。兄のポリオは、わたしにとっては日常だ。兄が罹患したのはわたしが生まれる前のことだった。下肢の装具をつけているからといって、ハーシェルが勇敢だとも勇気を与えてくれる存在だとも思ったことはない。兄はただのハーシェルだ。しかし……しかし、まちがいない。その恐怖はいまも引きずっている。

パーカーのあとからスピンドルをただよっていった。ゆっくり飛ぶのは、わたしが追いつく前に、パーカーが多少は頭を冷やしてくれるのを期待してのことだ。そして、自分の頭が冷えるのを願ってのことでもあった。見ると、ハファエウとテラサスが昇降シャフトから上にあがり、スピンドルをこちらに進んできていた。ふたりして、スペイン語でなにかのジョークを言いあっている。

テラサスがわたしに気づき、笑顔を向けてきた。

「洗濯当番から男をはずしてみちゃどうだろう、とパーカーに進言するつもりなんだ。このミッションの安全を考えると、やっぱりなあ」

ハファエウがひじでテラサスをこづいた。その反動で、自分もテラサスと同じ距離だけ反対方向へただよいながら、

「自分は洗濯を完璧にこなせるんだけどな」

「ありがとう、ハファエウ。うれしいわ、ちゃんとした訓練さえ受けていれば、だれでも洗濯ができると認識している人がいてくれて」

進みながら、わたしは空中で身をひねり、昇降シャフトのほうへ足を向けた。サイドレ

ールをつかんでシャフトにからだをすべりこませる。降りていくうちに、バスタブの排水口から湯が吸いだされるように、からだを人工重力に引きおろされはじめた。

梯子を降りきると、最下段からそう遠くない場所にカーミラが立っており、身をふたつに折って笑いころげていた。

パーカーはあきれはてたようすで片手を顔にあてがっている。そして、ぼやいた。

「なぜだ？　なぜうちのクルーはこんなやつばっかりなんだ？」

「なぜって、だんなさまぁ、おら、だんなさまがいったとおりにしただけだよ」清潔そのものの厨房の奥では、フローレンスがコーヒーフィルターを頭の上に載せ、即興のメイドキャップに仕立てていた。「おらたちゃ、ちゃんとやってるでねえだか、だんなさまぁ」

うしろからテラサスとハファエウがシャフトを降りてきて、すとんと床に降り立った。

ハファエウが笑いながら、

「なんだなんだ？」

レナードはテーブルについたまま、かぶりをふっている。

「ぼくはいっさい関係ないよ」

「ようし、グレイ。その使用人のまねごとはなんだ？」パーカーが額から手をおろした。

「女性に片づけをたのんだからか。それに類するなにかで、わたしに侮辱されたと思ったのか。しかし、男のフラナリーにも同じ仕事をたのんだはずだぞ」

フローレンスは遠まわしの抗議をやめ、腰に両手をあてた。

「じゃあ、わたしらふたりの共通点はなにさ？」

パーカーはフローレンスの薄い茶色の肌からレナードの焦茶色の肌に視線を移した。

「おいおい、かんべんしてくれ。そういう意図はまったくない。厨房を整頓する必要性はわかっていただろう。ほかの者にはそれぞれ分担があるんだ」

「そうね。でも、こと船外活動《EVA》にかけては、フラナリーのほうがアヴェリーノやテラサスよりも上。だとしたら、どうしてわたしたちふたりをEVA担当リストからはずしたのか、ミッション管制センターにきいてみなさいよ」頭の上のコーヒーフィルターを取った。

「船長さまぁ」

両者はしばしにらみあった。そこで、パーカーはわたしにふりかえって、

「ヨーク。デザートは作ったか？」

「チョコレート・チェスパイを」

これだけ人がおおぜいいる場所でパーカーに謝罪するわけにもいかない。あとまわしにしなくては。しかし、船内の情事がどんな状況になっているにせよ、ひとつ確信を持てたことがある。パーカーがフローレンスに性交渉を強要したのであれば、かならず大騒ぎに

なっていたはずだ。

ナサニエルといっしょに考案したテレタイプ用の暗号は、ごくシンプルなものだった。宇宙空間を隔てて送る通信文の前後には、双方の通信機が接続するあいだにゴミデータが生成される。したがって、ゴミデータらしきものを書いておけば、それを受信した者は、まだメッセージがはじまっていないと判断するはずだ――その仕組みに気づかないかぎり。

わたしたちが使っているのは、キーワードつきのシーザー暗号だった。ただし、万一にそなえて、使用するキーワードは通信ごとに変えている。わたしが暗号を憶えたのは大学時代だが、ナサニエルは戦時中、おおいに興味を持ったという。わたしの理解しているところでは、戦時中の暗号業務にはまりすぎて、あと一歩で情報部に配属されるところまでいっていたと思う。

たとえば、わたしが書き出しで〝78、14、3〟とキーを打つ。この数字はそれぞれが、ラドヤード・キプリングが書いた『どうしてそんなに物語《ジャスト・ソー・ストーリーズ》』の78ページ、14行め、3番めの単語を示している。この通信を受けとったナサニエルは、この本で該当する単語を探しあてる。その単語がシーザー暗号の〝キーワード〟になるわけだ。きょうのキーワードは〝elephant〟。これを頭にくっつけて、アルファベットを組みなおす。このとき、同じ文字は二度と使わない。二度め以降ははじかれるので、通常の〝ABC……〟は左のような配列に置きかえられる。

ABCDEFGHIJKLMNOPQRSTUVWXYZ
ELPHANTBCDFGIJKMOQRSUVWXYZ

これをあてはめると、夫への呼びかけは左のように暗号化される。

Dear Nathaniel
Haeq Jesbejcag

通信文はふだん、通信モジュールに行く前にしたためておく。本文はミッション管制センターに読まれても問題ないものだからだ。そのため、読まれて平気な部分はプレーン・テキストで書き、その初めと終わりにキーワードでくくった暗号文を添付する。

本日の暗号文の、本文前の部分は、こんな文字列だった。

Meqfaq ejh C beh e fjkpf hkwj hqet kus nctbs skhey. Ba ieha e pqepf elkus bkw geujhqy rbkugh la wkiaj'r wkqf, ejh C pkimgecjah elkus cs. Huqcjt sba nctbs——ejh C'i jks axepsgy ruqa bkw wa tks sbaqa——ba skgh ia sbes bcr wcna ber mkgck ejh wer cj ej cqkj gujt. C naag durs bkqqclga elkus egg sba sciar sbes C'va sbkutbs rba wer elurah kq sbes ba durs hchj's peqa ajkutb elkus baq sk lqcjt baq qkujh sk ejy kn sba geujpbar. C'i e gcssga rsettaqah, jkw sbes C'va beh scia sk sbcjf elkus cs, sbes baq pkjhcsckj werj's sba rkuqpa kn knncpa tkrrcm. Mgaera sagg ia yku hchj's fjkw.

これを解読すると、このようになる。

Parker and I had a knock down drag out fight today. He made a crack about how laundry should be women's work, and I complained about it. During the fight——and I'm not exactly sure how we got there——he told me that his wife has polio and was in an iron lung. I feel just horrible about all the times that I've thought she was abused or that he just didn't care enough about her to bring her round to any of the launches. I'm a little staggered, now that I've had time to think about it, that her condition wasn't the source of office gossip. Please tell me you didn't know.

きょう、パーカーと壮絶な一戦を交えてね。洗濯は女の仕事だなんて寝言をいうものだから、それに文句をいったのよ。それで言いあいをつづけるうちに――どうして話がそういう流れになってしまったのかわからないけれど――奥さんがポリオで、鉄の肺に入っていることがわかったの。これまではずっと、パーカーは奥さんをないがしろにしていて、ロケット打ち上げに一度も連れてこなかったのもそのせいだと思いこんでいたんだけれど。真相を知って血の気が引いたわ。よくよく考えてみれば、奥さんの状態が仕事場でうわさになっていなかったなんて、すごいこと。あなたも知らなかったといってちょうだい。

以下は本文である。

愛しいナサニエル

航行は順調につづいています。あなたは知っているはずだけど、〈ピンタ〉が例のトラブルに見舞われたとき、こちらでもちょっとした騒ぎになってね。ミッション管制センターとの通信の最中、あなたの声が聞こえたわ、ほかのだれの声よりもはっきりと。あなたに会えなくてさみしい気持ち、それ以上つのることはないと思っていたけど、ちょっぴり声を聞いただけで、ますます会いたくてたまらなくなっちゃった。ああ、でも、わたしのことは心配しないで。チョコレート・チェスパイのひときれで自分を慰めたから。

　このパイ、本物にはほど遠いけれど、いろいろと試して、水で戻した粉末卵をしっかりホイップすれば、それなりに満足のいくものになることがわかったの。それに、すこし粉っぽいところもチョコレートが補ってくれるし。

〈ピンタ〉の位置表示ライトが想定どおりに機能したことは、さぞうれしいでしょうね。おかげでパーカーに、とくに問題なく、彼我の距離を伝えることができたわ。じっさい、火星ミッション全体は順調で、どうかすると退屈なくらい。ルビーから聞いた現況では、〈ピンタ〉の全員がぶじだそうよ（ステューマンが素手で火を消そうとして、手に火《ひ》脹《ぶく》れができたこと以外には）。すこしくらい騒ぎがあったほうが、退屈がまぎれていいのかもしれないわね。

　テラサスは〈ピンタ〉の人たちと無線ドラマをやってはどうかといいだしてる。旅の単調さに変化をつけるために。ああ、愛するあなた。まるで無聊《ぶりょう》をかこつ社交界の淑女のようないいぐさだけれど、ほんとうに、それもこれも、愛しい人、すべてがスムーズに運ぶよう徹底的に気を配ってくれたあなたの尽力のおかげよ。

愛してる、心から

エルマ

そして、本文後の暗号文。

Cj qarmkjra sk ykuq gers gassaq, C ei waeqcjt iy ngctbs rucs lus hk jks beva e lqe kj. Cn yku waqa baqa, C wkugh sefa yku cjsk sba teqhaj ikhuga ejh gaej kvaq sba skiesk lahr rk sbes er yku skkf ia nqki labcjh, iy nepa wkugh la mqarrah cjsk sba nqetqejs tqaaj gaevar wcsb aepb sbqurs.

解読した内容は以下の通り。

In response to your last letter, I am wearing my flight suit, but do not have a bra on. If you were here……

フライトスーツを着てはいるけれど、あなたの前回の手紙に応えて、いまはブラをつけていないの。あなたがここにいてくれたなら……。

あとで思い返して、〝……〟以降の解読文をここに載せる必要はないと判断し、割愛した。わたしの思いがナサニエルに伝わりさえすればそれでよかったのだから。

パーカーはずっとわたしを避けている。せまい空間に、当人以外には六人しかいないのだから、避けるのはむずかしいと思うかもしれないが、そんなことはない。〈ピンタ〉と〈ニーニャ〉はぜんぶで一四名のクルーを収容できるように造られている。万が一の場合、一隻のメンバーをもう一隻に収容しなければならないかもしれないからだ。それだけの広さがあるため、部屋から部屋を覗いてまわっても、だれにも会えないこともある。

遠心力リングじゅうを一周してみた。ひとつにはエクササイズのためだが、パーカーがひとりでいるところをつかまえられないだろうかと思ったからでもあった。湾曲した長い通路をたどり、菜園モジュールに入る。湿った土と植物のにおいを嗅いだだけで、ほっと肩の力が抜けた。深々と息を吸いこむと、腹部にたまっていた緊張が多少はやわらぐのが感じられた。テラサスがトマト畑から顔をあげ、収穫したばかりの赤い実を持ちあげてみせた。すくなくともテラサスは、いつも笑顔でわたしを迎えてくれる。

「ずっと考えてるんだ。この旅、月に行ったときとどんなちがいがあるんだろうってさ」

わたしは小さく笑って、植物の棚や架台のあいだを通っていった。

「働き蜂《ビジービー》一隻だけでも、月着陸船と司令船ぶんの空間があるでしょ」

「なるほど。ところで、相談したいアイデアがあるんだった」手にしたトマトを籠に入れる。籠にはすでに何個か入っていた。「無線ドラマだけど、『フラッシュ・ゴードン』、なんてどうかな」

「『フラッシュ・ゴードン』？」てっきり働き蜂の本来とは異なる使い方か、すくなくとも仕事に関することについて相談されるのかと思ったら、ドラマの話？「それはちょっと……嗜好《しこう》が特殊すぎない？」

「かもしれないけど」籠をおろし、水耕栽培ベッドに身をかがめて、「じっさい、宇宙のまっただなかにいるわけだしさ。ガキンチョのころ、ラジオで『フラッシュ・ゴードン』を聞いて夢見たときそのまんまの形で」

「スペインでも『フラッシュ・ゴードン』をやってたの？」

テラサスは大きく歯を覗かせて、まばゆいほどの笑顔を見せた。

「あれで英語を憶えたようなもんだよ。とにかくだね。宇宙船間の通信システムを使って〈ピンタ〉に無線ショーを送ろうと思ってるんだ。ソープ・オペラでもいいな。なにしろ、向こうは手洗いで洗濯しなきゃいけないんだから。きっと受けるぞ」

「ヨーク」だしぬけにパーカーの声がかかり、わたしは飛びあがった。「人の気を散らす仕事は、きみの当番表にはなかったはずだぞ」

「エクササイズ休憩で寄っただけよ」わたしがおとなの対応をしたことに注目してほしい。売りことばに買いことば――にはしなかった。「それにね、あなたに会えないかと思っていたところなの」

わたしの背後で、テラサスがトマトの籠を持ちあげた。

「おれはこいつを厨房に持っていくよ」

「それはヨークにたのめばいい。時間がありあまっているようだからな」パーカーはわたしを迂回し、テラサスからトマトの籠を受けとった。それをわたしに押しつけて、「さあ、持っていけ」

「そのまえに、ちょっと話ができないかしら」

わたしは籠を受けとり、それが一種の鎧《よろい》でもあるかのように、胸に抱きしめた。

「時間があれば応じるところだが、すまんな」

それだけいって、くるりと背を向けた。パーカーの肩で、向こうにいるテラサスは見えない。〝とっとと立ち去れ〟というメッセージが伝わらなかったと思ったのか、パーカーは駄目押しで、スペイン語を使ってテラサスに話しかけた。単語と単語の継ぎ目がわからないほどの早口だった。

わたしはしばしその場に立ちつくしていた。一四歳当時、飛び級で進学した大学時代に戻ったような気分だった。疎外され、無視されると同時に、衆目の中心にいるようなこの感覚――。パーカーは露骨に、わたしがここにいないかのようにふるまっている。立派なリーダーシップを見せてくれるものだ。ここにいればいるほど、みじめさがつのるばかりだったが、それでもわたしは、パーカーが折れてくれるのではないかと期待していた。

そこでパーカーは腰をかがめ、フライトスーツの内ポケットから何枚かの紙を取りだし、水耕栽培ベッドに広げはじめた。その向こうで、テラサスがこまったような表情を浮かべ、肩をすくめた。自分にできることはなにもない、悪いね、といわんばかりの顔だった。

わたしはトマトの籠を抱きしめたまま、遠心力リングの周回をつづけるため、菜園モジュールをあとにした。結局、このミッションの指揮官はパーカーなのだ。

17

アナウンサー　〈ア《A》メリカン・ブ《B》ロードキャスティング・カ《C》ンパニー〉がお送りする一九六二年十一月二十三日の『ヘッドライン・ニュース《エディション》』、アンカーのテイラー・グラントがお伝えします。

グラント　ハイチを直撃した巨大ハリケーンは、勢力を保ったまま海上を北北西に進み、フロリダに近づいています。軌道をめぐる〈ルネッタ〉宇宙ステーションから早期警報が出ていたため、島国ハイチは破壊的な嵐にそなえ、ハリケーンが襲来する前に沿岸地域からの避難を進めることができました。ハイチ政府によれば、物的被害は甚大ですが、人的被害は早期警報がなかった場合ほど深刻ではなかったとのことです。とはいえ、観測史上、これほど早い時期にハリケーンが発生したことは初めてで、これは当該地域の気候パターンが変化しつづけていることの証拠でもあります。

湿った枕カバーをパン！　と音高く引っぱって、フローレンスがいった。

「まったく、こんなことのために博士号をふたつも取ったんじゃないってのよ」

「ＩＡＣが洗濯のりを持たせてくれてたら、パーカーの下着をのりでガチガチにしてやるところだわ」わたしはそういって、奇妙な前開き式の洗濯機から洗濯物の山を取りだした。これは月面コロニー用に開発されたものだが、雑誌の記事が信用できるのなら、地球では多数の主婦が最新型の前開き式洗濯機〈スペース・Ｏ・マティック〉を買っているという。

「ミッション管制センターが〝女の仕事〟論争に加わるとは思えないけどね」

「意図的な生活能力の欠如ってやつよ」フローレンスは鼻を鳴らして、つぎの枕カバーを手にとった。「男の得意技」

「それの裏返しなら、自分でもときどきやるわ」わたしは片手を胸にあてて、ぱちぱちとまばたきしてみせた。「ああ、しがないわたしに力を貸してくださいませ。あなたさまはとても大きく、力強くていらっしゃる」

　これは受けたようで、フローレンスは笑いながら、

「ま、ね、男どもがうざったく、わたしを〝守ってくれる〟アピールするんなら、それを利用してやらない手はないわね。生活能力がなさすぎてまともに暮らせなくても、わたし

のせいじゃないんだし」

「みんながみんな、家事がだめだめなわけじゃないでしょう？」わたしは濡れた洗濯物の山を衣類乾燥機に放りこんだ。もちろん、ボヤ事件で変わった手順にしたがって、糸クズ受けを掃除してからだ。「ハファエウなんて、洗濯がすごくじょうずじゃない」

「それは例外中の例外」

「ナサニエルはちゃんとしたカクテルを作れるわ。お皿も洗ってくれるし」

フローレンスは独特の、眼鏡の縁ごしに上目づかいで見るような、げんなりした視線をわたしに向けた。それから、かぶりをふりふり、シャツをつかみ、たたもうとしながら、わざとらしくためいきをついてみせた。

「あなたがいなくなって、どうしてんの、彼？」

ためいきをつくのは、こんどはわたしの番だった。ひざで乾燥機の扉を閉め、乾燥開始ボタンを押す。

「ちゃんとやってるわ」乾燥機がガタガタと揺れだし、衣類がドラムの中で小さな軌道を描きはじめると、わたしは乾いた衣類をたたむ手伝いをしにいった。「甥っ子がＩＡＣのインターンになって、ナサニエルと暮らす予定なの。よく行くトランプの集まりもあるし。あとは仕事。いつでも仕事仕事なのよ、わたしが家にいるときもね」

「結婚して、どれくらい？」

「一三年」テラサスのTシャツの一枚をテーブルに広げて、しわを伸ばした。やわらかなコットンがわたしの手でたたまれていく。「あなたはどうなの？　特別な相手は？」

「とくにいないわ。プロポーズしてくれた男はいたけど、仕事をやめてほしいっていうの。仕事をとるか、おれをとるかだって。まったく……どう返事をするかは簡単だったわよ。あれ以来……」フローレンスは小さく肩をすくめ、首をかしげてから、たたみおえたシャツをほかの衣類の上に重ねた。「どんな感じかわかるでしょ。男ってやつは、賢い女に引け目を感じるのよ」

　フローレンスとこれほど親密な会話を交わしたのははじめてだった。どうしてここまでわたしに心を開くようになったかはわからない。たぶん、洗濯物をたたむという屈辱的な作業を分かちあううちに、そういう気分になったのだろう。理由はどうあれ、そこまではたずねないようにして、わたしはいった。

「そうね。でも、この船でいっしょに働いている男たちは、とくに引け目を感じていないようよ」

「なにいってんのさ」フローレンスは鼻を鳴らし、白目を剥いてみせた。「連中がなんでわたしたちに洗濯当番をやらせてると思うのよ。生活能力がないか、なまけものか、そのどっちか？　ちがうわよね」

　そのとき、船内スピーカーからノイズが響き、パーカーの声が洗濯室に侵入してきた。

「グレイ。パーカーだ。通信モジュールにきてくれ」

「やれやれ……本職で呼ばれたわ」フローレンスは立ちあがり、スピーカーに歩みよると、応答ボタンを押した。「パーカー。グレイよ。指示を了解。通信モジュールへ向かう」

　わたしはひらひらとシャツをふって別れを告げた。

「博士号持ちならではの仕事を楽しんでらっしゃい」


　パーカーがフローレンスを呼んだ理由を知ったのは、同日、厨房へ夕食をとりにいったときのことだった。宇宙じゅうのガーリックを使ったのではないかと思われるほど濃厚なにおいにそそられながら、わたしは遠心力リングを通って厨房モジュールに歩いていった。炊事当番がだれかを知らなくとも、このにおいでわかる。きょうのコックはテラサスだ。

　厨房に入ると、レンジの鍋でなにかをかきまぜているテラサスのことばが聞こえた。

「……は、なんとかしないと」

　答えたのはフローレンスだった。テーブルにつき、両手を広げて、

「ミッション管制《MC》センターはだめだってさ」

「当事者になにもできないのなら、わたしたちにできることなんてないでしょう」これはカーミラだ。穫れたてのトマトをカウンターでスライスしている。「それに、本船に感染源を持ちこむ可能性がかなり高いわけだし」

「感染源……？」宇宙細菌という古い亡霊が頭の中でよみがえり、ドライブイン・シアターでかかる映画の、ラテックスの着ぐるみを着たモンスター・アクターよろしく、目の前で躍りだした。地球から遠く離れたいまは、なにが起きても油断できない。「なにがあったの？」

カーミラがスライスしたトマトを皿の上にのせながら、

「〈ピンタ〉で大腸菌が増殖したのよ。ルビーの話だと、米についていたバキッルス・ケレウス菌が増殖したみたい」

フローレンスが顔をあげ、わたしを見た。

「ほらね？　いったでしょ、馬鹿すぎて生活能力がないって」

「ちょっと待って――どうして米に？　これは〈ニーニャ〉でも起きうるということ？　感染の度合いは？　それに――ああ、質問攻めはこのくらいにして、まずは状況を教えてもらったほうがよさそう」

わたしはからだの前で両手を組み合わせ、反応を待った。

「そもそもの始めから話しましょうか。パーカーに通信モジュールへ呼びだされたのは、〈ピンタ〉のアンテナがちゃんと調整されてなかったから。こちらの受信機をマッサージして、電波が良好に届くようにしてやらなければならなかったわ。で、ルビーによると、ボヤ騒ぎのとき、夕食をその場に放置したまま退避して、鎮火したあとで回収しにいったそうなのよ。そのあいだに、米についていた菌が増殖したとルビーは見ているの。あれの名前、もういちどいってくれる、カーミラ《カム》?」

「英語読みでの学名はバシラス・シリアス。ごくありふれた病原菌で、米によく見つかるものよ。ステューマンとサバドスが、まずそれでやられたみたい。不幸なことに、症状が出たのがゼロG環境下にいたときでね。その時点で、どちらかが媒介者となって、ほかの全クルーに大腸菌を感染させてしまったの。向こうでは悲惨なことになってるわ」

　わたしは思わず顔をしかめた。ゼロGで下痢をすれば、汚染は一気に広がってしまう。尿の処理でも不快だったのに、下痢ともなると、不快さは一〇〇万倍——いや、こんな表現ではなまぬるい。「それで、こちらからなにかをするわけ?」

　テラサスがわたしに向かってスプーンを突きつけた。

「それだよ、おれがいってたのは」

「しない」パーカーの声がいった。昇降シャフトの梯子をつたい、ちょうどリングに降りてきたところだった。「ミッション管制センターも、センターにいた航空宇宙医官全員も、当船の者はなにもしてはならないということで意見の一致を見た。現場にいて状況を把握しているルビー自身も同意見だ。きてはならないといっている」

「でも――」なにに異論を唱えようとしているのか、自分でもよくわからなかった。この決定はゆるがない。それにこれは、訓練の一部で経験した状況とそう大きくは変わらない。そもそも、宇宙船二隻体制にした理由はここにある。たがいがたがいのバックアップになることだ。とはいえ、助けてやりたいという気持ちには抑えがたいものがあった。たぶんこれが、名も知れぬおおぜいの困窮した民衆に対する気持ちと、じかに知っている人々に対する気持ちとの差なのだろう。「直接接触しなくたって、なにかしてあげられることがあるんじゃないの？」

パーカーは両の眉を吊りあげたが、わたしが引きだせた反応はそれだけだった。厨房に入ってきて、パーカーはいった。

「いいにおいだな、テラサス」

テラサスは鍋の内側にコンコンとスプーンをあて、料理のしずくを切った。なにを作っていたのかは知らないが、きっとおいしいはずだ。パーカーのことばに対して、テラサスはこう答えた。

「ヨークのいうとおりだよ。向こうのエアロックになにか置いてくるとかはできるはずだ。でなきゃ、宇宙服で向こうの船に乗りこんで、滅菌の手伝いをするか。あるいは働き蜂《ビジービー》を病棟に仕立てて、クルー全員を乗せたら、こっちに連れてきてケアを――」

「それがいかんといってるんだ」パーカーはテラサスに指を突きつけた。「なにもしない理由はそこにある。安易に行き来すれば、こちらも向こうと同様の状態になりかねない。いいか、大腸菌はきわめて感染力が強いんだ。そうだろう、シャモウン？」

「ええ」

「ミッション管制センターには優秀な頭脳がそろっている。たとえこちらの二隻が万全の状態だったとしても、われわれがこぞって頭を絞るよりはこの問題に対して的確な判断を下せる。したがって、現状維持だ」パーカーは両手をばんとたたいた。「さあ、きょうの夕食はなんだ？」

エプロンで手をぬぐいながら、テラサスが答えた。

「パエリヤ《パエージャ》もどきだよ。つまり、その……米料理だ」

テラサスについてわかっていることがふたつある。ひとつは、素人なりにちょっとした役者であり、演劇を愛してやまないこと。そしてもちろん、宇宙飛行士であり、それゆえ、問題に直面すれば解決するまでそれと取り組むことだ。このふたつの要素と〈ピンタ〉を救いたいという気持ちがひとつになった結果、気がつくとわたしは、劇の一座に引きずりこまれ、靴一足を両手に持ち、通信モジュールの中、レナード、テラサス、フローレンス、ハファエウの四人とひざをつきあわせるはめになっていた。

もう地球からかなり遠くまで離れているため、ラジオ局放送の番組はノイズだらけで、よほど徹底的にチューニングしないかぎり、ろくに聞きとれない。フローレンスからその理由を説明されたが、電波と周波数帯域の理論までは理解できたものの、専門用語を並べたてられた段階で、ただほほえんでうなずいていることしかできなくなった。

ひとことで現状を説明すれば、〈ピンタ〉のクルーはみんな寝こんでいて、とても受信機のチューニングなどしてはいられないということだ。

もうすこし追加して説明するならば、わたしたちは寝こんでいる〈ピンタ〉のクルーを励ますために、無線で連続劇を送信したということになる。要するに、〝うちのおじさん、納屋を持っててさ、練習しようぜ〟の宇宙版で、納屋ならぬ通信モジュール内でマイクを持ち、ドラマを送信したわけである。

テラサスがマイクにかがみこみ、場面場面に合わせて的確なナレーションを披露した。スリリングなシーンでの声色たるや、迫力抜群だった。

「地球のはるか空高く、大型旅客機のシートにゆったりとすわる人物、フラッシュ・ゴードン。国際的に知られたアスリートである彼は、通路をはさんでとなりにすわるデイル・アーデンに賞賛の目を向けた。若く美しい彼女は、空の旅の同伴者である。とそのとき、飛行機が激しく揺れた――」

テラサスがことばを切るとともに、フローレンスが風船を揺らした。風船といったが、じつは膨らませたコンドームだ。この中に米粒をすこし入れてある。これをマイクに近づけて激しく振ることで爆発の効果音を出す。

テラサスの声がいっそう緊迫感を帯びた。

「旅客機が前にかしぎ、機首を下にしてきりきり舞いしはじめる。フラッシュ・ゴードンはすばやく通路ごしに腕を伸ばし、鍛えあげられた筋肉で怯える娘を引きよせ、しっかり胸に抱くと、落下する飛行機から飛びおり、パラシュートの曳索《えいさく》を引いて地表に滑空しだした」

ここで、宙に浮かんでさかさまになったレナードが、上からマイクへと顔を近づけた。

〝役者〟はひとりテラサスだけではない。

「怖がることはない、デイル。飛行機は墜落したが、ぼくたちは安全だ」

このせりふは、デイル役のわたしに向けられたキューでもある。できるだけ明るい声を出そうと努めながら、わたしはいった。

「ええ、あなたのおかげでね。まあ、見て、フラッシュ！　あんなところに大きな鋼鉄の扉が。わたしたち、中に入ってしまった！　ああっ、閉まっていく！」

「おお、ここは大科学者、ハンス・ザーコフ博士の研究所ではないか。見たまえ、博士がこちらに向かってくるぞ！　ぶしつけに侵入することになるが、どうかゆるしてほしい、博士。急遽《きゅうきょ》、飛行機から脱出せねばならなかったものでね」

　吹きださないよう、わたしはあわてて口を押さえた。つぎの展開がわかっていたからだ。つぎはハファエウの出番なのである。身長一七五センチ、ダンスの大好きなハファエウは、これまで聞いたなかでとびきり素っ頓狂なドイツ語風発音のせりふを発した。チャーリー・チャップリンの『独裁者』を見たことがある人なら、アデノイド・ヒンケル役も立派にこなせると思っただろう。

　受信先では映像が見えないというのに、ハファエウは天井に向かって指を振りたてた。

「おまえたちの正体は先刻知れておるぞ——スパイであろう！　わがはいの秘密を盗みにきおったのだな！　だがしかーし、おまえたちの企みに対する答えはちゃあんと用意してある。わがはいについてくるがいい！」

　わたしは唇をかみ、必死に笑いをこらえた。ハファエウときたらもう、おもしろすぎる。

レナードもまあ、よくも笑わずにつぎのせりふをいえたものだ。

「その銃をおろしたまえ、ザーコフ教授」レナードはマイクに顔を近づけ、声をひそめた。「あの男は狂っている、ディル。刺激してはいけない」

それを受けて、わたしはザーコフ向けのせりふをいった。

「わかったわ、教授、わかりました」笑いをこらえているこの息づかいが、息を切らしているように聞こえればいいのだが。「いうとおりにします」

「この梯子をば降りろ。塔の中に入れ。こりゃ、さっさとせんか！」ハファエウが天井に指を振りたてる動きに合わせて、フローレンスとわたしは各自が左右の手に持った靴の底同士を打ち合わせ、コツコツと歩く音を模した。もっとも、じっさいの靴音にはほど遠い。わたしもいろいろな肩書きを持っているが、そのなかに音響効果はないのである。ハファエウは依然として指を振りたてながら、せりふをつづけた。「さあ、着いた。ここはな、わがはいのロケット船の中じゃい。あと一〇秒もすれば、新たな惑星に向けて出発する。わがはいたちは死ぬかもしれん——が、死ぬことで科学の礎《いしずえ》となるのじゃ！」

そこでハファエウは、マッド・サイエンティストじみた笑い声を発した。

「ムワーッハッハハハ！　ナーハッハハハ！　ハ！」

自分の笑い声をマイクに拾われないよう、わたしが身をふたつに折り、声を殺しているあいだに、テラサスはなめらかに宙をただよっていき、マイクに顔を近づけた。

「それでは次回、ますます緊迫するフラッシュ・ゴードンの冒険にご期待ください！」

フローレンスが手を伸ばし、マイクのスイッチを切った。

「はい、カット」

たちまち、通信モジュールにわたしの笑い声がこだました。トラヴァースが『メアリー・ポピンズ』で書いた〝笑いガス〟の章もかくやの、息も絶えだえの笑いっぷりだった。涙をぬぐいながら、わたしはハファエウのそばにただよっていき、その頭にキスをした。

「まったくもう、殺す気？」

ハファエウは耳まで真っ赤になったが、

「そんなに怖かったかい？」といって、にやりと笑い、ウインクしてみせた。

「笑い死ぬかと思ったわよ」涙が宙にただよいださないうちに、袖で目を完全にぬぐう。

「ほら、泣いちゃった」

そのとき、宇宙船間無線が鳴った。

「ありがとう、〈ニーニャ〉。すてきだった」すっかり憔悴しきっていて、一瞬、それがルビーの声だとはわからなかった。「みんな、楽しませてもらったわ」

フローレンスがマイクを手にとった。

「そっちはみんな、どんなぐあい？」

「なんとかね、だいじょうぶ。わたしたちのことは心配しないで」ルビーの声の背後で、だれかが嘔吐する音がした。「もう行かなきゃ。でも、ありがとう。わたしたちのことを気づかってくれる気持ち、とてもうれしかった」

　通信は切れた。

　フローレンスはためいきをつき、マイクを所定の場所に戻した。

「あんなに歴然としたうそなんて、聞いたことがないわ」

「そうかい？」レナードが片眉を吊りあげた。「きみが作ったあのパイみたいなしろもの、ぼくが褒めたたえたことがあったろう？」

「うるさいわね」フローレンスがレナードを軽く押しやった。レナードは回転しながら、通信モジュールの天井にゆっくり舞いあがっていった。「あれは日本風フルーツパイなの。母のレシピよ」

「おかあさん、日本人だったの？」

「うるさいってば」フローレンスはそういって、スピーカーに目を向けた。その向こうに〈ピンタ〉の状況が見えるかのように。「声に出していうわよ。向こうのクルーが心配」

「カーミラの話だと、峠は越えたそうだけど……」もちろん、わたしだって心配でたまらない。しかし、できることはほんとうになにもないのだ。大腸菌感染症の場合、下痢止め剤や鎮痛剤は逆効果になることがあり、〈ピンタ〉では自然治癒の方針がとられている。通信卓を指先でぱたぱたと軽くたたきながら、フローレンスは下唇をかんだ。

「現状では、まるで――」

そのとき、船内インターカムが鳴り、パーカーの声がいった。

「ほがらか劇団、渾身の公演がおわったのなら、そろそろ各自の部署に戻ってくれ」

フローレンスがマイクを手にとって、

「なにをいわれてるのかわからないわね。わたしは自分の部署についてます」

わたしを含めてフローレンス以外の四人は、戸口から外にただよい、スピンドルを前に進んでいった。わたしの前をゆくテラサスがハファエウに話しかけた。

「パーカー、あれ、聞いてたかな？」

「聞いてたさ」ハファエウはテラサスをそっと肩で押しやった。「名演技だったぜ」

その晩の夕食どきに、パーカーがテレタイプの出力紙を一枚持って厨房に入ってきた。無線演劇の興奮を宿すわたしたちは、まだすこし浮かれて笑っていたが、パーカーを見たとたん、スイッチが切れたように、ぴたりと笑うのをやめた。

なぜならパーカーは、死亡通知を告げる者特有の顔をしていたからである。宇宙飛行士として——隕石落下を生き延びた者として——第二次世界大戦を戦いぬいた者として——ここにいる全員が、たび重なる経験から、これから聞かされるであろう内容を知っている。

知らないのは、だれの名が口にされるかだ。

わたしは重ねて持っていた皿をテーブルに置いた。あたかも室内の空気循環がとまったかのようだった。室内で聞こえるのはファンの音だけだというのに。

パーカーが出力紙に目を落とした。

「ルビー・ドナルドスンが死亡した。急死だった。ミッション管制センターは、大腸菌が原因の溶血性尿毒症症候群を死因と見ている」

「なんてこと……」カーミラがどすんと椅子にすわりこみ、左右のこぶしで額を支えた。

「やっぱり救援に行くべきだったんだわ」

「できることは、なにも——」

「ないはずがないでしょう！」カーミラは両手でテーブルを音高くたたいた。「ルビーは下痢止めを服《の》んでたのよ、ほかのクルーをケアするために。下痢止めを使えば志《し》賀《が》毒素は排出されない。毒素が排出されなければ、血栓ができはじめる。ルビーを死にいたらしめたのは大腸菌じゃないわ。わたしたちの決断よ。わたしたちが選んだ方針なのよ」

室内にたれこめた沈黙は、それが真実であることを物語っていた。背筋を冷たいものが走りぬけた。思いだされたのは、さまざまな不測の事態を想定した数々のシナリオである。そのシナリオのなかには、宇宙飛行士が同僚を死なせることを選ばざるをえないケースもあった。なぜなら、そうしなければ、同僚だけでなく、自分までもが死んでしまうからだ。今回の場合、ほんとうにそれに該当するケースだったのだろうか。救援に行っていたら、こちらの生命も危うくなるリスクを負っていたのだろうか。

沈黙を破ったのはパーカーだった。はたからも聞こえる音を立てて、大きく息を吸うと、厨房を横切っていき、カーミラの前にしゃがみこんだ。

「すまない。きみのいうとおりだ」カーミラの肩に手をかける。「それでも、ミッション管制センターが下した判断は、あの時点では正しいものだった」

「〈ピンタ〉へ行きます」

出力紙を手にしたまま、パーカーは長く、ゆっくりと息を吸いこむと、

「その気持ちを汲もう」と答えた。そして、唇を舌で湿らせてから、わたしに目を向けた。

「ヨーク。看護の訓練は受けているな？」

「戦時中の戦場医療の経験なら。それと、母からの知識も」この説明だけでは、母が街の自称魔女と思われかねない。「母は医師だったので」

パーカーはうなずき、重心を移し変えると、床に視線を落とした。

「働き蜂を操縦して、カーミラを送ってくれるか」

テラサスが進み出た。

「操縦なら、おれができる」

「知っているさ」パーカーは顔をあげ、唇をすぼめた。そこでふたたびためいきをつき、カーミラの肩をぐっとつかんでから立ちあがった。「しかし、このケースで重要な事実は、ヨークとわたしだけはミッション管制センターの指示にしたがわないですむ立場にあるということだ、ほかの者とちがってな。〈レディ・アストロノート〉がシャモウンを乗せて人道的ミッションに赴いたなら、地球に戻ってからも地上勤務にまわされることはない」

「たしかに……それはわたしにうってつけの任務だわね」わたしは肩をすくめた。「そうすれば、いい広報活動にもなるでしょう。ミッション管制センターも喜ぶはずよ」

パーカーはゆがんだ笑みを浮かべた。

「宇宙服はずっとつけたままでいてくれ。ここに戻ってきたとき、どちらも感染していてもらってはこまる」

訳者略歴　1956年生，1980年早稲田大学政治経済学部卒，英米文学翻訳家　訳書『宇宙（そら）へ』コワル，『アンドロメダ病原体―変異―』クライトン＆ウィルソン，『書架の探偵』ウルフ，『七王国の騎士』マーティン，『デューン砂の惑星〔新訳版〕』ハーバート（以上早川書房刊）他多数

HM=Hayakawa Mystery
SF=Science Fiction
JA=Japanese Author
NV=Novel
NF=Nonfiction
FT=Fantasy

火《か》星《せい》へ
〔上〕

〈SF2331〉

二〇二一年七月 二十 日　印刷
二〇二一年七月二十五日　発行
（定価はカバーに表示してあります）

著者　メアリ・ロビネット・コワル
訳者　酒《さか》井《い》昭《あき》伸《のぶ》
発行者　早川　浩
発行所　株式会社 早川書房
郵便番号　一〇一 - 〇〇四六
東京都千代田区神田多町二ノ二
電話　〇三 - 三二五二 - 三一一一
振替　〇〇一六〇 - 三 - 四七七九九
https://www.hayakawa-online.co.jp

乱丁・落丁本は小社制作部宛お送り下さい。
送料小社負担にてお取りかえいたします。

印刷・三松堂株式会社　製本・株式会社フォーネット社
Printed and bound in Japan
ISBN978-4-15-012331-4 C0197

本書のコピー、スキャン、デジタル化等の無断複製は著作権法上の例外を除き禁じられています。

本書は活字が大きく読みやすい〈トールサイズ〉です。